Honoré de Balzac

La Duchesse de Langeais

Dossier et notes réalisés par
Isabelle Mimouni

Lecture d'image par
Agnès Verlet

folioplus
classiques

Isabelle Mimouni est professeur en Lettres supérieures aux lycées Chaptal et Jules Ferry de Paris. Agrégée de Lettres modernes, docteur ès Lettres, elle a en particulier travaillé sur Balzac (*Balzac illusionniste*, Adam Biro, 1999). Son intérêt pour l'enseignement l'a amenée à diriger la publication de différents manuels scolaires. Elle a collaboré aux *Plus belles pages de la littérature française* (Gallimard, 2007).

Maître de conférences en littérature française à l'université d'Aix-en-Provence (Aix-Marseille I), **Agnès Verlet** est l'auteur de plusieurs essais : *Les Vanités de Chateaubriand* (Droz, 2001), *Pierres parlantes, Florilège d'épitaphes parisiennes* (Paris-Musées, 2000). Elle a rédigé le dossier critique des *Aventures du dernier Abencerage* de Chateaubriand (« La bibliothèque Gallimard » n° 170) ainsi que conçu et commenté l'anthologie *Écrire des rêves* (« La bibliothèque Gallimard » n° 190). Elle collabore à des revues (*Magazine littéraire, Europe, Les Lettres de la S.P.F.*). Elle a également publié des œuvres de fiction, parmi lesquelles *La Messagère de rien* (Séguier, 1997) et *Les violons brûlés* (La Différence, 2006).

Sommaire

La Duchesse de Langeais

Chapitre premier

La sœur Thérèse

À Frantz Liszt[1]

Il existe, dans une ville espagnole située sur une île de la Méditerranée, un couvent de Carmélites Déchaussées[2] où la règle de l'ordre institué par sainte Thérèse[3] s'est conservée dans la rigueur primitive de la réformation due à cette illustre femme. Ce fait est vrai, quelque extraordinaire qu'il puisse paraître. Quoique les maisons religieuses de la péninsule et celles du continent aient été presque toutes détruites ou bouleversées par les éclats de la Révolution française et des guerres napoléoniennes, cette île ayant été constamment protégée par la marine anglaise, son riche couvent et ses paisibles habitants se trouvèrent à l'abri des troubles et des spoliations générales. Les tempêtes de tout genre qui agitèrent les quinze premières années du dix-neu-

---

1. Franz Liszt (1811-1886) est un compositeur hongrois. Balzac l'a rencontré en 1833-1834 dans les salons parisiens qu'il fréquente. Il lui dédie *La Duchesse de Langeais* en 1843 pour le remercier de s'être fait son messager auprès de Mme Hanska.
2. Le Carmel est un ordre mendiant voué à la solitude, à la prière et à la propagation de la foi. L'ordre des Carmélites déchaussées est issu de la réforme opérée par sainte Thérèse d'Avila en 1562.
3. Née en 1515, Thérèse d'Avila rentre au carmel de l'Incarnation en 1536 et y prononce ses vœux solennels en 1537. Sa réforme de l'ordre est centrée autour de la prière silencieuse (oraison) dans laquelle s'accroît l'amour que l'on a pour Dieu et pour son prochain.

vième siècle se brisèrent donc devant ce rocher, peu dis-
tant des côtes de l'Andalousie. Si le nom de l'Empereur vint
bruire jusque sur cette plage, il est douteux que son fantastique cortège de gloire et les flamboyantes majestés de
sa vie météorique aient été comprises par les saintes filles
agenouillées dans ce cloître. Une rigidité conventuelle que
rien n'avait altérée recommandait cet asile dans toutes les
mémoires du monde catholique. Aussi la pureté de sa règle
y attira-t-elle, des points les plus éloignés de l'Europe, de
tristes femmes dont l'âme, dépouillée de tous liens humains,
soupirait après ce long suicide accompli dans le sein de
Dieu. Nul couvent n'était d'ailleurs plus favorable au déta-
chement complet des choses d'ici-bas, exigé par la vie
religieuse. Cependant, il se voit sur le continent un grand
nombre de ces maisons magnifiquement bâties au gré de
leur destination. Quelques-unes sont ensevelies au fond
des vallées les plus solitaires ; d'autres suspendues au-dessus
des montagnes les plus escarpées, ou jetées au bord des
précipices ; partout l'homme a cherché les poésies de
l'infini, la solennelle horreur du silence ; partout il a voulu
se mettre au plus près de Dieu : il l'a quêté sur les
cimes, au fond des abîmes, au bord des falaises, et l'a
trouvé partout. Mais nulle autre part que sur ce rocher
à demi européen, africain à demi, ne pouvaient se rencontrer autant d'harmonies différentes qui toutes concou-
russent à si bien élever l'âme, à en égaliser les impressions
les plus douloureuses, à en attiédir les plus vives, à faire
aux peines de la vie un lit profond. Ce monastère a été
construit à l'extrémité de l'île, au point culminant du
rocher, qui, par un effet de la grande révolution du globe,
est cassé net du côté de la mer, où, sur tous les points, il
présente les vives arêtes de ses tables légèrement rongées
à la hauteur de l'eau, mais infranchissables. Ce roc est

protégé de toute atteinte par des écueils dangereux qui se prolongent au loin, et dans lesquels se joue le flot brillant de la Méditerranée. Il faut donc être en mer pour apercevoir les quatre corps du bâtiment carré dont la forme, la hauteur, les ouvertures ont été minutieusement prescrites par les lois monastiques. Du côté de la ville, l'église masque entièrement les solides constructions du cloître, dont les toits sont couverts de larges dalles qui les rendent invulnérables aux coups de vent, aux orages et à l'action du soleil. L'église, due aux libéralités d'une famille espagnole, couronne la ville. La façade hardie, élégante, donne une grande et belle physionomie à cette petite cité maritime. N'est-ce pas un spectacle empreint de toutes nos sublimités terrestres que l'aspect d'une ville dont les toits pressés, presque tous disposés en amphithéâtre devant un joli port, sont surmontés d'un magnifique portail à triglyphe gothique[1], à campaniles, à tours menues, à flèches découpées? La religion dominant la vie, en en offrant sans cesse aux hommes la fin et les moyens, image tout espagnole d'ailleurs! Jetez ce paysage au milieu de la Méditerranée, sous un ciel brûlant; accompagnez-le de quelques palmiers, de plusieurs arbres rabougris, mais vivaces qui mêlaient leurs vertes frondaisons agitées aux feuillages sculptés de l'architecture immobile? Voyez les franges de la mer blanchissant les récifs, et s'opposant au bleu saphir des eaux; admirez les galeries, les terrasses bâties en haut de chaque maison et où les habitants viennent respirer l'air du soir parmi les fleurs, entre la cime des arbres de leurs petits jardins. Puis, dans le port, quelques voiles. Enfin, par la sérénité d'une nuit qui

---

1. L'architecture gothique fut longtemps considérée comme « barbare », jusqu'à ce que la génération romantique la réhabilite.

commence, écoutez la musique des orgues, le chant des offices, et les sons admirables des cloches en pleine mer. Partout du bruit et du calme; mais plus souvent le calme partout. Intérieurement, l'église se partageait en trois nefs sombres et mystérieuses. La furie des vents ayant sans doute interdit à l'architecte de construire latéralement ces arcs-boutants qui ornent presque partout les cathédrales, et entre lesquels sont pratiquées des chapelles, les murs qui flanquaient les deux petites nefs et soutenaient ce vaisseau n'y répandaient aucune lumière. Ces fortes murailles présentaient à l'extérieur l'aspect de leurs masses grisâtres, appuyées, de distance en distance, sur d'énormes contreforts. La grande nef et ses deux petites galeries latérales étaient donc uniquement éclairées par la rose à vitraux coloriés, attachée avec un art miraculeux au-dessus du portail, dont l'exposition favorable avait permis le luxe des dentelles de pierre et des beautés particulières à l'ordre improprement nommé gothique. La plus grande portion de ces trois nefs était livrée aux habitants de la ville, qui venaient y entendre la messe et les offices. Devant le chœur, se trouvait une grille derrière laquelle pendait un rideau brun à plis nombreux, légèrement entrouvert au milieu, de manière à ne laisser voir que l'officiant et l'autel. La grille était séparée, à intervalles égaux, par des piliers qui soutenaient une tribune intérieure et les orgues. Cette construction, en harmonie avec les ornements de l'église, figurait extérieurement, en bois sculpté, les colonnettes des galeries supportées par les piliers de la grande nef. Il eût donc été impossible à un curieux assez hardi pour monter sur l'étroite balustrade de ces galeries de voir dans le chœur autre chose que les longues fenêtres octogones et coloriées qui s'élevaient par pans égaux, autour du maître-autel.

Lors de l'expédition française faite en Espagne pour rétablir l'autorité du roi Ferdinand VII, et après la prise de Cadix [1], un général français, venu dans cette île pour y faire reconnaître le gouvernement royal, y prolongea son séjour, dans le but de voir ce couvent, et trouva moyen de s'y introduire. L'entreprise était certes délicate. Mais un homme de passion, un homme dont la vie n'avait été, pour ainsi dire, qu'une suite de poésies en action et qui avait toujours fait des romans au lieu d'en écrire, un homme d'exécution surtout, devait être tenté par une chose en apparence impossible. S'ouvrir légalement les portes d'un couvent de femmes ? À peine le pape ou l'archevêque métropolitain l'eussent-ils permis. Employer la ruse ou la force ? en cas d'indiscrétion, n'était-ce pas perdre son état, toute sa fortune militaire, et manquer le but ? Le duc d'Angoulême était encore en Espagne, et de toutes les fautes que pouvait impunément commettre un homme aimé par le généralissime, celle-là seule l'eût trouvé sans pitié. Ce général avait sollicité sa mission afin de satisfaire une secrète curiosité, quoique jamais curiosité n'ait été plus désespérée. Mais cette dernière tentative était une affaire de conscience. La maison de ces Carmélites était le seul couvent espagnol qui eût échappé à ses recherches. Pendant la traversée, qui ne dura pas une heure, il s'éleva dans son âme un pressentiment favorable à ses espérances. Puis, quoique du couvent il n'eût vu que les murailles, que de ces religieuses il n'eût pas même aperçu les robes, et qu'il n'eût écouté que les chants de la Liturgie, il rencontra sous ces murailles et dans ces chants de légers indices qui justifièrent son frêle espoir. Enfin, quelque légers

---

1. En 1820 a éclaté à Cadix une révolte qui force le roi Ferdinand VII à accepter une Constitution libérale ; sous l'influence de Chateaubriand, le Congrès de Vérone décide d'intervenir. L'expédition est dirigée par le duc d'Angoulême (fils du futur Charles X) en 1823.

que fussent des soupçons si bizarrement réveillés, jamais passion humaine ne fut plus violemment intéressée que ne l'était alors la curiosité du général. Mais il n'y a point de petits événements pour le cœur ; il grandit tout ; il met dans les mêmes balances la chute d'un empire de quatorze ans et la chute d'un gant de femme, et presque toujours le gant y pèse plus que l'empire. Or, voici les faits dans toute leur simplicité positive. Après les faits viendront les émotions.

Une heure après que le général eut abordé cet îlot, l'autorité royale y fut rétablie. Quelques Espagnols constitutionnels, qui s'y étaient nuitamment réfugiés après la prise de Cadix, s'embarquèrent sur un bâtiment que le général leur permit de fréter pour s'en aller à Londres. Il n'y eut donc là ni résistance ni réaction. Cette petite Restauration insulaire n'allait pas sans une messe, à laquelle durent assister les deux compagnies commandées pour l'expédition. Or, ne connaissant pas la rigueur de la clôture chez les Carmélites Déchaussées, le général avait espéré pouvoir obtenir, dans l'église, quelques renseignements sur les religieuses enfermées dans le couvent, dont une d'elles peut-être lui était plus chère que la vie et plus précieuse que l'honneur. Ses espérances furent d'abord cruellement déçues. La messe fut, à la vérité, célébrée avec pompe. En faveur de la solennité, les rideaux qui cachaient habituellement le chœur furent ouverts, et en laissèrent voir les richesses, les précieux tableaux et les châsses ornées de pierreries, dont l'éclat effaçait celui des nombreux *ex-voto* d'or et d'argent attachés par les marins de ce port aux piliers de la grande nef. Les religieuses s'étaient toutes réfugiées dans la tribune de l'orgue. Cependant, malgré ce premier échec, durant la messe d'actions de grâces, se développa largement le drame le plus secrètement intéressant qui jamais ait fait battre un cœur d'homme. La sœur qui touchait l'orgue excita un si vif enthousiasme qu'aucun des militaires ne regretta d'être venu à l'office. Les soldats mêmes y trouvèrent du plaisir, et tous les officiers furent dans le ravissement. Quant au général, il resta calme et froid en apparence. Les sensations que lui causèrent les différents morceaux exécutés par la religieuse sont du petit nombre de choses dont l'expression est interdite à la parole, et la rend impuissante, mais qui, semblables à la mort, à Dieu, à l'Éternité, ne peuvent s'apprécier que dans le léger point de contact qu'elles ont avec les hommes. Par un singulier hasard, la musique des orgues paraissait appartenir à l'école de Rossini [1], le compositeur qui a transporté le plus de passion humaine dans l'art musical, et dont les œuvres inspireront quelque jour, par leur nombre et leur étendue, un respect homérique. Parmi les partitions dues à ce beau génie, la religieuse semblait avoir plus particulièrement étudié celle du *Mose*, sans doute parce que le sentiment de la musique sacrée s'y trouve exprimé au plus haut degré. Peut-être ces deux esprits, l'un si glorieusement européen, l'autre inconnu, s'étaient-ils rencontrés dans l'intuition d'une même poésie. Cette opinion était celle de deux officiers, vrais *dilettanti*, qui regrettaient sans doute en Espagne le théâtre Favart [2]. Enfin, au *Te Deum*, il

---

1. Gioacchino Rossini (1792-1868) est un compositeur italien prolifique du XIXᵉ siècle. En vingt-cinq ans, il écrit plus de quarante opéras dont, en 1816, *Le Barbier de Séville* et la *Tragédie d'Othello*, deux de ses chefs-d'œuvre. En 1831, Balzac le rencontre dans les salons qu'il fréquente. Il reprendra son analyse du *Mosè* dans *Massimilla Doni* (1837).

2. En 1714, en dépit de l'opposition de l'Opéra et de la Comédie-Française, un décret autorise une troupe de « saltimbanques » à établir son théâtre à Paris avec une seule contrainte : intercaler des dialogues parlés dans les œuvres chantées. C'est la naissance de l'Opéra-Comique. La troupe s'installe sur un terrain du duc de Choiseul, dans le quartier qui est encore de nos jours celui de l'Opéra-Comique. La salle Favart (du nom du compositeur qui fut régisseur de l'Opéra-Comique en 1743) est détruite par un incendie, reconstruite en 1840, et brûlera de nouveau en 1887.

fut impossible de ne pas reconnaître une âme française dans le caractère que prit soudain la musique. Le triomphe du Roi Très Chrétien excitait évidemment la joie la plus vive au fond du cœur de cette religieuse. Certes elle était Française. Bientôt le sentiment de la patrie éclata, jaillit comme une gerbe de lumière dans une réplique des orgues où la sœur introduisit des motifs qui respirèrent toute la délicatesse du goût parisien, et auxquels se mêlèrent vaguement les pensées de nos plus beaux airs nationaux. Des mains espagnoles n'eussent pas mis, à ce gracieux hommage fait aux armes victorieuses, la chaleur qui acheva de déceler l'origine de la musicienne.

« Il y a donc de la France partout ? » dit un soldat.

Le général était sorti pendant le *Te Deum*, il lui avait été impossible de l'écouter. Le jeu de la musicienne lui dénonçait une femme aimée avec ivresse, et qui s'était si profondément ensevelie au cœur de la religion et si soigneusement dérobée aux regards du monde, qu'elle avait échappé jusqu'alors à des recherches obstinées adroitement faites par des hommes qui disposaient et d'un grand pouvoir et d'une intelligence supérieure. Le soupçon réveillé dans le cœur du général fut presque justifié par le vague rappel d'un air délicieux de mélancolie, l'air de *Fleuve du Tage* [1], romance française dont souvent il avait entendu jouer le prélude dans un boudoir de Paris à la personne qu'il aimait, et dont cette religieuse venait alors de se servir pour exprimer, au milieu de la joie des triomphateurs, les regrets d'une exilée. Terrible sensation ! Espérer la résurrection d'un

---

1. *Le Fleuve du Tage* est une mélodie de Jean-Joseph-Benoît Pollet (1753-1823) à la mode en 1820. Il s'agit d'une romance. Le fait qu'elle soit jouée dans une église est sans doute à mettre sur le compte des confusions que fait sœur Thérèse. Ainsi, lorsqu'elle joue le *Magnificat*, « le chant de joie consacré […] par la liturgie […] pour exprimer les splendeurs de Dieu, devient l'expression d'un cœur amoureux ».

amour perdu, le retrouver encore perdu, l'entrevoir mystérieusement, après cinq années pendant lesquelles la passion s'était irritée dans le vide, et agrandie par l'inutilité des tentatives faites pour la satisfaire!

Qui, dans sa vie, n'a pas, une fois au moins, bouleversé son chez-soi, ses papiers, sa maison, fouillé sa mémoire avec impatience en cherchant un objet précieux, et ressenti l'ineffable plaisir de le trouver, après un jour ou deux consumés en recherches vaines; après avoir espéré, désespéré de le rencontrer; après avoir dépensé les irritations les plus vives de l'âme pour ce rien important qui causait presque une passion? Eh bien, étendez cette espèce de rage sur cinq années; mettez une femme, un cœur, un amour à la place de ce rien; transportez la passion dans les plus hautes régions du sentiment; puis supposez un homme ardent, un homme à cœur et face de lion, un de ces hommes à crinière qui imposent et communiquent à ceux qui les envisagent une respectueuse terreur! Peut-être comprendrez-vous alors la brusque sortie du général pendant le *Te Deum*, au moment où le prélude d'une romance jadis écoutée avec délices par lui, sous des lambris dorés, vibra sous la nef de cette église marine.

Il descendit la rue montueuse qui conduisait à cette église, et ne s'arrêta qu'au moment où les sons graves de l'orgue ne parvinrent plus à son oreille. Incapable de songer à autre chose qu'à son amour, dont la volcanique éruption lui brûlait le cœur, le général français ne s'aperçut de la fin du *Te Deum* qu'au moment où l'assistance espagnole descendit par flots. Il sentit que sa conduite ou son attitude pouvaient paraître ridicules, et revint prendre sa place à la tête du cortège, en disant à l'alcade et au gouverneur de la ville qu'une subite indisposition l'avait obligé d'aller prendre l'air. Puis, afin de pouvoir rester dans l'île, il songea soudain à tirer parti de ce prétexte d'abord insouciamment donné. Objectant l'aggravation de son malaise, il refusa de présider le repas offert par les autorités insulaires aux officiers français ; il se mit au lit, et fit écrire au major général pour lui annoncer la passagère maladie qui le forçait de remettre à un colonel le commandement des troupes. Cette ruse si vulgaire, mais si naturelle, le rendit libre de tout soin pendant le temps nécessaire à l'accomplissement de ses projets. En homme essentiellement catholique et monarchique, il s'informa de l'heure des offices et affecta le plus grand attachement aux pratiques religieuses, piété qui, en Espagne, ne devait surprendre personne.

Le lendemain même, pendant le départ de ses soldats, le général se rendit au couvent pour assister aux vêpres. Il trouva l'église désertée par les habitants qui, malgré leur dévotion, étaient allés voir sur le port l'embarcation des troupes. Le Français, heureux de se trouver seul dans l'église, eut soin d'en faire retentir les voûtes sonores du bruit de ses éperons ; il y marcha bruyamment, il toussa, il se parla tout haut à lui-même pour apprendre aux religieuses, et surtout à la musicienne, que, si les Français partaient, il en restait un. Ce singulier avis fut-il entendu, compris ?... le général le crut. Au *Magnificat*, les orgues semblèrent lui faire une réponse qui lui fut apportée par les vibrations de l'air. L'âme de la religieuse vola vers lui sur les ailes de ses notes, et s'émut dans le mouvement des sons. La musique éclata dans toute sa puissance ; elle échauffa l'église. Ce chant de joie, consacré par la sublime liturgie de la Chrétienté romaine pour exprimer l'exaltation de l'âme en présence des splendeurs du Dieu toujours vivant, devint l'expression d'un cœur presque effrayé de son bonheur, en présence des splendeurs d'un périssable amour qui durait encore et venait l'agiter au-delà de la tombe religieuse où s'ensevelissent les femmes pour renaître épouses du Christ.

L'orgue est certes le plus grand, le plus audacieux, le plus magnifique de tous les instruments créés par le génie humain.

Il est un orchestre entier, auquel une main habile peut tout demander, il peut tout exprimer. N'est-ce pas, en quelque sorte, un piédestal sur lequel l'âme se pose pour s'élancer dans les espaces lorsque, dans son vol, elle essaie de tracer mille tableaux, de peindre la vie, de parcourir l'infini qui sépare le ciel de la terre ? Plus un poète en écoute les gigantesques harmonies, mieux il conçoit qu'entre les hommes agenouillés et le Dieu caché par les éblouissants rayons du sanctuaire les cent voix de ce chœur terrestre peuvent seules combler les distances, et sont le seul truchement assez fort pour transmettre au ciel les prières humaines dans l'omnipotence de leurs modes, dans la diversité de leurs mélancolies, avec les teintes de leurs méditatives extases, avec les jets impétueux de leurs repentirs et les mille fantaisies de toutes les croyances. Oui, sous ces longues voûtes, les mélodies enfantées par le génie des choses saintes trouvent des grandeurs inouïes dont elles se parent et se fortifient. Là, le jour affaibli, le silence profond, les chants qui alternent avec le tonnerre des orgues, font à Dieu comme un voile à travers lequel rayonnent ses lumineux attributs. Toutes ces richesses sacrées semblèrent être jetées comme un grain d'encens sur le frêle autel de l'Amour à la face du trône éternel d'un Dieu jaloux et vengeur. En effet, la joie de la religieuse n'eut pas ce caractère de grandeur et de gravité qui doit s'harmonier avec les solennités du *Magnificat*; elle lui donna de riches, de gracieux développements, dont les différents rythmes accusaient une gaieté humaine. Ses motifs eurent le brillant des roulades d'une cantatrice qui tâche d'exprimer l'amour, et ses chants sautillèrent comme l'oiseau près de sa compagne. Puis, par moments, elle s'élançait par bonds dans le passé pour y folâtrer, pour y pleurer tour à tour. Son mode changeant avait quelque chose de désordonné comme l'agitation de la femme heureuse du retour de son amant. Puis, après les fugues flexibles du délire et les effets merveilleux de cette reconnaissance fantastique, l'âme qui parlait ainsi fit un retour sur elle-même. La musicienne, passant du majeur au mineur, sut instruire son auditeur de sa situation présente. Soudain elle lui raconta ses longues mélancolies et lui dépeignit sa lente maladie morale. Elle avait aboli chaque jour un sens, retranché chaque nuit quelque pensée, réduit graduellement son cœur en cendres. Après quelques molles ondulations, sa musique prit, de teinte en teinte, une couleur de tristesse profonde. Bientôt les échos versèrent les chagrins à torrents. Enfin tout à coup les hautes notes firent détonner un concert de voix angéliques, comme pour annoncer à l'amant perdu, mais non pas oublié, que la réunion des deux âmes ne se ferait plus que dans les cieux : touchante espérance ! Vint l'*Amen*. Là, plus de joie ni de larmes dans les airs ; ni mélancolie, ni regrets. L'*Amen* fut un retour à Dieu ; ce dernier accord fut grave, solennel, terrible. La musicienne déploya tous les crêpes de la religieuse, et, après les derniers grondements des basses, qui firent frémir les auditeurs jusque dans leurs cheveux, elle sembla s'être replongée dans la tombe d'où elle était pour un moment sortie. Quand les airs eurent, par degrés, cessé leurs vibrations oscillatoires, vous eussiez dit que l'église, jusque-là lumineuse, rentrait dans une profonde obscurité.

Le général avait été rapidement emporté par la course de ce vigoureux génie, et l'avait suivi dans les régions qu'il venait de parcourir. Il comprenait, dans toute leur étendue, les images dont abonda cette brûlante symphonie, et pour lui ces accords allaient bien loin. Pour lui, comme pour la sœur, ce poème était l'avenir, le présent et le passé. La musique, même celle du théâtre, n'est-elle pas, pour les âmes tendres et poétiques, pour les cœurs souffrants et blessés, un texte qu'ils développent au gré de leurs souvenirs ? S'il faut un cœur de poète pour faire un musicien, ne faut-il pas de la poésie et de l'amour pour écouter, pour comprendre les grandes œuvres musicales ? La Religion, l'Amour et la Musique ne sont-ils pas la triple expression d'un même fait, le besoin d'expansion dont est travaillée toute âme noble ? Ces trois poésies vont toutes à Dieu, qui dénoue toutes les émotions terrestres. Aussi cette sainte Trinité humaine participe-t-elle des grandeurs infinies de Dieu, que nous ne configurons jamais sans l'entourer des feux de l'amour, des sistres d'or de la musique, de lumière et d'harmonie. N'est-il pas le principe et la fin de nos œuvres ?

Le Français devina que, dans ce désert, sur ce rocher entouré par la mer, la religieuse s'était emparée de la musique pour y jeter le surplus de passion qui la dévorait. Était-ce un hommage fait à Dieu de son amour, était-ce le triomphe de l'amour sur Dieu ? questions difficiles à décider. Mais, certes, le général ne put douter qu'il ne retrouvât en ce cœur mort au monde une passion tout aussi brûlante que l'était la sienne. Les vêpres finies, il revint chez l'alcade, où il était logé. Restant d'abord en proie aux mille jouissances que prodigue une satisfaction longtemps attendue, péniblement cherchée, il ne vit rien au-delà. Il était toujours aimé. La solitude avait grandi l'amour dans ce cœur, autant que l'amour avait été grandi dans le sien par les barrières successivement franchies et mises par cette femme entre elle et lui. Cet épanouissement de l'âme eut sa durée naturelle. Puis vint le désir de revoir cette femme, de la disputer à Dieu, de la lui ravir, projet téméraire qui plut à cet homme audacieux. Après le repas, il se coucha pour éviter les questions, pour être seul, pour pouvoir penser sans trouble, et resta plongé dans les méditations les plus profondes, jusqu'au lendemain matin. Il ne se leva que pour aller à la messe. Il vint à l'église, il se plaça près de la grille ; son front touchait le rideau ; il aurait voulu le déchirer, mais il n'était pas seul : son hôte l'avait accompagné par politesse, et la moindre imprudence pouvait compromettre l'avenir de sa passion, en ruiner les nouvelles espérances. Les orgues se firent entendre, mais elles n'étaient plus touchées par les mêmes mains. La musicienne des deux jours précédents ne tenait plus le clavier. Tout fut pâle et froid pour le général. Sa maîtresse était-elle accablée par les mêmes émotions sous lesquelles succombait presque un vigoureux cœur d'homme ? Avait-elle si bien partagé, compris un amour fidèle et désiré, qu'elle en fût mourante sur son lit dans sa cellule ? Au moment où mille réflexions de ce genre s'élevaient dans l'esprit du Français, il entendit résonner près de lui la voix de la personne qu'il adorait, il en reconnut le timbre clair. Cette voix, légèrement altérée par un tremblement qui lui donnait toutes les grâces que prête aux jeunes filles leur timidité pudique, tranchait sur la masse du chant, comme celle d'une *prima donna* sur l'harmonie d'un finale. Elle faisait à l'âme l'effet que produit aux yeux un filet d'argent ou d'or dans une frise obscure. C'était donc bien elle ! Toujours Parisienne, elle n'avait pas dépouillé sa coquetterie, quoiqu'elle eût quitté les parures du monde pour le bandeau, pour la dure étamine des Carmélites. Après avoir signé son amour la veille, au milieu des louanges adressées au Seigneur, elle semblait dire à son amant : « Oui, c'est moi, je suis là, j'aime toujours ; mais je suis à l'abri de l'amour. Tu m'entendras, mon âme t'enveloppera, et je resterai sous le linceul brun de ce chœur d'où nul pouvoir ne saurait m'arracher. Tu ne me verras pas. »

« C'est bien elle ! » se dit le général en relevant son front, en le dégageant de ses mains, sur lesquelles il l'avait appuyé ; car il n'avait pu d'abord soutenir l'écrasante émotion qui s'éleva comme un tourbillon dans son cœur quand cette voix connue vibra sous les arceaux, accompagnée par le murmure des vagues. L'orage était au-dehors, et le calme dans le sanctuaire. Cette voix si riche continuait à déployer toutes ses câlineries, elle arrivait comme un baume sur le cœur embrasé de cet amant, elle fleurissait dans l'air, qu'on désirait mieux aspirer pour y reprendre les émanations d'une âme exhalée avec amour dans les paroles de la prière. L'alcade vint rejoindre son hôte, il le trouva fondant en larmes à l'élévation, qui fut chantée par la religieuse, et l'emmena chez lui. Surpris de rencontrer tant de dévotion dans un militaire français, l'alcade avait invité à souper le confesseur du couvent, et il en prévint le général, auquel jamais nouvelle n'avait fait autant de plaisir. Pendant le souper, le confesseur fut l'objet des attentions du Français, dont le respect intéressé confirma les Espagnols dans la haute opinion qu'ils avaient prise de sa piété. Il demanda gravement le nombre des religieuses, des détails sur les revenus du couvent et sur ses richesses, en homme qui paraissait vouloir entretenir poliment le bon vieux prêtre des choses dont il devait être le plus occupé. Puis il s'informa de la vie que menaient ces saintes filles. Pouvaient-elles sortir ? les voyait-on ?

« Seigneur, dit le vénérable ecclésiastique, la règle est sévère. S'il faut une permission de Notre Saint-Père pour qu'une femme vienne dans une maison de saint Bruno, ici même rigueur. Il est impossible à un homme d'entrer dans un couvent de Carmélites Déchaussées, à moins qu'il ne soit prêtre et attaché par l'archevêque au service de la Maison. Aucune religieuse ne sort. Cependant LA GRANDE SAINTE (la mère Thérèse) a souvent quitté sa cellule. Le Visiteur ou les Mères supérieures peuvent seules permettre à une religieuse, avec l'autorisation de l'archevêque, de voir des étrangers, surtout en cas de maladie. Or nous sommes un chef d'ordre, et nous avons conséquemment une Mère supérieure au couvent. Nous avons, entre autres étrangères, une Française, la sœur Thérèse, celle qui dirige la musique de la chapelle.

— Ah ! répondit le général en feignant la surprise. Elle a dû être satisfaite du triomphe des armes de la maison de Bourbon ?

— Je leur ai dit l'objet de la messe, elles sont toujours un peu curieuses.

— Mais la sœur Thérèse peut avoir des intérêts en France, elle voudrait peut-être y faire savoir quelque chose, en demander des nouvelles ?

— Je ne le crois pas, elle se serait adressée à moi pour en savoir.

— En qualité de compatriote, dit le général, je serais bien curieux de la voir... Si cela est possible, si la Supérieure y consent, si...

— À la grille, et même en présence de la Révérende Mère, une entrevue serait impossible pour qui que ce soit ; mais en faveur d'un libérateur du trône catholique et de la sainte religion, malgré la rigidité de la Mère, la règle peut dormir un moment, dit le confesseur en clignant les yeux. J'en parlerai.

— Quel âge a la sœur Thérèse ? demanda l'amant qui n'osa pas questionner le prêtre sur la beauté de la religieuse.

— Elle n'a plus d'âge », répondit le bonhomme avec une simplicité qui fit frémir le général.

Le lendemain matin, avant la sieste, le confesseur vint annoncer au Français que la sœur Thérèse et la Mère consentaient à le recevoir à la grille du parloir, avant l'heure des vêpres. Après la sieste, pendant laquelle le général dévora le temps en allant se promener sur le port, par la chaleur du midi, le prêtre revint le chercher, et l'introduisit dans le couvent ; il le guida sous une galerie qui longeait le cimetière, et dans laquelle quelques fontaines, plusieurs arbres verts et des arceaux multipliés entretenaient une fraîcheur en harmonie avec le silence du lieu. Parvenus au fond de cette longue galerie, le prêtre fit entrer son compagnon dans une salle partagée en deux parties par une grille couverte d'un rideau brun. Dans la partie en quelque sorte publique, où le confesseur laissa le général, régnait, le long du mur, un banc de bois ; quelques chaises également en bois se trouvaient près de la grille. Le plafond était composé de solives saillantes, en chêne vert, et sans nul ornement. Le jour ne venait dans cette salle que par deux fenêtres situées dans la partie affectée aux religieuses, en sorte que cette faible lumière, mal reflétée par un bois à teintes brunes, suffisait à peine pour éclairer le grand Christ noir, le portrait de sainte Thérèse et un tableau de la Vierge qui décoraient les parois grises du parloir. Les sentiments du général prirent donc, malgré leur violence, une couleur mélancolique. Il devint calme dans ce calme domestique. Quelque chose de grand comme la tombe le saisit sous ces frais planchers. N'était-ce pas son silence éternel, sa paix profonde, ses idées d'infini ? Puis, la quiétude et la pensée fixe du cloître, cette pensée qui se glisse dans l'air, dans le clair-obscur, dans tout, et qui, n'étant tracée nulle part, est encore agrandie par l'imagination, ce grand mot : *la paix dans le Seigneur*, entre, là, de vive force, dans l'âme la moins religieuse. Les couvents d'hommes se conçoivent peu ; l'homme y semble faible : il est né pour agir, pour accomplir une vie de travail à laquelle il se soustrait dans sa cellule. Mais dans un monastère de femmes, combien de vigueur virile et de touchante faiblesse ! Un homme peut être poussé par mille sentiments au fond d'une abbaye, il s'y jette comme dans un précipice ; mais la femme n'y vient jamais qu'entraînée par un seul sentiment : elle ne s'y dénature pas, elle épouse Dieu. Vous pouvez dire aux religieux : Pourquoi n'avez-vous pas lutté ? Mais la réclusion d'une femme n'est-elle pas toujours une lutte sublime ? Enfin, le général trouva ce parloir muet et ce couvent perdu dans la mer tout pleins de lui. L'amour arrive rarement à la solennité ; mais l'amour encore fidèle au sein de Dieu, n'était-ce pas quelque chose de solennel, et plus qu'un homme n'avait le droit d'espérer au dix-neuvième siècle, par les mœurs qui courent ? Les grandeurs infinies de cette situation pouvaient agir sur l'âme du général, il était précisément assez élevé pour oublier la politique, les honneurs, l'Espagne, le monde de Paris, et monter jusqu'à la hauteur de ce dénouement grandiose. D'ailleurs, quoi de plus véritablement tragique ? Combien de sentiments dans la situation des deux amants seuls réunis au milieu de la mer sur un banc de granit, mais séparés par une idée, par une barrière infranchissable ! Voyez l'homme se disant : « Triompherai-je de Dieu dans ce cœur ? » Un léger bruit fit tressaillir cet homme, le rideau brun se tira ; puis il vit dans la lumière une femme debout, mais dont la figure lui était cachée par le prolongement du voile plié sur la tête : suivant la règle de la maison, elle était vêtue de cette robe dont la couleur est devenue proverbiale. Le général ne put apercevoir les pieds nus de la religieuse, qui lui en auraient attesté l'effrayante maigreur ; cependant, malgré les plis nombreux de la robe grossière qui couvrait et ne parait plus cette femme, il devina que les larmes, la prière, la passion, la vie solitaire l'avaient déjà desséchée.

La main glacée d'une femme, celle de la Supérieure sans doute, tenait encore le rideau ; et le général, ayant examiné le témoin nécessaire de cet entretien, rencontra le regard noir et profond d'une vieille religieuse, presque centenaire, regard clair et jeune, qui démentait les rides nombreuses par lesquelles le pâle visage de cette femme était sillonné.

« Madame la duchesse, demanda-t-il d'une voix fortement émue à la religieuse qui baissait la tête, votre compagne entend-elle le français ?

— Il n'y a pas de duchesse ici, répondit la religieuse. Vous êtes devant la sœur Thérèse. La femme, celle que vous nommez ma compagne, est ma Mère en Dieu, ma Supérieure ici-bas. »

Ces paroles, si humblement prononcées par la voix qui jadis s'harmoniait avec le luxe et l'élégance au milieu desquels avait vécu cette femme, reine de la mode à Paris, par une bouche dont le langage était jadis si léger, si moqueur, frappèrent le général comme l'eût fait un coup de foudre.

« Ma sainte Mère ne parle que le latin et l'espagnol, ajouta-t-elle.

— Je ne sais ni l'un ni l'autre. Ma chère Antoinette, excusez-moi près d'elle. »

En entendant son nom doucement prononcé par un homme naguère si dur pour elle, la religieuse éprouva une vive émotion intérieure que trahirent les légers tremblements de son voile, sur lequel la lumière tombait en plein.

« Mon frère, dit-elle en portant sa manche sous son voile pour s'essuyer les yeux peut-être, je me nomme la sœur Thérèse... »

Puis elle se tourna vers la Mère, et lui dit, en espagnol, ces paroles que le général entendait parfaitement ; il en savait assez pour le comprendre, et peut-être aussi pour le parler :

« Ma chère Mère, ce cavalier vous présente ses respects, et vous prie de l'excuser de ne pouvoir les mettre lui-même à vos pieds ; mais il ne sait aucune des deux langues que vous parlez... »

La vieille inclina la tête lentement, sa physionomie prit une expression de douceur angélique, rehaussée néanmoins par le sentiment de sa puissance et de sa dignité.

« Tu connais ce cavalier ? lui demanda la Mère en lui jetant un regard pénétrant.

— Oui, ma Mère.

— Rentre dans ta cellule, ma fille ! » dit la Supérieure d'un ton impérieux.

Le général s'effaça vivement derrière le rideau, pour ne pas laisser deviner sur son visage les émotions terribles qui l'agitaient ; et, dans l'ombre, il croyait voir encore les yeux perçants de la Supérieure. Cette femme, maîtresse de la fragile et passagère félicité dont la conquête coûtait tant de soins, lui avait fait peur, et il tremblait, lui qu'une triple rangée de canons n'avait jamais effrayé. La duchesse marchait vers la porte, mais elle se retourna : « Ma Mère, dit-elle d'un ton de voix horriblement calme, ce Français est un de mes frères.

— Reste donc, ma fille ! » répondit la vieille femme après une pause.

Cet admirable jésuitisme accusait tant d'amour et de regrets, qu'un homme moins fortement organisé que ne l'était le général se serait senti défaillir en éprouvant de si vifs plaisirs au milieu d'un immense péril, pour lui tout nouveau. De quelle valeur étaient donc les mots, les regards, les gestes dans une scène où l'amour devait échapper à des yeux de lynx, à des griffes de tigre ! La sœur Thérèse revint.

« Vous voyez, mon frère, ce que j'ose faire pour vous entretenir un moment de votre salut, et des vœux que mon âme adresse pour vous chaque jour au ciel. Je commets un péché mortel. J'ai menti. Combien de jours de pénitence pour effacer ce mensonge ! mais ce sera souffrir pour vous. Vous ne savez pas, mon frère, quel bonheur est d'aimer dans le ciel, de pouvoir s'avouer ses sentiments alors que la religion les a purifiés, les a transportés dans les régions les plus hautes, et qu'il nous est permis de ne plus regarder qu'à l'âme. Si les doctrines, si l'esprit de la sainte à laquelle nous devons cet asile ne m'avaient pas enlevée loin des misères terrestres, et ravie bien loin de la sphère où elle est, mais certes au-dessus du monde, je ne vous eusse pas revu. Mais je puis vous voir, vous entendre et demeurer calme...

— Hé bien, Antoinette, s'écria le général en l'interrompant à ces mots, faites que je vous voie, vous que j'aime maintenant avec ivresse, éperdument, comme vous avez voulu être aimée par moi.

— Ne m'appelez pas Antoinette, je vous en supplie. Les souvenirs du passé me font mal. Ne voyez ici que la sœur Thérèse, une créature confiante en la miséricorde divine. Et, ajouta-t-elle après une pause, modérez-vous, mon frère. Notre Mère nous séparerait impitoyablement, si votre visage trahissait des passions mondaines, ou si vos yeux laissaient tomber des pleurs. »

Le général inclina la tête comme pour se recueillir. Quand il leva les yeux sur la grille, il aperçut, entre deux barreaux, la figure amaigrie, pâle, mais ardente encore de la religieuse. Son teint, où jadis fleurissaient tous les enchantements de la jeunesse, où l'heureuse opposition d'un blanc mat contrastait avec les couleurs de la rose du Bengale, avait pris le ton chaud d'une coupe de porcelaine sous laquelle est enfermée une faible lumière. La belle chevelure dont cette femme était si fière avait été rasée. Un bandeau ceignait son front et enveloppait son visage. Ses yeux, entourés d'une meurtrissure due aux austérités de cette vie, lançaient, par moments, des rayons fiévreux, et leur calme habituel n'était qu'un voile. Enfin, de cette femme il ne restait que l'âme.

« Ah ! vous quitterez ce tombeau, vous qui êtes devenue ma vie ! Vous m'apparteniez, et n'étiez pas libre de vous donner, même à Dieu. Ne m'avez-vous pas promis de sacrifier tout au moindre de mes commandements ? Maintenant vous me trouverez peut-être digne de cette promesse, quand vous saurez ce que j'ai fait pour vous. Je vous ai cherchée dans le monde entier. Depuis cinq ans, vous êtes ma pensée de tous les instants, l'occupation de ma vie. Mes amis, des amis bien puissants, vous le savez, m'ont aidé de toute leur force à fouiller les couvents de France, d'Italie, d'Espagne, de Sicile, de l'Amérique. Mon amour s'allumait plus vif à chaque recherche vaine ; j'ai souvent fait de longs voyages sur un faux espoir, j'ai dépensé ma vie et les plus larges battements de mon cœur autour des murailles noires de plusieurs cloîtres. Je ne vous parle pas d'une fidélité sans bornes, qu'est-ce ? un rien en comparaison des vœux infinis de mon amour. Si vous avez été vraie jadis dans vos remords, vous ne devez pas hésiter à me suivre aujourd'hui.

— Vous oubliez que je ne suis pas libre.

— Le duc est mort », répondit-il vivement.

La sœur Thérèse rougit.

« Que le ciel lui soit ouvert, dit-elle avec une vive émotion, il a été généreux pour moi. Mais je ne parlais pas de ces liens, une de mes fautes a été de vouloir les briser tous sans scrupule pour vous.

— Vous parlez de vos vœux, s'écria le général en fronçant les sourcils. Je ne croyais pas que quelque chose vous pesât au cœur plus que votre amour. Mais n'en doutez pas, Antoinette, j'obtiendrai du Saint-Père un bref qui déliera vos serments. J'irai certes à Rome, j'implorerai toutes les puissances de la terre ; et si Dieu pouvait descendre, je le...

— Ne blasphémez pas.

— Ne vous inquiétez donc pas de Dieu ! Ah ! j'aimerais bien mieux savoir que vous franchiriez pour moi ces murs ; que, ce soir même, vous vous jetteriez dans une barque au bas des rochers. Nous irions être heureux je ne sais où, au bout du monde ! Et, près de moi, vous reviendriez à la vie, à la santé, sous les ailes de l'Amour.

— Ne parlez pas ainsi, reprit la sœur Thérèse, vous ignorez ce que vous êtes devenu pour moi. Je vous aime bien mieux que je ne vous ai jamais aimé. Je prie Dieu tous les jours pour vous, et je ne vous vois plus avec les yeux du corps. Si vous connaissiez, Armand, le bonheur de pouvoir se livrer sans honte à une amitié pure que Dieu protège! Vous ignorez combien je suis heureuse d'appeler les bénédictions du ciel sur vous. Je ne prie jamais pour moi : Dieu fera de moi suivant ses volontés. Mais vous, je voudrais, au prix de mon éternité, avoir quelque certitude que vous êtes heureux en ce monde, et que vous serez heureux en l'autre, pendant tous les siècles. Ma vie éternelle est tout ce que le malheur m'a laissé à vous offrir. Maintenant, je suis vieillie dans les larmes, je ne suis plus ni jeune ni belle; d'ailleurs vous mépriseriez une religieuse devenue femme, qu'aucun sentiment, même l'amour maternel, n'absoudrait...Que me direz-vous qui puisse balancer les innombrables réflexions accumulées dans mon cœur depuis cinq années, et qui l'ont changé, creusé, flétri? J'aurais dû le donner moins triste à Dieu !

— Ce que je dirai, ma chère Antoinette! je dirai que je t'aime; que l'affection, l'amour, l'amour vrai, le bonheur de vivre dans un cœur tout à nous, entièrement à nous, sans réserve, est si rare et si difficile à rencontrer, que j'ai douté de toi, que je t'ai soumise à de rudes épreuves; mais aujourd'hui je t'aime de toutes les puissances de mon âme : si tu me suis dans la retraite, je n'entendrai plus d'autre voix que la tienne, je ne verrai plus d'autre visage que le tien...

— Silence, Armand ! Vous abrégez le seul instant pendant lequel il nous sera permis de nous voir ici-bas.

— Antoinette, veux-tu me suivre?

— Mais je ne vous quitte pas. Je vis dans votre cœur, mais autrement que par un intérêt de plaisir mondain, de vanité, de jouissance égoïste; je vis ici pour vous, pâle et flétrie, dans le sein de Dieu ! S'il est juste, vous serez heureux...

— Phrases que tout cela! Et si je te veux pâle et flétrie? Et si je ne puis être heureux qu'en te possédant? Tu connaîtras donc toujours des devoirs en présence de ton amant?

Il n'est donc jamais au-dessus de tout dans ton cœur ?
Naguère, tu lui préférais la société, toi, je ne sais quoi ;
maintenant, c'est Dieu, c'est mon salut. Dans la sœur Thérèse, je reconnais toujours la duchesse ignorante des plaisirs de l'amour, et toujours insensible sous les apparences
de la sensibilité. Tu ne m'aimes pas, tu n'as jamais aimé...

— Ha, mon frère...

— Tu ne veux pas quitter cette tombe, tu aimes mon
âme, dis-tu ? Eh bien, tu la perdras à jamais, cette âme, je
me tuerai...

— Ma Mère, cria la sœur Thérèse en espagnol, je vous
ai menti, cet homme est mon amant ! »

Aussitôt le rideau tomba. Le général, demeuré stupide,
entendit à peine les portes intérieures se fermant avec
violence.

« Ah ! elle m'aime encore ! s'écria-t-il en comprenant tout
ce qu'il y avait de sublime dans le cri de la religieuse, il faut
l'enlever d'ici... »

Le général quitta l'île, revint au quartier général, il allégua
des raisons de santé, demanda un congé et retourna promptement en France.

Voici maintenant l'aventure qui avait déterminé la situation respective où se trouvaient alors les deux personnages
de cette scène.

Chapitre 2

L'amour dans la paroisse de Saint-Thomas-d'Aquin

Ce que l'on nomme en France le faubourg Saint-Germain n'est ni un quartier, ni une secte, ni une institution, ni rien qui se puisse nettement exprimer. La place Royale, le faubourg Saint-Honoré, la Chaussée d'Antin possèdent également des hôtels où se respire l'air du faubourg Saint-Germain. Ainsi, déjà tout le faubourg n'est pas dans le faubourg. Des personnes nées fort loin de son influence peuvent la ressentir et s'agréger à ce monde, tandis que certaines autres qui y sont nées peuvent en être à jamais bannies. Les manières, le parler, en un mot la tradition faubourg Saint-Germain est à Paris, depuis environ quarante ans, ce que la Cour y était jadis, ce qu'était l'hôtel Saint-Paul dans le quatorzième siècle, le Louvre au quinzième, le Palais, l'hôtel Rambouillet, la place Royale au seizième, puis Versailles au dix-septième et au dix-huitième siècle. À toutes les phases de l'histoire, le Paris de la haute classe et de la noblesse a eu son centre, comme le Paris vulgaire aura toujours le sien. Cette singularité périodique offre une ample matière aux réflexions de ceux qui veulent observer ou peindre les différentes zones sociales ; et peut-être ne doit-on pas en rechercher les causes seulement pour justifier le caractère de cette aventure, mais aussi pour servir à de graves intérêts, plus vivaces dans l'avenir que dans le présent, si tou-

tefois l'expérience n'est pas un non-sens pour les partis
comme pour la jeunesse. Les grands seigneurs et les gens
riches, qui singeront toujours les grands seigneurs, ont, à
toutes les époques, éloigné leurs maisons des endroits très
habités. Si le duc d'Uzès se bâtit, sous le règne de Louis XIV,
le bel hôtel à la porte duquel il mit la fontaine de la rue
Montmartre, acte de bienfaisance qui le rendit, outre ses
vertus, l'objet d'une vénération si populaire que le quartier
suivit en masse son convoi, ce coin de Paris était alors
désert. Mais aussitôt que les fortifications s'abattirent, que
les marais situés au-delà des boulevards s'emplirent de maisons, la famille d'Uzès quitta ce bel hôtel, habité de nos jours
par un banquier. Puis la noblesse, compromise au milieu des
boutiques, abandonna la place Royale, les alentours du
centre parisien, et passa la rivière afin de pouvoir respirer
à son aise dans le faubourg Saint-Germain, où déjà des palais
s'étaient élevés autour de l'hôtel bâti par Louis XIV au duc
du Maine, le Benjamin de ses légitimés. Pour les gens accoutumés aux splendeurs de la vie, est-il en effet rien de plus
ignoble que le tumulte, la boue, les cris, la mauvaise odeur,
l'étroitesse des rues populeuses ? Les habitudes d'un quartier marchand ou manufacturier ne sont-elles pas constamment en désaccord avec les habitudes des Grands ? Le
Commerce et le Travail se couchent au moment où l'aristocratie songe à dîner, les uns s'agitent bruyamment quand
l'autre se repose ; leurs calculs ne se rencontrent jamais, les
uns sont la recette, et l'autre est la dépense. De là des
mœurs diamétralement opposées. Cette observation n'a
rien de dédaigneux. Une aristocratie est en quelque sorte
la pensée d'une société, comme la bourgeoisie et les pro-
létaires en sont l'organisme et l'action. De là des sièges différents pour ces forces ; et, de leur antagonisme, vient une
antipathie apparente que produit la diversité de mouvements faits néanmoins dans un but commun. Ces discor-

dances sociales résultent si logiquement de toute charte constitutionnelle, que le libéral le plus disposé à s'en plaindre, comme d'un attentat envers les sublimes idées sous lesquelles les ambitieux des classes inférieures cachent leurs desseins, trouverait prodigieusement ridicule à M. le prince de Montmorency de demeurer rue Saint-Martin, au coin de la rue qui porte son nom, ou à M. le duc de Fitz-James[1], le descendant de la race royale écossaise, d'avoir son hôtel rue Marie-Stuart, au coin de la rue Montorgueil. *Sint ut sunt, aut non sint*[2], ces belles paroles pontificales peuvent servir de devise aux Grands de tous les pays. Ce fait, patent à chaque époque, et toujours accepté par le peuple, porte en lui des raisons d'État : il est à la fois un effet et une cause, un principe et une loi. Les masses ont un bon sens qu'elles ne désertent qu'au moment où les gens de mauvaise foi les passionnent. Ce bon sens repose sur des vérités d'un ordre général, vraies à Moscou comme à Londres, vraies à Genève comme à Calcutta. Partout, lorsque vous rassemblerez des familles d'inégale fortune sur un espace donné, vous verrez se former des cercles supérieurs, des patriciens, des première, seconde et troisième sociétés. L'égalité sera peut-être un *droit*, mais aucune puissance humaine ne saura le convertir en *fait*. Il serait bien utile pour le bonheur de la France d'y populariser cette pensée. Aux masses les moins intelligentes se révèlent encore les bienfaits de l'harmonie politique. L'harmonie est la poésie de l'ordre, et les peuples ont un vif besoin d'ordre. La concordance des choses entre elles, l'unité, pour tout dire

---

1. *La Duchesse de Langeais* fut d'abord publié dans *L'Écho de la Jeune France*, journal légitimiste patronné par le duc de Fitz-James, oncle de Mme de Castries (voir dossier p. 258).

2. « Qu'ils soient tels qu'ils sont, ou qu'ils ne soient pas », réponse faite en 1762 au gouvernement français qui exigeait une réforme de l'ordre des Jésuites.

en un mot, n'est-elle pas la plus simple expression de l'ordre ? L'architecture, la musique, la poésie, tout dans la France s'appuie, plus qu'en aucun autre pays, sur ce principe, qui d'ailleurs est écrit au fond de son clair et pur langage, et la langue sera toujours la plus infaillible formule d'une nation. Aussi voyez-vous le peuple y adoptant les airs les plus poétiques, les mieux modulés ; s'attachant aux idées les plus simples ; aimant les motifs incisifs qui contiennent le plus de pensées. La France est le seul pays où quelque petite phrase puisse faire une grande révolution. Les masses ne s'y sont jamais révoltées que pour essayer de mettre d'accord les hommes, les choses et les principes. Or, nulle autre nation ne sent mieux la pensée d'unité qui doit exister dans la vie aristocratique, peut-être parce que nulle autre n'a mieux compris les nécessités politiques : l'histoire ne la trouvera jamais en arrière. La France est souvent trompée, mais comme une femme l'est, par des idées généreuses, par des sentiments chaleureux dont la portée échappe d'abord au calcul.

Ainsi déjà, pour premier trait caractéristique, le faubourg Saint-Germain a la splendeur de ses hôtels, ses grands jardins, leur silence, jadis en harmonie avec la magnificence de ses fortunes territoriales. Cet espace mis entre une classe et toute une capitale n'est-il pas une consécration matérielle des distances morales qui doivent les séparer ? Dans toutes les créations, la tête a sa place marquée. Si par hasard une nation fait tomber son chef à ses pieds, elle s'aperçoit tôt ou tard qu'elle s'est suicidée. Comme les nations ne veulent pas mourir, elles travaillent alors à se refaire une tête. Quand la nation n'en a plus la force, elle périt, comme ont péri Rome, Venise et tant d'autres[1]. La distinction intro-

---

1. Rome tomba en 410 (victoire du Wisigoth Alaric). La République de Venise fut supprimée en 1797 par Bonaparte.

duite par la différence des mœurs entre les autres sphères d'activité sociale et la sphère supérieure implique nécessairement une valeur réelle, capitale, chez les sommités aristocratiques. Dès qu'en tout État, sous quelque forme qu'affecte le *Gouvernement*, les patriciens [1] manquent à leurs conditions de supériorité complète, ils deviennent sans force, et le peuple les renverse aussitôt. Le peuple veut toujours leur voir aux mains, au cœur et à la tête, la fortune, le pouvoir et l'action ; la parole, l'intelligence et la gloire. Sans cette triple puissance, tout privilège s'évanouit. Les peuples, comme les femmes, aiment la force en quiconque les gouverne, et leur amour ne va pas sans le respect ; ils n'accordent point leur obéissance à qui ne l'impose pas. Une aristocratie mésestimée est comme un roi fainéant [2], un mari en jupon ; elle est nulle avant de n'être rien. Ainsi, la séparation des Grands, leurs mœurs tranchées ; en un mot, le costume général des castes patriciennes est tout à la fois le symbole d'une puissance réelle, et les raisons de leur mort quand elles ont perdu la puissance. Le faubourg Saint-Germain s'est laissé momentanément abattre pour n'avoir pas voulu reconnaître les obligations de son existence qu'il lui était encore facile de perpétuer. Il devait avoir la bonne foi de voir à temps, comme le vit l'aristocratie anglaise, que les institutions ont leurs années climatériques où les mêmes mots n'ont plus les mêmes significations, où les idées prennent d'autres vêtements, et où les conditions de la vie poli-

---

1. Le patricien appartenait à la classe sociale la plus élevée des citoyens romains, et jouissait de privilèges spécifiques comme l'accès à une haute magistrature. Le terme est employé de façon générale pour caractériser les familles nobles et privilégiées.

2. Les rois fainéants sont les derniers rois mérovingiens : le qualificatif de « fainéant » a été attribué à Clovis II (règne entre 639 et 657), qui fut le premier roi à préférer au cheval une voiture attelée à quatre bœufs.

tique changent totalement de forme, sans que le fond soit essentiellement altéré. Ces idées veulent des développements qui appartiennent essentiellement à cette aventure, dans laquelle ils entrent, et comme définition des causes, et comme explication des faits.

Le grandiose des châteaux et des palais aristocratiques, le luxe de leurs détails, la somptuosité constante des ameublements, l'*aire* dans laquelle s'y meut sans gêne, et sans éprouver de froissement, l'heureux propriétaire, riche avant de naître ; puis l'habitude de ne jamais descendre au calcul des intérêts journaliers et mesquins de l'existence, le temps dont il dispose, l'instruction supérieure qu'il peut prématurément acquérir ; enfin les traditions patriciennes qui lui donnent des forces sociales que ses adversaires compensent à peine par des études, par une volonté, par une vocation tenaces ; tout devrait élever l'âme de l'homme qui, dès le jeune âge, possède de tels privilèges, lui imprimer ce haut respect de lui-même dont la moindre conséquence est une noblesse de cœur en harmonie avec la noblesse du nom. Cela est vrai pour quelques familles. Çà et là, dans le faubourg Saint-Germain, se rencontrent de beaux caractères, exceptions qui prouvent contre l'égoïsme général qui a causé la perte de ce monde à part. Ces avantages sont acquis à l'aristocratie française, comme à toutes les efflorescences patriciennes qui se produiront à la surface des nations aussi longtemps qu'elles assiéront leur existence sur le *domaine* [1], le domaine-sol comme le domaine-argent, seule base solide d'une société régulière ; mais ces avantages ne demeurent aux patriciens de toute sorte qu'autant qu'ils maintiennent les conditions auxquelles le peuple les leur laisse. C'est des espèces de fiefs moraux dont la

---

1. Droit de propriété. Encore aujourd'hui, ce droit est inscrit dans la Constitution française.

tenure[1] oblige envers le souverain, et ici le souverain est certes aujourd'hui le peuple. Les temps sont changés, et aussi les armes. Le banneret[2] à qui suffisait jadis de porter la cotte de maille, le haubert, de bien manier la lance et de montrer son pennon[3], doit aujourd'hui faire preuve d'intelligence; et là où il n'était besoin que d'un grand cœur, il faut, de nos jours, un large crâne. L'art, la science et l'argent forment le triangle social où s'inscrit l'écu du pouvoir, et d'où doit procéder la moderne aristocratie. Un beau théorème vaut un grand nom. Les Rothschild, ces Fugger modernes[4], sont princes de fait. Un grand artiste est réellement un oligarque, il représente tout un siècle, et devient presque toujours une loi. Ainsi, le talent de la parole, les machines à haute pression de l'écrivain, le génie du poète, la constance du commerçant, la volonté de l'homme d'État qui concentre en lui mille qualités éblouissantes, le glaive du général, ces conquêtes personnelles faites par un seul sur toute la société pour lui imposer, la classe aristocratique doit s'efforcer d'en avoir aujourd'hui le monopole, comme jadis elle avait celui de la force matérielle. Pour rester à la tête d'un pays, ne faut-il pas être toujours digne de le conduire; en être l'âme et l'esprit, pour en faire agir les mains? Comment mener un peuple sans avoir les puissances qui font le commandement? Que serait le bâton des maréchaux sans la force intrinsèque du capitaine qui le tient à la

---

1. Balzac se réfère ici au droit féodal. La tenure est un mode de concession d'une terre dont la jouissance n'est garantie qu'à titre précaire.

2. Chevalier qui a un nombre suffisant de vassaux pour avoir le droit de lever bannière et de former une compagnie en vue d'un combat.

3. Bannière sur laquelle peuvent figurer des symboles héraldiques.

4. Les Fugger étaient des banquiers de Charles Quint. Les Rothschild, installés en France depuis 1812, deviennent puissants sous le règne de Louis-Philippe.

main? Le faubourg Saint-Germain a joué avec des bâtons, en croyant qu'ils étaient tout le pouvoir. Il avait renversé les termes de la proposition qui commande son existence. Au lieu de jeter les insignes qui choquaient le peuple et de garder secrètement la force, il a laissé saisir la force à la bourgeoisie, s'est cramponné fatalement aux insignes, et a constamment oublié les lois que lui imposait sa faiblesse numérique. Une aristocratie, qui personnellement fait à peine le millième d'une société, doit aujourd'hui, comme jadis, y multiplier ses moyens d'action pour y opposer, dans les grandes crises, un poids égal à celui des masses populaires. De nos jours, les moyens d'action doivent être des forces réelles, et non des souvenirs historiques. Malheureusement, en France, la noblesse, encore grosse de son ancienne puissance évanouie, avait contre elle une sorte de présomption dont il était difficile qu'elle se défendît. Peut-être est-ce un défaut national. Le Français, plus que tout autre homme, ne conclut jamais en dessous de lui, il va du degré sur lequel il se trouve au degré supérieur : il plaint rarement les malheureux au-dessus desquels il s'élève, il gémit toujours de voir tant d'heureux au-dessus de lui. Quoiqu'il ait beaucoup de cœur, il préfère trop souvent écouter son esprit. Cet instinct national qui fait toujours aller les Français en avant, cette vanité qui ronge leurs fortunes et les régit aussi absolument que le principe d'économie régit les Hollandais, a dominé depuis trois siècles la noblesse, qui, sous ce rapport, fut éminemment française. L'homme du faubourg Saint-Germain a toujours conclu de sa supériorité matérielle en faveur de sa supériorité intellectuelle. Tout, en France, l'en a convaincu, parce que depuis l'établissement du faubourg Saint-Germain, révolution aristocratique commencée le jour où la monarchie quitta Versailles, le faubourg Saint-Germain s'est, sauf quelques lacunes, toujours appuyé sur le pouvoir, qui sera toujours en France plus ou moins faubourg Saint-Germain : de là sa défaite en 1830. À cette époque, il était comme une armée opérant sans avoir de base. Il n'avait point profité de la paix pour s'implanter dans le cœur de la nation. Il péchait par un défaut d'instruction et par un manque total de vue sur l'ensemble de ses intérêts. Il tuait un avenir certain, au profit d'un présent douteux. Voici peut-être la raison de cette fausse politique. La distance physique et morale que ces supériorités s'efforçaient de maintenir entre elles et le reste de la nation a fatalement eu pour tout résultat, depuis quarante ans, d'entretenir dans la haute classe le sentiment personnel en tuant le patriotisme de caste. Jadis, alors que la noblesse française était grande, riche et puissante, les gentilshommes savaient, dans le danger, se choisir des chefs et leur obéir. Devenus moindres, ils se sont montrés indisciplinables ; et, comme dans le Bas-Empire, chacun d'eux voulait être empereur ; en se voyant tous égaux par leur faiblesse, ils se crurent tous supérieurs. Chaque famille ruinée par la révolution, ruinée par le partage égal des biens, ne pensa qu'à elle, au lieu de penser à la grande famille aristocratique, et il leur semblait que si toutes s'enrichissaient, le parti serait fort. Erreur. L'argent aussi n'est qu'un signe de la puissance. Composées de personnes qui conservaient les hautes traditions de bonne politesse, d'élégance vraie, de beau langage, de pruderie et d'orgueil nobiliaires, en harmonie avec leurs existences, occupations mesquines quand elles sont devenues le principal d'une vie de laquelle elles ne doivent être que l'accessoire, toutes ces familles avaient une certaine valeur intrinsèque, qui, mise en superficie, ne leur laisse qu'une valeur nominale. Aucune de ces familles n'a eu le courage de se dire : Sommes-nous assez fortes pour porter le pouvoir ? Elles se sont jetées dessus comme firent les avocats en 1830. Au lieu de se montrer protecteur comme un Grand, le faubourg Saint-Germain fut avide comme un parvenu. Du jour où il fut prouvé à la nation la plus intelligente du monde que la noblesse restaurée organisait le pouvoir et le budget à son profit, ce jour, elle fut mortellement malade. Elle voulait être une aristocratie [1] quand elle ne pouvait plus être qu'une oligarchie [2], deux systèmes bien différents, et que comprendra tout homme assez habile pour lire attentivement les noms patronymiques des lords de la Chambre haute. Certes, le gouvernement royal eut de bonnes intentions ; mais il oubliait constamment qu'il faut tout faire vouloir au peuple, même son bonheur, et que la France, femme capricieuse, veut être heureuse ou battue à son gré. S'il y avait eu beaucoup de ducs de Laval que sa modestie a fait digne de son nom, le trône de la branche aînée serait devenu solide autant que l'est celui de la maison de Hanovre. En 1814, mais surtout en 1820, la noblesse française avait à dominer l'époque la plus instruite, la bourgeoisie la plus aristocratique, le pays le plus femelle du monde. Le faubourg Saint-Germain pouvait bien facilement conduire et amuser une classe moyenne, ivre de distinctions, amoureuse d'art et de science. Mais les mesquins meneurs de cette grande époque intelligentielle [3] haïssaient tous l'art et la science. Ils ne surent même pas présenter la religion, dont ils avaient besoin, sous les poétiques couleurs qui l'eussent fait aimer. Quand Lamartine [4], La Mennais,

1. L'aristocratie est une forme de gouvernement qui remet le pouvoir entre les mains des « meilleurs ».

2. L'oligarchie est un régime politique qui accorde la souveraineté à un petit groupe de personnes, à une classe restreinte et privilégiée.

3. Néologisme que l'on lit fréquemment sous la plume de Balzac, le terme « intellectuel » n'est attesté avec son sens moderne qu'à la fin du XIXe siècle.

4. En 1834, Alphonse de Lamartine (1790-1869) tient sa célébrité tant des *Méditations poétiques* (1820) que des *Harmonies poétiques et religieuses* (1830). Un décret de Charles X lui a accordé la Légion d'honneur (1825).

Montalembert [1] et quelques autres écrivains de talent doraient de poésie, rénovaient ou agrandissaient les idées religieuses, tous ceux qui gâchaient le gouvernement faisaient sentir l'amertume de la religion. Jamais nation ne fut plus complaisante, elle était alors comme une femme fatiguée qui devient facile; jamais pouvoir ne fit alors plus de maladresses : la France et la femme aiment mieux les fautes. Pour se réintégrer, pour fonder un grand gouvernement oligarchique, la noblesse du faubourg devait se fouiller avec bonne foi afin de trouver en elle-même la monnaie de Napoléon, s'éventrer pour demander au creux de ses entrailles un Richelieu constitutionnel; si ce génie n'était pas en elle, aller le chercher jusque dans le froid grenier où il pouvait être en train de mourir, et se l'assimiler, comme la chambre des lords anglais s'assimile constamment les aristocrates de hasard. Puis, ordonner à cet homme d'être implacable, de retrancher les branches pourries, de recéper l'arbre aristocratique. Mais d'abord, le grand système du torysme [2] anglais était trop immense pour de petites têtes; et son importation demandait trop de temps aux Français, pour lesquels une réussite lente vaut un *fiasco*. D'ailleurs, loin d'avoir cette politique rédemptrice qui va chercher la force là où Dieu l'a mise, ces grandes petites gens haïssaient toute force qui ne venait pas d'eux; enfin, loin de se rajeunir, le faubourg Saint-Germain s'est avieilli [3]. L'étiquette, institution de seconde nécessité, pouvait être maintenue si elle

---

1. Hugues-Félicité Robert de La Mennais (1782-1854) est à l'origine du catholicisme libéral; en 1830, il fait partie de l'*Agence générale pour la diffusion de la liberté religieuse* et fonde, avec Charles de Montalembert (1810-1870) et Henri Lacordaire (1802-1861), le journal *L'Avenir*, qui prône la liberté de conscience, de presse et de religion.

2. Le Tory est le parti conservateur anglais.

3. Néologisme. Il est remarquable que Balzac choisisse de créer un mot pour stigmatiser le vieillissement et l'usure de l'aristocratie française.

n'eût paru que dans les grandes occasions ; mais l'étiquette [1] devint une lutte quotidienne, et au lieu d'être une question d'art ou de magnificence, elle devint une question de pouvoir. S'il manqua d'abord au trône un de ces conseillers aussi grands que les circonstances étaient grandes, l'aristocratie manqua surtout de la connaissance de ses intérêts généraux, qui aurait pu suppléer à tout. Elle s'arrêta devant le mariage de M. de Talleyrand [2], le seul homme qui eût une de ces têtes métalliques où se forgent à neuf les systèmes politiques par lesquels revivent glorieusement les nations. Le faubourg se moqua des ministres qui n'étaient pas gentilshommes, et ne donnait pas de gentilshommes assez supérieurs pour être ministres ; il pouvait rendre des services véritables au pays en ennoblissant les justices de paix, en fertilisant le sol, en construisant des routes et des canaux, en se faisant puissance territoriale agissante ; mais il vendait ses terres pour jouer à la Bourse. Il pouvait priver la bourgeoisie de ses hommes d'action et de talent dont l'ambition minait le pouvoir, en leur ouvrant ses rangs ; il a préféré les combattre, et sans armes ; car il n'avait plus qu'en tradition ce qu'il possédait jadis en réalité. Pour le malheur de cette noblesse, il lui restait précisément assez de ses diverses fortunes pour soutenir sa morgue [3]. Contente de ses souvenirs, aucune de ces familles ne songea sérieusement à faire

---

1. Par référence à une coutume qui voulait qu'on utilisât des étiquettes pour désigner un ordre de préséances, le terme désigne le cérémonial en usage à la Cour.
2. Diplomate, conseiller, Charles Maurice de Talleyrand Périgord (1754-1838) est réputé pour son intelligence et pour son esprit. De l'Ancien Régime à la Monarchie de Juillet, il sait s'adapter aux aléas historiques et conserver un rôle politique. Homme du XVIIIe siècle, il est attaché à la « forme », ce qui en aura fasciné plus d'un : Napoléon lui aurait adressé ce « compliment » : « Vous êtes de la merde dans un bas de soie ! »
3. Attitude hautaine et méprisante caractéristique de l'aristocratie.

prendre des armes à ses aînés, parmi le faisceau que le dix-neuvième siècle jetait sur la place publique. La jeunesse, exclue des affaires, dansait chez Madame, au lieu de continuer à Paris, par l'influence de talents jeunes, consciencieux, innocents de l'Empire et de la République, l'œuvre que les chefs de chaque famille auraient commencée dans les départements en y conquérant la reconnaissance de leurs titres par de continuels plaidoyers en faveur des intérêts locaux, en s'y conformant à l'esprit du siècle, en refondant la caste au goût du temps. Concentrée dans son faubourg Saint-Germain, où vivait l'esprit des anciennes oppositions féodales mêlé à celui de l'ancienne cour, l'aristocratie, mal unie au château des Tuileries [1], fut plus facile à vaincre, n'existant que sur un point et surtout aussi mal constituée qu'elle l'était dans la Chambre des pairs. Tissue dans le pays, elle devenait indestructible ; acculée dans son faubourg, adossée au château, étendue dans le budget, il suffisait d'un coup de hache pour trancher le fil de sa vie agonisante, et la plate figure d'un petit avocat s'avança pour donner ce coup de hache. Malgré l'admirable discours de M. Royer-Collard [2], l'hérédité de la pairie et ses majorats tombèrent sous les pasquinades d'un homme qui se vantait d'avoir adroitement disputé quelques têtes au bourreau, mais qui tuait maladroitement de grandes institutions. Il se trouve là des exemples et des enseignements pour l'avenir. Si l'oligarchie française n'avait pas une vie future, il y aurait je ne sais quelle cruauté triste à la géhenner [3] après son décès, et alors il ne faudrait plus que penser à son sarcophage ; mais si le scal-

---

1. Lors de la Restauration, c'est aux Tuileries, en plein Paris, que les Bourbons s'installent.
2. Pierre-Paul Royer-Collard (1763-1845), avocat au barreau de Paris en 1787, est un révolutionnaire « modéré ».
3. La géhenne est l'enfer biblique, le terme renvoie moins à la question de la torture qu'à l'annonce de la fin de l'aristocratie.

pel des chirurgiens est dur à sentir, il rend parfois la vie aux
mourants. Le faubourg Saint-Germain peut se trouver plus
puissant persécuté qu'il ne l'était triomphant, s'il veut avoir
un chef et un système.

Maintenant il est facile de résumer cet aperçu semi-poli-
tique. Ce défaut de vues larges et ce vaste ensemble de
petites fautes ; l'envie de rétablir de hautes fortunes dont
chacun se préoccupait ; un besoin réel de religion pour soutenir la politique ; une soif de plaisir, qui nuisait à l'esprit
religieux, et nécessita des hypocrisies, les résistances partielles de quelques esprits élevés qui voyaient juste et que
contrarièrent les rivalités de cour ; la noblesse de province,
souvent plus pure de race que ne l'est la noblesse de cour,
mais qui, trop souvent froissée, se désaffectionna ; toutes
ces causes se réunirent pour donner au faubourg Saint-Germain les mœurs les plus discordantes. Il ne fut ni compact
dans son système, ni conséquent dans ses actes, ni complètement moral, ni franchement licencieux, ni corrompu,
ni corrupteur ; il n'abandonna pas entièrement les questions
qui lui nuisaient et n'adopta pas les idées qui l'eussent sauvé.
Enfin, quelque débiles que fussent les personnes, le parti
s'était néanmoins armé de tous les grands principes qui font
la vie des nations. Or, pour périr dans sa force, que faut-il
être ? Il fut difficile dans le choix des personnes présentées ;
il eut du bon goût, du mépris élégant ; mais sa chute n'eut
certes rien d'éclatant ni de chevaleresque. L'émigration de
89 accusait[1] encore des sentiments ; en 1830, l'émigration
à l'intérieur n'accuse plus que des intérêts. Quelques
hommes illustres dans les lettres, les triomphes de la tribune, M. de Talleyrand dans les congrès, la conquête d'Al-
ger, et plusieurs noms redevenus historiques sur les champs

---

1. Ici, le verbe « accuser » est à prendre au sens de révéler, laisser
paraître.

de bataille, montrent à l'aristocratie française les moyens qui lui restent de se nationaliser et de faire encore reconnaître ses titres, si toutefois elle daigne. Chez les êtres organisés il se fait un travail d'harmonie intime. Un homme est-il paresseux, la paresse se trahit en chacun de ses mouvements. De même, la physionomie d'une classe d'hommes se conforme à l'esprit général, à l'âme qui en anime le corps. Sous la Restauration, la femme du faubourg Saint-Germain ne déploya ni la fière hardiesse que les dames de la cour portaient jadis dans leurs écarts, ni la modeste grandeur des tardives vertus par lesquelles elles expiaient leurs fautes, et qui répandaient autour d'elles un si vif éclat. Elle n'eut rien de bien léger, rien de bien grave. Ses passions, sauf quelques exceptions, furent hypocrites ; elle transigea pour ainsi dire avec leurs jouissances. Quelques-unes de ces familles menèrent la vie bourgeoise de la duchesse d'Orléans, dont le lit conjugal se montrait si ridiculement aux visiteurs du Palais-Royal ; deux ou trois à peine continuèrent les mœurs de la Régence[1], et inspirèrent une sorte de dégoût à des femmes plus habiles qu'elles. Cette nouvelle grande dame n'eut aucune influence sur les mœurs : elle pouvait néanmoins beaucoup, elle pouvait, en désespoir de cause, offrir le spectacle imposant des femmes de l'aristocratie anglaise ; mais elle hésita niaisement entre d'anciennes traditions, fut dévote de force, et cacha tout, même ses belles qualités. Aucune de ces Françaises ne put créer de salon où les sommités sociales vinssent prendre des leçons de goût et d'élégance. Leur voix, jadis si imposante en littérature, cette

---

1. La période de la Régence (1715-1723) est brève et correspond à la minorité de Louis XV. En réaction contre la fin du règne de Louis XIV, elle est marquée par un goût du luxe et de la débauche. La Cour installée au Palais-Royal et les salons parisiens adoptent un nouveau style de vie et de décor caractérisé par sa fantaisie. C'est l'époque des fêtes galantes et du style « rocaille ».

vivante expression des sociétés, y fut tout à fait nulle. Or,
quand une littérature n'a pas de système général, elle ne fait
pas corps et se dissout avec son siècle. Lorsque, dans un
temps quelconque, il se trouve au milieu d'une nation un
peuple à part ainsi constitué, l'historien y rencontre presque
toujours une figure principale qui résume les vertus et les
défauts de la masse à laquelle elle appartient : Coligny[1] chez
les huguenots, le Coadjuteur[2] au sein de la Fronde, le maréchal de Richelieu[3] sous Louis XV, Danton dans la Terreur.
Cette identité de physionomie entre un homme et son cortège historique est dans la nature des choses. Pour mener
un parti ne faut-il pas concorder à ses idées, pour briller
dans une époque ne faut-il pas la représenter ? De cette
obligation constante où se trouve la tête sage et prudente
des partis d'obéir aux préjugés et aux folies des masses qui
en font la queue dérivent les actions que reprochent certains historiens aux chefs de parti, quand, à distance des terribles ébullitions populaires, ils jugent à froid les passions
les plus nécessaires à la conduite des grandes luttes sécu-
laires. Ce qui est vrai dans la comédie historique des siècles
est également vrai dans la sphère plus étroite des scènes
partielles du drame national appelé les Mœurs.

Au commencement de la vie éphémère que mena le faubourg Saint-Germain pendant la Restauration, et à laquelle,
si les considérations précédentes sont vraies, il ne sut pas
donner de consistance, une jeune femme fut passagèrement

---

1. Gaspard de Châtillon, sire de Coligny (1519-1572), est un ami-
ral français de confession protestante. Sa réussite en politique est marquée par l'édit de Saint-Germain en 1570. Il est l'une des premières
victimes des massacres de la nuit de la Saint-Barthélemy, le 24 août
1572.
2. Il s'agit du cardinal de Retz (1613-1679).
3. Maréchal de Richelieu (1696-1788) : petit-neveu du Cardinal,
célèbre pour son libertinage.

le type le plus complet de la nature à la fois supérieure et faible, grande et petite, de sa caste. C'était une femme artificiellement instruite, réellement ignorante ; pleine de sentiments élevés, mais manquant d'une pensée qui les coordonnât ; dépensant les plus riches trésors de l'âme à obéir aux convenances ; prête à braver la société, mais hésitant et arrivant à l'artifice par suite de ses scrupules ; ayant plus d'entêtement que de caractère, plus d'engouement que d'enthousiasme, plus de tête que de cœur ; souverainement femme et souverainement coquette, Parisienne surtout ; aimant l'éclat, les fêtes ; ne réfléchissant pas, ou réfléchissant trop tard ; d'une imprudence qui arrivait presque à de la poésie ; insolente à ravir, mais humble au fond du cœur ; affichant la force comme un roseau bien droit, mais, comme ce roseau, prête à fléchir sous une main puissante ; parlant beaucoup de la religion, mais ne l'aimant pas, et cependant prête à l'accepter comme un dénouement. Comment expliquer une créature véritablement multiple, susceptible d'héroïsme, et oubliant d'être héroïque pour dire une méchanceté ; jeune et suave, moins vieille de cœur que vieillie par les maximes de ceux qui l'entouraient, et comprenant leur philosophie égoïste sans l'avoir appliquée ; ayant tous les vices du courtisan et toutes les noblesses de la femme adolescente ; se défiant de tout, et néanmoins se laissant parfois aller à tout croire ? Ne serait-ce pas toujours un portrait inachevé que celui de cette femme en qui les teintes les plus chatoyantes se heurtaient, mais en produisant une confusion poétique, parce qu'il y avait une lumière divine, un éclat de jeunesse qui donnait à ces traits confus une sorte d'ensemble ? La grâce lui servait d'unité. Rien n'était joué. Ces passions, ces demi-passions, cette velléité de grandeur, cette réalité de petitesse, ces sentiments froids et ces élans chaleureux étaient naturels et ressortaient de sa situation autant que de celle de l'aristocratie à laquelle elle appartenait. Elle se

comprenait toute seule et se mettait orgueilleusement au-
dessus du monde, à l'abri de son nom. Il y avait du *moi* de
Médée dans sa vie[1], comme dans celle de l'aristocratie, qui
se mourait sans vouloir ni se mettre sur son séant, ni tendre
la main à quelque médecin politique, ni toucher, ni être touchée, tant elle se sentait faible ou déjà poussière. La duchesse
de Langeais, ainsi se nommait-elle, était mariée depuis environ quatre ans quand la Restauration fut consommée, c'est-
à-dire en 1816, époque à laquelle Louis XVIII, éclairé par la
révolution des Cent-Jours, comprit sa situation et son siècle,
malgré son entourage, qui, néanmoins, triompha plus tard de
ce Louis XI moins la hache[2], lorsqu'il fut abattu par la maladie. La duchesse de Langeais était une Navarreins, famille
ducale, qui, depuis Louis XIV, avait pour principe de ne point
abdiquer son titre dans ses alliances. Les filles de cette maison devaient avoir tôt ou tard, de même que leur mère, un
tabouret à la Cour[3]. À l'âge de dix-huit ans, Antoinette de
Navarreins sortit de la profonde retraite où elle avait vécu
pour épouser le fils aîné du duc de Langeais. Les deux familles
étaient alors éloignées du monde ; mais l'invasion de la France
faisait présumer aux royalistes le retour des Bourbons[4]

1. Référence à une réplique de la Médée de Pierre Corneille (1606-
1684) : «Dans un si grand revers, que vous reste-t-il ? — Moi. / Moi,
dis-je et c'est assez » (*Médée*, I, 5).
2. Louis XI est roi de France de 1461 à 1483, il reste dans les
mémoires comme l'homme des «fillettes», ces terribles cages qu'on
peut voir au château de Loches. On le présente généralement comme
un tyran cruel et sans foi. Le portrait qu'en dresse son conseiller Com-
mynes permet de percevoir un homme dissimulé mais fin psycho-
logue, et souvent lucide, machiavélique avant l'heure.
3. Il s'agit d'un petit siège pliant sur lequel certaines dames nobles
avaient le privilège de pouvoir s'asseoir en présence du roi ou de la
reine. On parle du «privilège du tabouret».
4. La Restauration des Bourbons s'est faite en deux temps : le 6 avril
1814, le Sénat impérial appelle Louis XVIII au trône. La monarchie
rétablie est ouvertement réactionnaire. Le 1er mars 1815, Napoléon
est de retour de l'île d'Elbe. L'Empire s'achève à Waterloo le 18 juin
1815. Le 8 juillet, après les Cent-Jours, Louis XVIII rentre à Paris.

comme la seule conclusion possible aux malheurs de la guerre. Les ducs de Navarreins et de Langeais, restés fidèles aux Bourbons, avaient noblement résisté à toutes les séductions de la gloire impériale, et, dans les circonstances où ils se trouvaient lors de cette union, ils durent naturellement obéir à la vieille politique de leurs familles. Mlle Antoinette de Navarreins épousa donc, belle et pauvre, M. le marquis de Langeais, dont le père mourut quelques mois après ce mariage. Au retour des Bourbons, les deux familles reprirent leur rang, leurs charges, leurs dignités à la Cour, et rentrèrent dans le mouvement social, en dehors duquel elles s'étaient tenues jusqu'alors. Elles devinrent les plus éclatantes sommités de ce nouveau monde politique. Dans ce temps de lâchetés et de fausses conversions, la conscience publique se plut à reconnaître en ces deux familles la fidélité sans tache, l'accord entre la vie privée et le caractère politique, auxquels tous les partis rendent involontairement hommage. Mais, par un malheur assez commun dans les temps de transaction, les personnes les plus pures et qui, par l'élévation de leurs vues, la sagesse de leurs principes, auraient fait croire en France à la générosité d'une politique neuve et hardie, furent écartées des affaires, qui tombèrent entre les mains de gens intéressés à porter les principes à l'extrême, pour faire preuve de dévouement. Les familles de Langeais et de Navarreins restèrent dans la haute sphère de la Cour, condamnées aux devoirs de l'étiquette ainsi qu'aux reproches et aux moqueries du libéralisme, accusées de se gorger d'honneurs et de richesses, tandis que leur patrimoine ne s'augmenta point, et que les libéralités de la Liste civile [1] se consumèrent en frais de représentation, nécessaires à toute monarchie européenne, fût elle-même républicaine. En 1818, M. le duc de

---

1. La Liste civile est une somme allouée annuellement par le corps législatif aux dépenses de la Couronne.

Langeais commandait une division militaire, et la duchesse avait, près d'une princesse, une place qui l'autorisait à demeurer à Paris, loin de son mari, sans scandale. D'ailleurs, le duc avait, outre son commandement, une charge à la Cour, où il venait, en laissant, pendant son quartier, le commandement à un maréchal de camp. Le duc et la duchesse vivaient donc entièrement séparés, de fait et de cœur, à l'insu du monde. Ce mariage de convention avait eu le sort assez habituel de ces pactes de famille. Les deux caractères les plus antipathiques du monde s'étaient trouvés en présence, s'étaient froissés secrètement, secrètement blessés, désunis à jamais. Puis, chacun d'eux avait obéi à sa nature et aux convenances. Le duc de Langeais, esprit aussi méthodique que pouvait l'être le chevalier de Folard, se livra méthodiquement à ses goûts, à ses plaisirs, et laissa sa femme libre de suivre les siens, après avoir reconnu chez elle un esprit éminemment orgueilleux, un cœur froid, une grande soumission aux usages du monde, une loyauté jeune, et qui devait rester pure sous les yeux des grands parents, à la lumière d'une cour prude et religieuse. Il fit donc à froid le grand seigneur du siècle précédent, abandonnant à elle-même une femme de vingt-deux ans, offensée gravement, et qui avait dans le caractère une épouvantable qualité, celle de ne jamais pardonner une offense quand toutes ses vanités de femme, quand son amour-propre, ses vertus peut-être, avaient été méconnus, blessés occultement. Quand un outrage est public, une femme aime à l'oublier, elle a des chances pour se grandir, elle est femme dans sa clémence; mais les femmes n'absolvent jamais de secrètes offenses, parce qu'elles n'aiment ni les lâchetés, ni les vertus, ni les amours secrètes.

Telle était la position, inconnue du monde, dans laquelle se trouvait Mme la duchesse de Langeais, et à laquelle ne réfléchissait pas cette femme, lorsque vinrent des fêtes données à l'occasion du mariage du duc de Berry[1]. En ce moment, la Cour et le faubourg Saint-Germain sortirent de leur atonie et de leur réserve. Là, commença réellement cette splendeur inouïe qui abusa le gouvernement de la Restauration. En ce moment, la duchesse de Langeais, soit calcul, soit vanité, ne paraissait jamais dans le monde sans être entourée ou accompagnée de trois ou quatre femmes aussi distinguées par leur nom que par leur fortune. Reine de la mode, elle avait ses dames d'atours, qui reproduisaient ailleurs ses manières et son esprit. Elle les avait habilement choisies parmi quelques personnes qui n'étaient encore ni dans l'intimité de la Cour, ni dans le cœur du faubourg Saint-Germain, et qui avaient néanmoins la prétention d'y arriver; simples Dominations qui voulaient s'élever jusqu'aux environs du trône et se mêler aux séraphiques puissances[2] de la haute sphère nommée *le petit château*[3]. Ainsi posée, la duchesse de Langeais était plus forte, elle dominait mieux, elle était plus en sûreté. Ses *dames* la défendaient contre la calomnie, et l'aidaient à jouer le détestable rôle de femme à la mode. Elle pouvait à son aise se moquer des hommes, des passions, les exciter, recueillir les hommages dont se nourrit toute nature féminine, et rester maîtresse d'elle-même. À Paris et dans la plus haute compagnie, la femme est toujours femme; elle vit d'encens, de flatteries, d'honneurs. La plus réelle beauté, la figure la plus admirable n'est rien si elle n'est admirée : un amant, des flagorneries sont les attestations de sa puissance. Qu'est un pouvoir inconnu ? Rien. Supposez la plus jolie femme seule dans le coin d'un

---

1. En 1816, le duc de Berry épouse Marie-Caroline de Bourbon, fille du roi de Naples.
2. La théologie établit une hiérarchie céleste. La première hiérarchie comprend les séraphins, les chérubins et les trônes ; la deuxième, les dominations, les vertus et les puissances.
3. Le petit château était le cercle de la duchesse de Berry.

salon, elle y est triste. Quand une de ces créatures se trouve au sein des magnificences sociales, elle veut donc régner sur tous les cœurs, souvent faute de pouvoir être souveraine heureuse dans un seul. Ces toilettes, ces apprêts, ces coquetteries étaient faites pour les plus pauvres êtres qui se soient rencontrés, des fats sans esprit, des hommes dont le mérite consistait dans une jolie figure, et pour lesquels toutes les femmes se compromettaient sans profit, de véritables idoles de bois doré qui, malgré quelques exceptions, n'avaient ni les antécédents des petits-maîtres [1] du temps de la Fronde, ni la bonne grosse valeur des héros de l'Empire, ni l'esprit et les manières de leurs grands-pères, mais qui voulaient être *gratis* quelque chose d'approchant; qui étaient braves comme l'est la jeunesse française, habiles sans doute s'ils eussent été mis à l'épreuve, et qui ne pouvaient rien être par le règne des vieillards usés qui les tenaient en lisière. Ce fut une époque froide, mesquine et sans poésie. Peut-être faut-il beaucoup de temps à une restauration pour devenir une monarchie.

Depuis dix-huit mois, la duchesse de Langeais menait cette vie creuse, exclusivement remplie par le bal, par les visites faites pour le bal, par des triomphes sans objet, par des passions éphémères, nées et mortes pendant une soirée. Quand elle arrivait dans un salon, les regards se concentraient sur elle, elle moissonnait des mots flatteurs, quelques expressions passionnées qu'elle encourageait du geste, du regard, et qui ne pouvaient jamais aller plus loin que l'épiderme. Son ton, ses manières, tout en elle faisait autorité. Elle vivait dans une sorte de fièvre de vanité, de perpétuelle jouissance qui l'étourdissait. Elle allait assez loin en conversation, elle écoutait tout, et se dépravait, pour

---

1. Jeunes élégants aux allures et aux manières affectées et prétentieuses.

ainsi dire, à la surface du cœur. Revenue chez elle, elle rougissait souvent de ce dont elle avait ri, de telle histoire scandaleuse dont les détails l'aidaient à discuter les théories de l'amour qu'elle ne connaissait pas, et les subtiles distinctions de la passion moderne, que de complaisantes hypocrites lui commentaient ; car les femmes, sachant se tout dire entre elles, en perdent plus que n'en corrompent les hommes. Il y eut un moment où elle comprit que la créature aimée était la seule dont la beauté, dont l'esprit pût être universellement reconnu. Que prouve un mari ? Que, jeune fille, une femme était ou richement dotée, ou bien élevée, avait une mère adroite, ou satisfaisait aux ambitions de l'homme ; mais un amant est le constant programme de ses perfections personnelles. Mme de Langeais apprit, jeune encore, qu'une femme pouvait se laisser aimer ostensiblement sans être complice de l'amour, sans l'approuver, sans le contenter autrement que par les plus maigres redevances de l'amour, et plus d'une sainte nitouche lui révéla les moyens de jouer ces dangereuses comédies. La duchesse eut donc sa cour, et le nombre de ceux qui l'adoraient ou la courtisaient fut une garantie de sa vertu. Elle était coquette, aimable, séduisante jusqu'à la fin de la fête, du bal, de la soirée ; puis, le rideau tombé, elle se retrouvait seule, froide, insouciante, et néanmoins revivait le lendemain pour d'autres émotions également superficielles. Il y avait deux ou trois jeunes gens complètement abusés qui l'aimaient véritablement, et dont elle se moquait avec une parfaite insensibilité. Elle se disait : « Je suis aimée, il m'aime ! » Cette certitude lui suffisait. Semblable à l'avare satisfait de savoir que ses caprices peuvent être exaucés, elle n'allait peut-être même plus jusqu'au désir.

Un soir elle se trouva chez une de ses amies intimes, Mme la vicomtesse de Fontaine, une de ses humbles rivales qui la haïssaient cordialement et l'accompagnaient toujours :

espèce d'amitié armée dont chacun se défie, et où les confidences sont habilement discrètes, quelquefois perfides. Après avoir distribué de petits saluts protecteurs, affectueux ou dédaigneux de l'air naturel à la femme qui connaît toute la valeur de ses sourires, ses yeux tombèrent sur un homme qui lui était complètement inconnu, mais dont la physionomie large et grave la surprit. Elle sentit en le voyant une émotion assez semblable à celle de la peur.

« Ma chère, demanda-t-elle à Mme de Maufrigneuse, quel est ce nouveau venu ?

— Un homme dont vous avez sans doute entendu parler, le marquis de Montriveau.

— Ah ! c'est lui. »

Elle prit son lorgnon et l'examina fort impertinemment, comme elle eût fait d'un portrait qui reçoit des regards et n'en rend pas.

« Présentez-le-moi donc, il doit être amusant.

— Personne n'est plus ennuyeux ni plus sombre, ma chère, mais il est à la mode. »

M. Armand de Montriveau se trouvait en ce moment, sans le savoir, l'objet d'une curiosité générale, et le méritait plus qu'aucune de ces idoles passagères dont Paris a besoin et dont il s'amourache pour quelques jours, afin de satisfaire cette passion d'engouement et d'enthousiasme factice dont il est périodiquement travaillé. Armand de Montriveau était le fils unique du général de Montriveau, un de ces *ci-devant*[1] qui servirent noblement la République, et qui périt, tué près de Joubert, à Novi[2]. L'orphelin avait été placé par les soins de Bonaparte à l'école de Châlons, et mis, ainsi

---

1. Auparavant. Pendant et après la Révolution de 1789 le terme devient synonyme de noble.
2. Barthélemy Catherine Joubert (1769-1799), général français qui s'est illustré à Lodi et à Rivoli. Il fut tué le 15 août 1799 à Novi, durant la campagne du Piémont.

que plusieurs autres fils de généraux morts sur le champ de bataille, sous la protection de la République française. Après être sorti de cette école sans aucune espèce de fortune, il entra dans l'artillerie, et n'était encore que chef de bataillon lors du désastre de Fontainebleau. L'arme à laquelle appartenait Armand de Montriveau lui avait offert peu de chances d'avancement. D'abord le nombre des officiers y est plus limité que dans les autres corps de l'armée ; puis, les opinions libérales et presque républicaines que professait l'artillerie, les craintes inspirées à l'Empereur par une réunion d'hommes savants accoutumés à réfléchir, s'opposaient à la fortune militaire de la plupart d'entre eux. Aussi, contrairement aux lois ordinaires, les officiers parvenus au généralat ne furent-ils pas toujours les sujets les plus remarquables de l'arme, parce que, médiocres, ils donnaient peu de craintes. L'artillerie faisait un corps à part dans l'armée, et n'appartenait à Napoléon que sur les champs de bataille. À ces causes générales, qui peuvent expliquer les retards éprouvés dans sa carrière par Armand de Montriveau, il s'en joignait d'autres inhérentes à sa personne et à son caractère. Seul dans le monde, jeté dès l'âge de vingt ans à travers cette tempête d'hommes au sein de laquelle vécut Napoléon, et n'ayant aucun intérêt en dehors de lui-même, prêt à périr chaque jour, il s'était habitué à n'exister que par une estime intérieure et par le sentiment du devoir accompli. Il était habituellement silencieux comme le sont tous les hommes timides ; mais sa timidité ne venait point d'un défaut de courage, c'était une sorte de pudeur qui lui interdisait toute démonstration vaniteuse. Son intrépidité sur les champs de bataille n'était point fanfaronne ; il y voyait tout, pouvait donner tranquillement un bon avis à ses camarades, et allait au-devant des boulets tout en se baissant à propos pour les éviter. Il était bon, mais sa contenance le faisait passer pour hautain et sévère.

D'une rigueur mathématique en toute chose, il n'admettait aucune composition hypocrite ni avec les devoirs d'une position, ni avec les conséquences d'un fait. Il ne se prêtait à rien de honteux, ne demandait jamais rien pour lui ; enfin, c'était un de ces grands hommes inconnus, assez philosophes pour mépriser la gloire, et qui vivent sans s'attacher à la vie, parce qu'ils ne trouvent pas à y développer leur force ou leurs sentiments dans toute leur étendue. Il était craint, estimé, peu aimé. Les hommes nous permettent bien de nous élever au-dessus d'eux, mais ils ne nous pardonnent jamais de ne pas descendre aussi bas qu'eux. Aussi le sentiment qu'ils accordent aux grands caractères ne va-t-il pas sans un peu de haine et de crainte. Trop d'honneur est pour eux une censure tacite qu'ils ne pardonnent ni aux vivants ni aux morts. Après les adieux de Fontainebleau[1], Montriveau, quoique noble et titré, fut mis en demi-solde[2]. Sa probité antique effraya le ministère de la Guerre, où son attachement aux serments faits à l'aigle impériale était connu. Lors des Cent-Jours il fut nommé colonel de la Garde et resta sur le champ de bataille de Waterloo. Ses blessures l'ayant retenu en Belgique, il ne se trouva pas à l'armée de la Loire ; mais le gouvernement royal ne voulut pas reconnaître les grades donnés pendant les Cent-Jours, et Armand de Montriveau quitta la France. Entraîné par son génie entreprenant, par cette hauteur de pensée que, jusqu'alors, les hasards de la guerre avaient satisfaite, et passionné par sa rectitude instinctive pour les projets d'une grande utilité, le général Montriveau s'embarqua dans le dessein d'explorer la Haute-

---

1. Les adieux prononcés à Fontainebleau et adressés par Napoléon à la vieille garde eurent lieu le 20 avril 1814.
2. Officier ayant servi dans les armées napoléoniennes et mis en disponibilité par la Restauration.

Égypte [1] et les parties inconnues de l'Afrique, les contrées du centre surtout, qui excitent aujourd'hui tant d'intérêt parmi les savants. Son expédition scientifique fut longue et malheureuse. Il avait recueilli des notes précieuses destinées à résoudre les problèmes géographiques ou industriels si ardemment cherchés, et il était parvenu, non sans avoir surmonté bien des obstacles, jusqu'au cœur de l'Afrique, lorsqu'il tomba par trahison au pouvoir d'une tribu sauvage. Il fut dépouillé de tout, mis en esclavage et promené pendant deux années à travers les déserts, menacé de mort à tout moment et plus maltraité que ne l'est un animal dont s'amusent d'impitoyables enfants. Sa force de corps et sa constance d'âme lui firent supporter toutes les horreurs de sa captivité ; mais il épuisa presque toute son énergie dans son évasion, qui fut miraculeuse. Il atteignit la colonie française du Sénégal [2], demi-mort, en haillons, et n'ayant plus que d'informes souvenirs. Les immenses sacrifices de son voyage, l'étude des dialectes de l'Afrique, ses découvertes et ses observations, tout fut perdu. Un seul fait fera comprendre ses souffrances. Pendant quelques jours les enfants du cheikh de la tribu dont il était l'esclave s'amusèrent à prendre sa tête pour but dans un jeu qui consistait à jeter d'assez loin des osselets de cheval, et à les y faire tenir. Montriveau revint à Paris vers le milieu de l'année 1818, il s'y trouva ruiné, sans protecteurs, et n'en voulant pas. Il serait mort vingt fois avant de solliciter quoi que ce fût,

---

1. La Haute-Égypte est la région sud de l'Égypte d'aujourd'hui. À cette époque, l'intérêt des savants pour l'Égypte est le fruit des expéditions républicaines et des publications auxquelles elles aboutirent.

2. La conquête coloniale de l'Afrique commence au XVe siècle. En 1659, les Français fondent le comptoir de Saint-Louis qui deviendra capitale de l'Afrique occidentale française puis du Sénégal. Lors du retour de Louis XVIII sur le trône de France, les Anglais « rendent » le Sénégal à la France.

même la reconnaissance de ses droits acquis. L'adversité, ses douleurs avaient développé son énergie jusque dans les petites choses, et l'habitude de conserver sa dignité d'homme en face de cet être moral que nous nommons la conscience donnait pour lui du prix aux actes en apparence les plus indifférents. Cependant ses rapports avec les principaux savants de Paris et quelques militaires instruits firent connaître et son mérite et ses aventures. Les particularités de son évasion et de sa captivité, celles de son voyage attestaient tant de sang-froid, d'esprit et de courage, qu'il acquit, sans le savoir, cette célébrité passagère dont les salons de Paris sont si prodigues, mais qui demande des efforts inouïs aux artistes quand ils veulent la perpétuer. Vers la fin de cette année, sa position changea subitement. De pauvre, il devint riche, ou du moins il eut extérieurement tous les avantages de la richesse. Le gouvernement royal, qui cherchait à s'attacher les hommes de mérite afin de donner de la force à l'armée, fit alors quelques concessions aux anciens officiers dont la loyauté et le caractère connu offraient des garanties de fidélité. M. de Montriveau fut rétabli sur les cadres, dans son grade, reçut sa solde arriérée et fut admis dans la Garde royale. Ces faveurs arrivèrent successivement au marquis de Montriveau sans qu'il eût fait la moindre demande. Des amis lui épargnèrent les démarches personnelles auxquelles il se serait refusé. Puis, contrairement à ses habitudes, qui se modifièrent tout à coup, il alla dans le monde, où il fut accueilli favorablement, et où il rencontra partout les témoignages d'une haute estime. Il semblait avoir trouvé quelque dénouement pour sa vie ; mais chez lui tout se passait en l'homme, il n'y avait rien d'extérieur. Il portait dans la société une figure grave et recueillie, silencieuse et froide. Il y eut beaucoup de succès, précisément parce qu'il tranchait fortement sur la masse des physionomies convenues qui meublent les salons de Paris, où il fut effectivement

tout neuf. Sa parole avait la concision du langage des gens
solitaires ou des sauvages. Sa timidité fut prise pour de la
hauteur et plut beaucoup. Il était quelque chose d'étrange
et de grand, et les femmes furent d'autant plus généralement éprises de ce caractère original, qu'il échappait à leurs
adroites flatteries, à ce manège par lequel elles circonvien-
nent les hommes les plus puissants, et corrodent les esprits
les plus inflexibles. M. de Montriveau ne comprenait rien à
ces petites singeries parisiennes, et son âme ne pouvait
répondre qu'aux sonores vibrations des beaux sentiments.
Il eût promptement été laissé là, sans la poésie qui résultait
de ses aventures et de sa vie, sans les prôneurs qui le vantaient à son insu, sans le triomphe d'amour-propre qui
attendait la femme dont il s'occuperait. Aussi la curiosité de
la duchesse de Langeais était-elle vive autant que naturelle.
Par un effet du hasard, cet homme l'avait intéressée la veille,
car elle avait entendu raconter la veille une des scènes qui,
dans le voyage de M. de Montriveau, produisaient le plus
d'impression sur les mobiles imaginations de femme. Dans
une excursion vers les sources du Nil, M. de Montriveau
eut avec un de ses guides le débat le plus extraordinaire qui
se connaisse dans les annales des voyages. Il avait un désert
à traverser, et ne pouvait aller qu'à pied au lieu qu'il voulait explorer. Un seul guide était capable de l'y mener. Jusqu'alors aucun voyageur n'avait pu pénétrer dans cette
partie de la contrée, où l'intrépide officier présumait devoir
trouver la solution de plusieurs problèmes scientifiques.
Malgré les représentations que lui firent et les vieillards du
pays et son guide, il entreprit ce terrible voyage. S'armant
de tout son courage aiguisé déjà par l'annonce d'horribles
difficultés à vaincre, il partit au matin. Après avoir marché
pendant une journée entière, il se coucha le soir sur le sable,
éprouvant une fatigue inconnue, causée par la mobilité du
sol, qui semblait à chaque pas fuir sous lui. Cependant il

savait que le lendemain il lui faudrait, dès l'aurore, se
remettre en route ; mais son guide lui avait promis de lui
faire atteindre, vers le milieu du jour, le but de son voyage.
Cette promesse lui donna du courage, lui fit retrouver des
forces, et, malgré ses souffrances, il continua sa route, en
maudissant un peu la science ; mais honteux de se plaindre
devant son guide, il garda le secret de ses peines. Il avait
déjà marché pendant le tiers du jour lorsque, sentant ses
forces épuisées et ses pieds ensanglantés par la marche, il
demanda s'il arriverait bientôt. « Dans une heure », lui dit le
guide. Armand trouva dans son âme pour une heure de
force et continua. L'heure s'écoula sans qu'il aperçût, même
à l'horizon, horizon de sables aussi vaste que l'est celui de
la pleine mer, les palmiers et les montagnes dont les cimes
devaient annoncer le terme de son voyage. Il s'arrêta,
menaça le guide, refusa d'aller plus loin, lui reprocha d'être
son meurtrier, de l'avoir trompé ; puis des larmes de rage
et de fatigue roulèrent sur ses joues enflammées ; il était
courbé par la douleur renaissante de la marche, et son
gosier lui semblait coagulé par la soif du désert. Le guide,
immobile, écoutait ses plaintes d'un air ironique, tout en
étudiant, avec l'apparente indifférence des Orientaux, les
imperceptibles accidents de ce sable presque noirâtre
comme est l'or bruni. « Je me suis trompé, reprit-il froidement. Il y a trop longtemps que j'ai fait ce chemin pour que
je puisse en reconnaître les traces, nous y sommes bien,
mais il faut encore marcher pendant deux heures. » « Cet
homme a raison », pensa M. de Montriveau. Puis il se remit
en route, suivant avec peine l'Africain impitoyable, auquel il
semblait lié par un fil, comme un condamné l'est invisible-
ment au bourreau. Mais les deux heures se passent, le Français a dépensé ses dernières gouttes d'énergie, et l'horizon
est pur, et il n'y voit ni palmiers ni montagnes. Il ne trouve
plus ni cris ni gémissements, il se couche alors sur le sable

pour mourir ; mais ses regards eussent épouvanté l'homme le plus intrépide, il semblait annoncer qu'il ne voulait pas mourir seul. Son guide, comme un vrai démon, lui répondait par un coup d'œil calme, empreint de puissance, et le laissait étendu, en ayant soin de se tenir à une distance qui lui permît d'échapper au désespoir de sa victime. Enfin M. de Montriveau trouva quelques forces pour une dernière imprécation. Le guide se rapprocha de lui, le regarda fixement, lui imposa silence et lui dit : « N'as-tu pas voulu, malgré nous, aller là où je te mène ? Tu me reproches de te tromper ; si je ne l'avais pas fait, tu ne serais pas venu jusqu'ici. Veux-tu la vérité, la voici. Nous avons encore cinq heures de marche, et nous ne pouvons plus retourner sur nos pas. Sonde ton cœur, si tu n'as pas assez de courage, voici mon poignard. » Surpris par cette effroyable entente de la douleur et de la force humaine, M. de Montriveau ne voulut pas se trouver au-dessous d'un barbare ; et puisant dans son orgueil d'Européen une nouvelle dose de courage, il se releva pour suivre son guide. Les cinq heures étaient expirées. M. de Montriveau n'apercevait rien encore, il tourna vers le guide un œil mourant ; mais alors le Nubien le prit sur ses épaules, l'éleva de quelques pieds, et lui fit voir à une centaine de pas un lac entouré de verdure et d'une admirable forêt, qu'illuminaient les feux du soleil couchant. Ils étaient arrivés à quelque distance d'une espèce de banc de granit immense, sous lequel ce paysage sublime se trouvait comme enseveli. Armand crut renaître, et son guide, ce géant d'intelligence et de courage, acheva son œuvre de dévouement en le portant à travers les sentiers chauds et polis à peine tracés sur le granit. Il voyait d'un côté l'enfer des sables, et de l'autre le paradis terrestre de la plus belle oasis qui fût en ces déserts.

La duchesse, déjà frappée par l'aspect de ce poétique personnage, le fut encore bien plus en apprenant qu'elle voyait en lui le marquis de Montriveau, de qui elle avait rêvé pendant la nuit. S'être trouvée dans les sables brûlants du désert avec lui, l'avoir eu pour compagnon de cauchemar, n'était-ce pas chez une femme de cette nature un délicieux présage d'amusement? Jamais homme n'eut mieux qu'Armand la physionomie de son caractère, et ne pouvait plus justement intriguer les regards. Sa tête, grosse et carrée, avait pour principal trait caractéristique une énorme et abondante chevelure noire qui lui enveloppait la figure de manière à rappeler parfaitement le général Kléber[1] auquel il ressemblait par la vigueur de son front, par la coupe de son visage, par l'audace tranquille des yeux, et par l'espèce de fougue qu'exprimaient ses traits saillants. Il était petit, large de buste, musculeux comme un lion. Quand il marchait, sa pose, sa démarche, le moindre geste trahissait et je ne sais quelle sécurité de force qui imposait, et quelque chose de despotique. Il paraissait savoir que rien ne pouvait s'opposer à sa volonté, peut-être parce qu'il ne voulait rien que de juste. Néanmoins, semblable à tous les gens réellement forts, il était doux dans son parler, simple dans ses manières, et naturellement bon. Seulement toutes ces belles qualités semblaient devoir disparaître dans les circonstances graves où l'homme devient implacable dans ses sentiments, fixe dans ses résolutions, terrible dans ses actions. Un observateur aurait pu voir dans la commissure de ses lèvres un retroussement habituel qui annonçait des penchants vers l'ironie.

La duchesse de Langeais, sachant de quel prix passager était la conquête de cet homme, résolut, pendant le peu de temps que mit la duchesse de Maufrigneuse à l'aller prendre pour le lui présenter, d'en faire un de ses amants, de lui

---

1. Jean-Baptiste Kléber (1753-1800), général français qui s'est illustré lors des guerres de la Révolution, notamment en Égypte.

donner le pas sur tous les autres, de l'attacher à sa personne, et de déployer pour lui toutes ses coquetteries. Ce fut une fantaisie, pur caprice de duchesse avec lequel Lope de Vega ou Calderón a fait *Le Chien du jardinier*[1]. Elle voulut que cet homme ne fût à aucune femme, et n'imagina pas d'être à lui. La duchesse de Langeais avait reçu de la nature les qualités nécessaires pour jouer les rôles de coquette, et son éducation les avait encore perfectionnées. Les femmes avaient raison de l'envier, et les hommes de l'aimer. Il ne lui manquait rien de ce qui peut inspirer l'amour, de ce qui le justifie et de ce qui le perpétue. Son genre de beauté, ses manières, son parler, sa pose s'accordaient pour la douer d'une coquetterie naturelle, qui, chez une femme, semble être la conscience de son pouvoir. Elle était bien faite, et décomposait peut-être ses mouvements avec trop de complaisance, seule affectation qu'on lui pût reprocher. Tout en elle s'harmonisait, depuis le plus petit geste jusqu'à la tournure particulière de ses phrases, jusqu'à la manière hypocrite dont elle jetait son regard. Le caractère prédominant de sa physionomie était une noblesse élégante, que ne détruisait pas la mobilité toute française de sa personne. Cette attitude incessamment changeante avait un prodigieux attrait pour les hommes. Elle paraissait devoir être la plus délicieuse des maîtresses en déposant son corset et l'attirail de sa représentation. En effet, toutes les joies de l'amour existaient en germe dans la liberté de ses regards expressifs, dans les câlineries de sa voix, dans la grâce de ses paroles. Elle faisait voir qu'il y avait en elle une noble courtisane, que démentaient vainement les religions de la duchesse. Qui s'asseyait près d'elle pendant une soirée, la trouvait tour à tour gaie, mélancolique, sans qu'elle eût l'air

---

1. Pièce de Lope de Vega. L'héroïne éprise de son secrétaire se refuse par orgueil.

de jouer ni la mélancolie ni la gaieté. Elle savait être à son gré affable, méprisante, ou impertinente, ou confiante. Elle semblait bonne et l'était. Dans sa situation, rien ne l'obligeait à descendre à la méchanceté. Par moments, elle se montrait tour à tour sans défiance et rusée, tendre à émouvoir, puis dure et sèche à briser le cœur. Mais pour la bien peindre ne faudrait-il pas accumuler toutes les antithèses féminines ; en un mot, elle était ce qu'elle voulait être ou paraître. Sa figure un peu trop longue avait de la grâce, quelque chose de fin, de menu qui rappelait les figures du Moyen Âge. Son teint était pâle, légèrement rosé. Tout en elle péchait pour ainsi dire par un excès de délicatesse.

M. de Montriveau se laissa complaisamment présenter à la duchesse de Langeais, qui, suivant l'habitude des personnes auxquelles un goût exquis fait éviter les banalités, l'accueillit sans l'accabler ni de questions ni de compliments, mais avec une sorte de grâce respectueuse qui devait flatter un homme supérieur, car la supériorité suppose chez un homme un peu de ce tact qui fait deviner aux femmes tout ce qui est sentiment. Si elle manifesta quelque curiosité, ce fut par ses regards ; si elle complimenta, ce fut par ses manières ; et elle déploya cette chatterie de paroles, cette fine envie de plaire qu'elle savait montrer mieux que personne. Mais toute sa conversation ne fut en quelque sorte que le corps de la lettre, il devait y avoir un post-scriptum où la pensée principale allait être dite. Quand, après une demi-heure de causeries insignifiantes, et dans lesquelles l'accent, les sourires, donnaient seuls de la valeur aux mots, M. de Montriveau parut vouloir discrètement se retirer, la duchesse le retint par un geste expressif.

« Monsieur, lui dit-elle, je ne sais si le peu d'instants pendant lesquels j'ai eu le plaisir de causer avec vous vous a

offert assez d'attrait pour qu'il me soit permis de vous invi-
ter à venir chez moi ; j'ai peur qu'il n'y ait beaucoup
d'égoïsme à vouloir vous y posséder. Si j'étais assez heureuse pour que vous vous y plussiez, vous me trouveriez
toujours le soir jusqu'à dix heures. »

Ces phrases furent dites d'un ton si coquet, que M. de
Montriveau ne pouvait se défendre d'accepter l'invitation.
Quand il se rejeta dans les groupes d'hommes qui se
tenaient à quelque distance des femmes, plusieurs de ses
amis le félicitèrent, moitié sérieusement, moitié plaisam-
ment, sur l'accueil extraordinaire que lui avait fait la
duchesse de Langeais. Cette difficile, cette illustre conquête,
était décidément faite, et la gloire en avait été réservée à
l'artillerie de la Garde. Il est facile d'imaginer les bonnes et
mauvaises plaisanteries que ce thème, une fois admis, sug-
géra dans un de ces salons parisiens où l'on aime tant à
s'amuser, et où les railleries ont si peu de durée que chacun
s'empresse d'en tirer toute la fleur.

Ces niaiseries flattèrent à son insu le général. De la place
où il s'était mis, ses regards furent attirés par mille
réflexions indécises vers la duchesse ; et il ne put s'empêcher de s'avouer à lui-même que, de toutes les femmes dont
la beauté avait séduit ses yeux, nulle ne lui avait offert une
plus délicieuse expression des vertus, des défauts, des harmonies que l'imagination la plus juvénile puisse vouloir en
France à une maîtresse. Quel homme, en quelque rang que
le sort l'ait placé, n'a pas senti dans son âme une jouissance
indéfinissable en rencontrant, chez une femme qu'il choisit,
même rêveusement, pour sienne, les triples perfections
morales, physiques et sociales qui lui permettent de toujours voir en elle tous ses souhaits accomplis ? Si ce n'est
pas une cause d'amour, cette flatteuse réunion est certes
un des plus grands véhicules du sentiment. Sans la vanité,
disait un profond moraliste du siècle dernier, l'amour est

un convalescent[1]. Il y a certes, pour l'homme comme pour
la femme, un trésor de plaisirs dans la supériorité de la personne aimée. N'est-ce pas beaucoup, pour ne pas dire tout,
de savoir que notre amour-propre ne souffrira jamais en
elle ; qu'elle est assez noble pour ne jamais recevoir les blessures d'un coup d'œil méprisant, assez riche pour être
entourée d'un éclat égal à celui dont s'environnent même
les rois éphémères de la finance, assez spirituelle pour ne
jamais être humiliée par une fine plaisanterie, et assez belle
pour être la rivale de tout son sexe ? Ces réflexions, un
homme les fait en un clin d'œil. Mais si la femme qui les lui
inspire lui présente en même temps, dans l'avenir de sa pré-
coce passion, les changeantes délices de la grâce, l'ingénuité
d'une âme vierge, les mille plis du vêtement des coquettes,
les dangers de l'amour, n'est-ce pas à remuer le cœur de
l'homme le plus froid ? Voici dans quelle situation se trouvait en ce moment M. de Montriveau, relativement à la
femme, et le passé de sa vie garantit en quelque sorte la
bizarrerie du fait. Jeté jeune dans l'ouragan des guerres françaises, ayant toujours vécu sur les champs de bataille, il ne
connaissait de la femme que ce qu'un voyageur pressé, qui
va d'auberge en auberge, peut connaître d'un pays. Peut-
être aurait-il pu dire de sa vie ce que Voltaire disait à quatre-
vingts ans de la sienne, et n'avait-il pas trente-sept sottises
à se reprocher ? Il était, à son âge, aussi neuf en amour que
l'est un jeune homme qui vient de lire *Faublas* en cachette[2].
De la femme, il savait tout ; mais de l'amour, il ne savait

---

1. « Ôtez l'amour-propre à l'amour, il en reste peu de chose. Une
fois purgé de vanité, c'est un convalescent affaibli, qui peut à peine
se traîner », Chamfort (1741-1794), *Maximes, pensées, caractères et anecdotes*, maxime 358.

2. *Une année de la vie du chevalier de Faublas*, (1787), *Six Semaines de
la vie du chevalier de Faublas* (1788), *La Fin des amours du chevalier de
Faublas* (1790) sont des romans à succès, alertes et libertins, de
Jean-Baptiste Louvet dit Louvet de Couvray (1760-1797).

rien ; et sa virginité de sentiment lui faisait ainsi des désirs tout nouveaux. Quelques hommes, emportés par les travaux auxquels les ont condamnés la misère ou l'ambition, l'art ou la science, comme M. de Montriveau avait été emporté par le cours de la guerre et les événements de sa vie, connaissent cette singulière situation, et l'avouent rarement. À Paris, tous les hommes doivent avoir aimé. Aucune femme n'y veut de ce dont aucune n'a voulu. De la crainte d'être pris pour un sot, procèdent les mensonges de la fatuité générale en France, où passer pour un sot, c'est ne pas être du pays. En ce moment, M. de Montriveau fut à la fois saisi par un violent désir, un désir grandi dans la chaleur des déserts, et par un mouvement de cœur dont il n'avait pas encore connu la bouillante étreinte. Aussi fort qu'il était violent, cet homme sut réprimer ses émotions ; mais, tout en causant de choses indifférentes, il se retirait en lui-même, et se jurait d'avoir cette femme, seule pensée par laquelle il pouvait entrer dans l'amour. Son désir devint un serment fait à la manière des Arabes avec lesquels il avait vécu, et pour lesquels un serment est un contrat passé entre eux et toute leur destinée, qu'ils subordonnent à la réussite de l'entreprise consacrée par le serment, et dans laquelle ils ne comptent même plus leur mort que comme un moyen de plus pour le succès. Un jeune homme se serait dit : « Je voudrais bien avoir la duchesse de Langeais pour maîtresse ! » un autre : « Celui qui sera aimé de la duchesse de Langeais sera un bien heureux coquin ! » Mais le général se dit : « J'aurai pour maîtresse Mme de Langeais. » Quand un homme vierge de cœur, et pour qui l'amour devient une religion, conçoit une semblable pensée, il ne sait pas dans quel enfer il vient de mettre le pied.

M. de Montriveau s'échappa brusquement du salon, et revint chez lui dévoré par les premiers accès de sa première fièvre amoureuse. Si, vers le milieu de l'âge, un homme garde encore les croyances, les illusions, les franchises, l'impétuosité de l'enfance, son premier geste est pour ainsi dire d'avancer la main pour s'emparer de ce qu'il désire ; puis, quand il a sondé les distances presque impossibles à franchir qui l'en séparent, il est saisi, comme les enfants, d'une sorte d'étonnement ou d'impatience qui communique de la valeur à l'objet souhaité, il tremble ou il pleure. Aussi le lendemain, après les plus orageuses réflexions qui lui eussent bouleversé l'âme, Armand de Montriveau se trouva-t-il sous le joug de ses sens, que concentra la pression d'un amour vrai. Cette femme si cavalièrement traitée la veille était devenue le lendemain le plus saint, le plus redouté des pouvoirs. Elle fut dès lors pour lui le monde et la vie. Le seul souvenir des plus légères émotions qu'elle lui avait données faisait pâlir ses plus grandes joies, ses plus vives douleurs jadis ressenties. Les révolutions les plus rapides ne troublent que les intérêts de l'homme, tandis qu'une passion en renverse les sentiments. Or, pour ceux qui vivent plus par le sentiment que par l'intérêt, pour ceux qui ont plus d'âme et de sang que d'esprit et de lymphe [1], un amour réel produit un changement complet d'existence. D'un seul trait, par une seule réflexion, Armand de Montriveau effaça donc toute sa vie passée. Après s'être vingt fois demandé, comme un enfant : « Irai-je ? N'irai-je pas ? » il s'habilla, vint à l'hôtel de Langeais vers huit heures du soir, et fut admis auprès de la femme, non pas de la femme, mais de l'idole qu'il avait vue la veille, aux lumières, comme une fraîche et pure jeune fille vêtue de gaze, de blondes [2] et de voiles. Il arrivait impétueusement pour lui déclarer son amour, comme s'il s'agissait du premier coup de canon sur un champ de bataille.

---

1. Balzac se réfère à la médecine des humeurs (sang, bile, nerf, lymphe).
2. Dentelles.

Pauvre écolier ! Il trouva sa vaporeuse sylphide enveloppée d'un peignoir de cachemire brun habilement bouillonné, languissamment couchée sur le divan d'un obscur boudoir. Mme de Langeais ne se leva même pas, elle ne montra que sa tête, dont les cheveux étaient en désordre, quoique retenus dans un voile. Puis d'une main qui, dans le clair-obscur produit par la tremblante lueur d'une seule bougie placée loin d'elle, parut aux yeux de Montriveau blanche comme une main de marbre, elle lui fit signe de s'asseoir, et lui dit d'une voix aussi douce que l'était la lueur : « Si ce n'eût pas été vous, monsieur le marquis, si c'eût été un ami avec lequel j'eusse pu agir sans façon, ou un indifférent qui m'eût légèrement intéressée, je vous aurais renvoyé. Vous me voyez affreusement souffrante. »

Armand se dit en lui-même : « Je vais m'en aller. »

« Mais, reprit-elle en lui lançant un regard dont l'ingénu militaire attribua le feu à la fièvre, je ne sais si c'est un pressentiment de votre bonne visite à l'empressement de laquelle je suis on ne peut pas plus sensible, depuis un instant je sentais ma tête se dégager de ses vapeurs.

— Je puis donc rester, lui dit Montriveau.

— Ah ! je serais bien fâchée de vous voir partir. Je me disais déjà ce matin que je ne devais pas avoir fait sur vous la moindre impression ; que vous aviez sans doute pris mon invitation pour une de ces phrases banales prodiguées au hasard par les Parisiennes, et je pardonnais d'avance à votre ingratitude. Un homme qui arrive des déserts n'est pas tenu de savoir combien notre faubourg est exclusif dans ses amitiés. »

Ces gracieuses paroles, à demi murmurées, tombèrent une à une, et furent comme chargées du sentiment joyeux qui paraissait les dicter. La duchesse voulait avoir tous les bénéfices de sa migraine, et sa spéculation eut un plein succès. Le pauvre militaire souffrait réellement de la fausse souffrance de cette femme. Comme Crillon [1] entendant le récit de la passion de Jésus-Christ, il était prêt à tirer son épée contre les vapeurs. Hé! comment alors oser parler à cette malade de l'amour qu'elle inspirait? Armand comprenait déjà qu'il était ridicule de tirer son amour à brûle-pourpoint sur une femme si supérieure. Il entendit par une seule pensée toutes les délicatesses du sentiment et les exigences de l'âme. Aimer, n'est-ce pas savoir bien plaider, mendier, attendre? Cet amour ressenti, ne fallait-il pas le prouver? Il se trouva la langue immobile, glacée par les convenances du noble faubourg, par la majesté de la migraine, et par les timidités de l'amour vrai. Mais nul pouvoir au monde ne put voiler les regards de ses yeux dans lesquels éclataient la chaleur, l'infini du désert, des yeux calmes comme ceux des panthères [2], et sur lesquels ses paupières ne s'abaissaient que rarement. Elle aima beaucoup ce regard fixe qui la baignait de lumière et d'amour.

« Madame la duchesse, répondit-il, je craindrais de vous mal dire la reconnaissance que m'inspirent vos bontés. En ce moment je ne souhaite qu'une seule chose, le pouvoir de dissiper vos souffrances.

— Permettez que je me débarrasse de ceci, j'ai maintenant trop chaud, dit-elle en faisant sauter par un mouvement plein de grâce le coussin qui lui couvrait les pieds, qu'elle laissa voir dans toute leur clarté.

— Madame, en Asie, vos pieds vaudraient presque dix mille sequins.

— Compliment de voyageur », dit-elle en souriant.

---

1. Louis de Balbes de Berton de Crillon, compagnon d'armes d'Henri IV, qui, entendant le récit de la passion du Christ, se serait emparé d'une épée en s'écriant : « Où étais-tu Crillon ? »
2. Dans *Une passion dans le désert*, Balzac, en 1830, a présenté l'étonnante relation entre un homme et une panthère.

Cette spirituelle personne prit plaisir à jeter le rude Montriveau dans une conversation pleine de bêtises, de lieux communs et de non-sens, où il manœuvra, militairement parlant, comme eut fait le prince Charles aux prises avec Napoléon[1]. Elle s'amusa malicieusement à reconnaître l'étendue de cette passion commencée, d'après le nombre de sottises arrachées à ce débutant, qu'elle amenait à petits pas dans un labyrinthe inextricable où elle voulait le laisser honteux de lui-même. Elle débuta donc par se moquer de cet homme, à qui elle se plaisait néanmoins à faire oublier le temps. La longueur d'une première visite est souvent une flatterie, mais Armand n'en fut pas complice. Le célèbre voyageur était dans ce boudoir depuis une heure, causant de tout, n'ayant rien dit, sentant qu'il n'était qu'un instrument dont jouait cette femme, quand elle se dérangea, s'assit, se mit sur le cou le voile qu'elle avait sur la tête, s'accouda, lui fit les honneurs d'une complète guérison, et sonna pour faire allumer les bougies du boudoir. À l'inaction absolue dans laquelle elle était restée, succédèrent les mouvements les plus gracieux. Elle se tourna vers M. de Montriveau, et lui dit, en réponse à une confidence qu'elle venait de lui arracher et qui parut la vivement intéresser : « Vous voulez vous moquer de moi en tâchant de me donner à penser que vous n'avez jamais aimé. Voilà la grande prétention des hommes auprès de nous. Nous les croyons. Pure politesse ! Ne savons-nous pas à quoi nous en tenir là-dessus par nous-mêmes ? Où est l'homme qui n'a pas rencontré dans sa vie une seule occasion d'être amoureux ? Mais vous aimez à nous tromper, et nous vous laissons faire, pauvres sottes que nous sommes, parce que vos tromperies sont encore des hommages

---

1. L'archiduc Charles Louis d'Autriche (1771-1847), auteur d'un traité sur l'art militaire, a été battu par Napoléon à Essling et Wagram.

rendus à la supériorité de nos sentiments, qui sont tout pureté. »

Cette dernière phrase fut prononcée avec un accent plein de hauteur et de fierté qui fit de cet amant novice une balle jetée au fond d'un abîme, et de la duchesse un ange revolant vers son ciel particulier.

« Diantre ! s'écriait en lui-même Armand de Montriveau, comment s'y prendre pour dire à cette créature sauvage que je l'aime ? »

Il l'avait déjà dit vingt fois, ou plutôt la duchesse l'avait vingt fois lu dans ses regards, et voyait, dans la passion de cet homme vraiment grand, un amusement pour elle, un intérêt à mettre dans sa vie sans intérêt. Elle se préparait donc déjà fort habilement à élever autour d'elle une certaine quantité de redoutes qu'elle lui donnerait à emporter avant de lui permettre l'entrée de son cœur. Jouet de ses caprices, Montriveau devait rester stationnaire tout en sautant de difficultés en difficultés comme un de ces insectes tourmenté par un enfant saute d'un doigt sur un autre en croyant avancer, tandis que son malicieux bourreau le laisse au même point. Néanmoins, la duchesse reconnut avec un bonheur inexprimable que cet homme de caractère ne mentait pas à sa parole. Armand n'avait, en effet, jamais aimé. Il allait se retirer mécontent de lui, plus mécontent d'elle encore ; mais elle vit avec joie une bouderie qu'elle savait pouvoir dissiper par un mot, d'un regard, d'un geste.

« Viendrez-vous demain soir ? lui dit-elle. Je vais au bal, je vous attendrai jusqu'à dix heures. »

Le lendemain Montriveau passa la plus grande partie de la journée assis à la fenêtre de son cabinet, et occupé à fumer une quantité indéterminée de cigares. Il put atteindre ainsi l'heure de s'habiller et d'aller à l'hôtel de Langeais. C'eût été grande pitié pour l'un de ceux qui connaissaient la magnifique valeur de cet homme, de le voir devenu si petit, si tremblant, de savoir cette pensée, dont les rayons pouvaient embrasser des mondes, se rétrécir aux proportions du boudoir d'une petite-maîtresse. Mais il se sentait lui-même déjà si déchu dans son bonheur, que, pour sauver sa vie, il n'aurait pas confié son amour à l'un de ses amis intimes. Dans la pudeur qui s'empare d'un homme quand il aime, n'y a-t-il pas toujours un peu de honte, et ne serait-ce pas sa petitesse qui fait l'orgueil de la femme ? Enfin ne serait-ce pas une foule de motifs de ce genre, mais que les femmes ne s'expliquent pas, qui les porte presque toutes à trahir les premières le mystère de leur amour, mystère dont elles se fatiguent peut-être ?

« Monsieur, dit le valet de chambre, Mme la duchesse n'est pas visible, elle s'habille, et vous prie de l'attendre ici. »

Armand se promena dans le salon en étudiant le goût répandu dans les moindres détails. Il admira Mme de Langeais, en admirant les choses qui venaient d'elle et en trahissaient les habitudes, avant qu'il pût en saisir la personne et les idées. Après une heure environ, la duchesse sortit de sa chambre sans faire de bruit. Montriveau se retourna, la vit marchant avec la légèreté d'une ombre, et tressaillit. Elle vint à lui, sans lui dire bourgeoisement : « Comment me trouvez-vous ? » Elle était sûre d'elle, et son regard fixe disait : « Je me suis ainsi parée pour vous plaire. » Une vieille fée, marraine de quelque princesse méconnue, avait seule pu tourner autour du cou de cette coquette personne le nuage d'une gaze dont les plis avaient des tons vifs que soutenait encore l'éclat d'une peau satinée. La duchesse était éblouissante. Le bleu clair de sa robe, dont les ornements se répétaient dans les fleurs de sa coiffure, semblait donner, par la richesse de la couleur, un corps à ses formes frêles devenues tout aériennes ; car, en glissant avec rapidité vers Armand, elle fit voler les deux bouts de l'écharpe qui pendait à ses côtés, et le brave soldat ne put alors s'empêcher de la comparer aux jolis insectes bleus qui voltigent au-dessus des eaux, parmi les fleurs, avec lesquelles ils paraissent se confondre.

« Je vous ai fait attendre, dit-elle de la voix que savent prendre les femmes pour l'homme auquel elles veulent plaire.

— J'attendrais patiemment une éternité, si je savais trouver la Divinité belle comme vous l'êtes ; mais ce n'est pas un compliment que de vous parler de votre beauté, vous ne pouvez plus être sensible qu'à l'adoration. Laissez-moi donc seulement baiser votre écharpe.

— Ah, fi ! dit-elle en faisant un geste d'orgueil, je vous estime assez pour vous offrir ma main. »

Et elle lui tendit à baiser sa main encore humide. Une main de femme, au moment où elle sort de son bain de senteur, conserve je ne sais quelle fraîcheur douillette, une mollesse veloutée dont la chatouilleuse impression va des lèvres à l'âme. Aussi, chez un homme épris qui a dans les sens autant de volupté qu'il a d'amour au cœur, ce baiser, chaste en apparence, peut-il exciter de redoutables orages.

« Me la tendrez-vous toujours ainsi ? dit humblement le général en baisant avec respect cette main dangereuse.

— Oui ; mais nous en resterons là », dit-elle en souriant.

Elle s'assit et parut fort maladroite à mettre ses gants, en voulant en faire glisser la peau d'abord trop étroite le long de ses doigts, et regarder en même temps M. de Montriveau, qui admirait alternativement la duchesse et la grâce de ses gestes réitérés.

« Ah ! c'est bien, dit-elle, vous avez été exact, j'aime l'exactitude. Sa Majesté dit qu'elle est la politesse des rois ; mais, selon moi, de vous à nous, je la crois la plus respectueuse des flatteries. Hé ! n'est-ce pas ? Dites donc. »

Puis elle le guigna de nouveau pour lui exprimer une amitié décevante, en le trouvant muet de bonheur, et tout heureux de ces riens. Ah ! la duchesse entendait à merveille son métier de femme, elle savait admirablement rehausser un homme à mesure qu'il se rapetissait, et le récompenser par de creuses flatteries à chaque pas qu'il faisait pour descendre aux niaiseries de la sentimentalité.

« Vous n'oublierez jamais de venir à neuf heures.

— Oui, mais irez-vous donc au bal tous les soirs ?

— Le sais-je ? répondit-elle en haussant les épaules par un petit geste enfantin, comme pour avouer qu'elle était toute caprice et qu'un amant devait la prendre ainsi. — D'ailleurs, reprit-elle, que vous importe ? vous m'y conduirez.

— Pour ce soir, dit-il, ce serait difficile, je ne suis pas mis convenablement.

— Il me semble, répondit-elle en le regardant avec fierté, que si quelqu'un doit souffrir de votre mise, c'est moi. Mais sachez, monsieur le voyageur, que l'homme dont j'accepte le bras est toujours au-dessus de la mode, personne n'oserait le critiquer. Je vois que vous ne connaissez pas le monde, je vous en aime davantage. »

Et elle le jetait déjà dans les petitesses du monde, en tâchant de l'initier aux vanités d'une femme à la mode.

« Si elle veut faire une sottise pour moi, se dit en lui-même Armand, je serais bien niais de l'en empêcher. Elle m'aime sans doute, et, certes, elle ne méprise pas le monde plus que je ne le méprise moi-même ; ainsi va pour le bal ! »

La duchesse pensait sans doute qu'en voyant le général la suivre au bal en bottes et en cravate noire, personne n'hésiterait à le croire passionnément amoureux d'elle. Heureux de voir la reine du monde élégant vouloir se compromettre pour lui, le général eut de l'esprit en ayant de l'espérance. Sûr de plaire, il déploya ses idées et ses sentiments, sans ressentir la contrainte qui, la veille, lui avait gêné le cœur. Cette conversation substantielle, animée, remplie par ces premières confidences aussi douces à dire qu'à entendre,

séduisit-elle Mme de Langeais, ou avait-elle imaginé cette
ravissante coquetterie ; mais elle regarda malicieusement la
pendule quand minuit sonna.

«Ah! vous me faites manquer le bal!» dit-elle en expri-
mant de la surprise et du dépit de s'être oubliée. Puis, elle
se justifia le changement de ses jouissances par un sourire
qui fit bondir le cœur d'Armand.

«J'avais bien promis à Mme de Beauséant, ajouta-t-elle.
Ils m'attendent tous.

— Hé bien, allez.

— Non, continuez, dit-elle. Je reste. Vos aventures en
Orient me charment. Racontez-moi bien toute votre vie.
J'aime à participer aux souffrances ressenties par un homme
de courage, car je les ressens, vrai!» Elle jouait avec son
écharpe, la tordait, la déchirait par des mouvements d'impatience qui semblaient accuser un mécontentement intérieur et de profondes réflexions. «Nous ne valons rien,
nous autres, reprit-elle. Ah! nous sommes d'indignes personnes, égoïstes, frivoles. Nous ne savons que nous ennuyer
à force d'amusements. Aucune de nous ne comprend le rôle
de sa vie. Autrefois, en France, les femmes étaient des
lumières bienfaisantes, elles vivaient pour soulager ceux qui
pleurent, encourager les grandes vertus, récompenser les
artistes et en animer la vie par de nobles pensées. Si le
monde est devenu si petit, à nous la faute. Vous me faites
haïr ce monde et le bal. Non, je ne vous sacrifie pas grand-
chose.» Elle acheva de détruire son écharpe, comme un
enfant qui, jouant avec une fleur, finit par en arracher tous
les pétales ; elle la roula, la jeta loin d'elle, et put ainsi montrer son cou de cygne. Elle sonna. «Je ne sortirai pas», dit-
elle à son valet de chambre. Puis elle reporta timidement
ses longs yeux bleus sur Armand, de manière à lui faire
accepter, par la crainte qu'ils exprimaient, cet ordre pour
un aveu, pour une première, pour une grande faveur. «Vous

avez eu bien des peines, dit-elle après une pause pleine de pensées et avec cet attendrissement qui souvent est dans la voix des femmes sans être dans le cœur.

— Non, répondit Armand. Jusqu'aujourd'hui, je ne savais pas ce qu'était le bonheur.

— Vous le savez donc, dit-elle en le regardant en dessous d'un air hypocrite et rusé.

— Mais, pour moi désormais, le bonheur, n'est-ce pas de vous voir, de vous entendre... Jusqu'à présent je n'avais que souffert, et maintenant je comprends que je puis être malheureux...

— Assez, assez, dit-elle, allez-vous-en, il est minuit, respectons les convenances. Je ne suis pas allée au bal, vous étiez là. Ne faisons pas causer. Adieu. Je ne sais ce que je dirai, mais la migraine est bonne personne et ne nous donne jamais de démentis.

— Y a-t-il bal demain? demanda-t-il.

— Vous vous y accoutumeriez, je crois. Hé bien, oui, demain nous irons encore au bal. »

Armand s'en alla l'homme le plus heureux du monde, et vint tous les soirs chez Mme de Langeais à l'heure qui, par une sorte de convention tacite, lui fut réservée. Il serait fastidieux et ce serait pour une multitude de jeunes gens qui ont de ces beaux souvenirs une redondance que de faire marcher ce récit pas à pas, comme marchait le poème de ces conversations secrètes dont le cours avance ou retarde au gré d'une femme par une querelle de mots quand le sentiment va trop vite, par une plainte sur les sentiments quand les mots ne répondent plus à sa pensée. Aussi, pour marquer le progrès de cet ouvrage à la Pénélope, peut-être faudrait-il s'en tenir aux expressions matérielles du sentiment. Ainsi, quelques jours après la première rencontre de la duchesse et d'Armand de Montriveau, l'assidu général avait conquis en toute propriété le droit de baiser les insatiables mains de sa maîtresse. Partout où allait Mme de Langeais, se voyait inévitablement M. de Montriveau, que certaines personnes nommèrent, en plaisantant, *le planton de la duchesse*. Déjà la position d'Armand lui avait fait des envieux, des jaloux, des ennemis. Mme de Langeais avait atteint à son but. Le marquis se confondait parmi ses nombreux admirateurs, et lui servait à humilier ceux qui se vantaient d'être dans ses bonnes grâces, en lui donnant publiquement le pas sur tous les autres.

« Décidément, disait Mme de Sérizy, M. de Montriveau est l'homme que la duchesse distingue le plus. »

Qui ne sait pas ce que veut dire, à Paris, *être distingué par une femme* ? Les choses étaient ainsi parfaitement en règle. Ce qu'on se plaisait à raconter du général le rendit si redoutable, que les jeunes gens habiles abdiquèrent tacitement leurs prétentions sur la duchesse, et ne restèrent dans sa sphère que pour exploiter l'importance qu'ils y prenaient, pour se servir de son nom, de sa personne, pour s'arranger au mieux avec certaines puissances du second ordre, enchantées d'enlever un amant à Mme de Langeais. La duchesse avait l'œil assez perspicace pour apercevoir ces désertions et ces traités dont son orgueil ne lui permettait pas d'être la dupe. Alors elle savait, disait M. le prince de Talleyrand, qui l'aimait beaucoup, tirer un regain de vengeance par un mot à deux tranchants dont elle frappait ces épousailles *morganatiques* [1]. Sa dédaigneuse raillerie ne contribuait pas médiocrement à la faire craindre et passer pour une personne excessivement spirituelle. Elle consolidait ainsi sa réputation de vertu, tout en s'amusant des secrets d'autrui, sans laisser pénétrer les siens. Néanmoins, après deux mois d'assiduités, elle eut, au fond de l'âme, une

---

1. Mariage d'un souverain (ou d'un prince) avec une personne d'un rang inférieur.

sorte de peur vague en voyant que M. de Montriveau ne comprenait rien aux finesses de la coquetterie faubourg-saint-germanesque[1], et prenait au sérieux les minauderies parisiennes. «Celui-là, ma chère duchesse, lui avait dit le vieux vidame de Pamiers, est cousin germain des aigles, vous ne l'apprivoiserez pas, et il vous emportera dans son aire, si vous n'y prenez garde.» Le lendemain du soir où le rusé vieillard lui avait dit ce mot, dans lequel Mme de Langeais craignit de trouver une prophétie, elle essaya de se faire haïr, et se montra dure, exigeante, nerveuse, détestable pour Armand, qui la désarma par une douceur angélique. Cette femme connaissait si peu la bonté large des grands caractères, qu'elle fut pénétrée des gracieuses plaisanteries par lesquelles ses plaintes furent d'abord accueillies. Elle cherchait une querelle et trouva des preuves d'affection. Alors elle persista.

«En quoi, lui dit Armand, un homme qui vous idolâtre a-t-il pu vous déplaire?

— Vous ne me déplaisez pas, répondit-elle en devenant tout à coup douce et soumise; mais pourquoi voulez-vous me compromettre? Vous ne devez être qu'un *ami* pour moi. Ne le savez-vous pas? Je voudrais vous voir l'instinct, les délicatesses de l'amitié vraie, afin de ne perdre ni votre estime, ni les plaisirs que je ressens près de vous.

— N'être que votre *ami*? s'écria M. de Montriveau à la tête de qui ce terrible mot donna des secousses électriques. Sur la foi des heures douces que vous m'accordez, je m'endors et me réveille dans votre cœur; et aujourd'hui, sans motif, vous vous plaisez gratuitement à tuer les espérances secrètes qui me font vivre. Voulez-vous, après m'avoir fait promettre tant de constance, et avoir montré tant d'hor-

---

1. Néologisme qui souligne railleusement le travers qui caractérise la duchesse de Langeais.

reur pour les femmes qui n'ont que des caprices, me faire entendre que, semblable à toutes les femmes de Paris, vous avez des passions, et point d'amour ? Pourquoi donc m'avez-vous demandé ma vie, et pourquoi l'avez-vous acceptée ?

— J'ai eu tort, mon ami. Oui, une femme a tort de se laisser aller à de tels enivrements quand elle ne peut ni ne doit les récompenser.

— Je comprends, vous n'avez été que légèrement coquette, et...

— Coquette ?... je hais la coquetterie. Être coquette, Armand, mais c'est se promettre à plusieurs hommes et ne pas se donner. Se donner à tous est du libertinage. Voilà ce que j'ai cru comprendre de nos mœurs. Mais se faire mélancolique avec les humoristes [1], gaie avec les insouciants, politique avec les ambitieux, écouter avec une apparente admiration les bavards, s'occuper de guerre avec les militaires, être passionnée pour le bien du pays avec les philanthropes, accorder à chacun sa petite dose de flatterie, cela me paraît aussi nécessaire que de mettre des fleurs dans nos cheveux, des diamants, des gants et des vêtements. Le discours est la partie morale de la toilette, il se prend et se quitte avec la toque à plumes. Nommez-vous ceci coquetterie ? Mais je ne vous ai jamais traité comme je traite tout le monde. Avec vous, mon ami, je suis vraie. Je n'ai pas toujours partagé vos idées, et quand vous m'avez convaincue, après une discussion, ne m'en avez-vous pas vue tout heureuse ? Enfin, je vous aime, mais seulement comme il est permis à une femme religieuse et pure d'aimer. J'ai fait des réflexions. Je suis mariée, Armand. Si la manière dont je vis avec M. de Langeais me laisse la disposition de mon cœur, les lois, les convenances m'ont ôté le droit de disposer de

---

1. Terme médical qui renvoie à la théorie des humeurs.

ma personne. En quelque rang qu'elle soit placée, une femme déshonorée se voit chassée du monde, et je ne connais encore aucun exemple d'un homme qui ait su ce à quoi l'engageaient alors nos sacrifices. Bien mieux, la rupture que chacun prévoit entre Mme de Beauséant et M. d'Ajuda, qui, dit-on, épouse Mlle de Rochefide, m'a prouvé que ces mêmes sacrifices sont presque toujours les causes de votre abandon. Si vous m'aimiez sincèrement, vous cesseriez de me voir pendant quelque temps! Moi, je dépouillerai pour vous toute vanité; n'est-ce pas quelque chose? Que ne dit-on pas d'une femme à laquelle aucun homme ne s'attache? Ah! elle est sans cœur, sans esprit, sans âme, sans charme surtout. Oh! les coquettes ne me feront grâce de rien, elles me raviront les qualités qu'elles sont blessées de trouver en moi. Si ma réputation me reste, que m'importe de voir contester mes avantages par des rivales? elles n'en hériteront certes pas. Allons, mon ami, donnez quelque chose à qui vous sacrifie tant! Venez moins souvent, je ne vous en aimerai pas moins.

— Ah! répondit Armand avec la profonde ironie d'un cœur blessé, l'amour, selon les écrivassiers, ne se repaît que d'illusions! Rien n'est plus vrai, je le vois, il faut que je m'imagine être aimé. Mais, tenez, il est des pensées, comme des blessures, dont on ne revient pas : vous étiez une de mes dernières croyances, et je m'aperçois en ce moment que tout est faux ici-bas. »

Elle se prit à sourire.

« Oui, reprit Montriveau d'une voix altérée, votre foi catholique à laquelle vous voulez me convertir est un mensonge que les hommes se font, l'espérance est un mensonge appuyé sur l'avenir, l'orgueil est un mensonge de nous à nous, la pitié, la sagesse, la terreur sont des calculs mensongers. Mon bonheur sera donc aussi quelque mensonge, il faut que je m'attrape moi-même et consente à toujours donner un louis contre un écu. Si vous pouvez si facilement vous dispenser de me voir, si vous ne m'avouez ni pour ami, ni pour amant, vous ne m'aimez pas ! Et moi, pauvre fou, je me dis cela, je le sais, et j'aime.

— Mais, mon Dieu, mon pauvre Armand, vous vous emportez.

— Je m'emporte ?

— Oui, vous croyez que tout est en question, parce que je vous parle de prudence. »

Au fond, elle était enchantée de la colère qui débordait dans les yeux de son amant. En ce moment, elle le tourmentait ; mais elle le jugeait, et remarquait les moindres altérations de sa physionomie. Si le général avait eu le malheur de se montrer généreux sans discussion, comme il arrive quelquefois à certaines âmes candides, il eût été forbanni pour toujours, atteint et convaincu de ne pas savoir aimer. La plupart des femmes veulent se sentir le moral violé. N'est-ce pas une de leurs flatteries de ne jamais céder qu'à la force ? Mais Armand n'était pas assez instruit pour apercevoir le piège habilement préparé par la duchesse. Les hommes forts qui aiment ont tant d'enfance dans l'âme !

« Si vous ne voulez que conserver les apparences, dit-il avec naïveté, je suis prêt à...

— Ne conserver que les apparences, s'écria-t-elle en l'interrompant, mais quelles idées vous faites-vous donc de moi ? Vous ai-je donné le moindre droit de penser que je puisse être à vous ?

— Ah çà, de quoi parlons-nous donc ? demanda Montriveau.

— Mais, monsieur, vous m'effrayez. Non, pardon, merci, reprit-elle d'un ton froid, merci, Armand : vous m'avertissez à temps d'une imprudence bien involontaire, croyez-le, mon ami. Vous savez souffrir, dites-vous ? Moi aussi, je saurai souffrir. Nous cesserons de nous voir ; puis, quand l'un et l'autre nous aurons su recouvrer un peu de calme, eh bien, nous aviserons à nous arranger un bonheur approuvé par le monde. Je suis jeune, Armand, un homme sans délicatesse ferait faire bien des sottises et des étourderies à une femme de vingt-quatre ans. Mais, vous ! vous serez mon ami, promettez-le-moi.

— La femme de vingt-quatre ans, répondit-il, sait calculer. » Il s'assit sur le divan du boudoir, et resta la tête appuyée dans ses mains. « M'aimez-vous, madame ? demanda-t-il en relevant la tête et lui montrant un visage plein de résolution. Dites hardiment : oui ou non. »

La duchesse fut plus épouvantée de cette interrogation qu'elle ne l'aurait été d'une menace de mort, ruse vulgaire dont s'effraient peu de femmes au dix-neuvième siècle, en ne voyant plus les hommes porter l'épée au côté ; mais n'y a-t-il pas des effets de cils, de sourcils, des contractions dans le regard, des tremblements de lèvres qui communiquent la terreur qu'ils expriment si vivement, si magnétiquement ?

« Ah ! dit-elle, si j'étais libre, si...

— Eh ! n'est-ce pas que votre mari qui nous gêne ? s'écria joyeusement le général en se promenant à grands pas dans le boudoir. Ma chère Antoinette, je possède un pouvoir plus absolu que ne l'est celui de l'autocrate de toutes les Russies. Je m'entends avec la Fatalité ; je puis, socialement parlant, l'avancer ou la retarder à ma fantaisie, comme on fait d'une montre. Diriger la Fatalité, dans notre machine politique, n'est-ce pas tout simplement en connaître les rouages ? Dans peu, vous serez libre, souvenez-vous alors de votre promesse.

— Armand, s'écria-t-elle, que voulez-vous dire ? Grand Dieu ! croyez-vous que je puisse être le gain d'un crime ? voulez-vous ma mort ? Mais vous n'avez donc pas du tout de religion ? Moi, je crains Dieu. Quoique M. de Langeais m'ait donné le droit de le haïr, je ne lui souhaite aucun mal. »

M. de Montriveau, qui battait machinalement la retraite avec ses doigts sur le marbre de la cheminée, se contenta de regarder la duchesse d'un air calme.

«Mon ami, dit-elle en continuant, respectez-le. Il ne m'aime pas, il n'est pas bien pour moi, mais j'ai des devoirs à remplir envers lui. Pour éviter les malheurs dont vous le menacez, que ne ferais-je pas?

«Écoutez, reprit-elle après une pause, je ne vous parlerai plus de séparation, vous viendrez ici comme par le passé, je vous donnerai toujours mon front à baiser; si je vous le refusais quelquefois, c'était pure coquetterie, en vérité. Mais, entendons-nous, dit-elle en le voyant s'approcher. Vous me permettrez d'augmenter le nombre de mes poursuivants, d'en recevoir dans la matinée encore plus que par le passé: je veux redoubler de légèreté, je veux vous traiter fort mal en apparence, feindre une rupture; vous viendrez un peu moins souvent; et puis, après...»

En disant ces mots, elle se laissa prendre par la taille, parut sentir, ainsi pressée par Montriveau, le plaisir excessif que trouvent la plupart des femmes à cette pression, dans laquelle tous les plaisirs de l'amour semblent promis; puis, elle désirait sans doute se faire faire quelque confidence, car elle se haussa sur la pointe des pieds pour apporter son front sous les lèvres brûlantes d'Armand.

«Après, reprit Montriveau, vous ne me parlerez plus de votre mari: vous n'y devez plus penser.»

Mme de Langeais garda le silence.

«Au moins, dit-elle après une pause expressive, vous ferez tout ce que je voudrai, sans gronder, sans être mauvais, dites, mon ami? N'avez-vous pas voulu m'effrayer? Allons, avouez-le?... vous êtes trop bon pour jamais concevoir de criminelles pensées. Mais auriez-vous donc des secrets que je ne connusse point? Comment pouvez-vous donc maîtriser le sort?

— Au moment où vous confirmez le don que vous m'avez déjà fait de votre cœur, je suis trop heureux pour bien savoir ce que je vous répondrais. J'ai confiance en vous, Antoinette, je n'aurai ni soupçons, ni fausses jalousies. Mais, si le hasard vous rendait libre, nous sommes unis...

— Le hasard, Armand, dit-elle en faisant un de ces jolis gestes de tête qui semblent pleins de choses et que ces sortes de femmes jettent à la légère, comme une cantatrice joue avec sa voix. Le pur hasard, reprit-elle. Sachez-le bien : s'il arrivait, par votre faute, quelque malheur à M. de Langeais, je ne serais jamais à vous.»

Ils se séparèrent contents l'un et l'autre. La duchesse avait fait un pacte qui lui permettait de prouver au monde, par ses paroles et ses actions, que M. de Montriveau n'était point son amant. Quant à lui, la rusée se promettait bien de le lasser en ne lui accordant d'autres faveurs que celles surprises dans ces petites luttes dont elle arrêtait le cours à son gré. Elle savait si joliment le lendemain révoquer les concessions consenties la veille, elle était si sérieusement déterminée à rester physiquement vertueuse, qu'elle ne voyait aucun danger pour elle à des préliminaires redoutables seulement aux femmes bien éprises. Enfin, une duchesse séparée de son mari offrait peu de chose à l'amour, en lui sacrifiant un mariage annulé depuis longtemps. De son côté, Montriveau, tout heureux d'obtenir la plus vague des promesses, et d'écarter à jamais les objections qu'une épouse puise dans la foi conjugale pour se refuser à l'amour, s'applaudissait d'avoir conquis encore un peu plus de terrain. Aussi, pendant quelque temps, abusa-t-il des droits d'usufruit[1] qui lui avaient été si difficilement octroyés. Plus enfant

---

1. Le terme appartient au vocabulaire juridique : il désigne le droit d'usage et de jouissance d'un bien appartenant à un tiers.

qu'il ne l'avait jamais été, cet homme se laissait aller à tous les enfantillages qui font du premier amour la fleur de la vie. Il redevenait petit en répandant et son âme et toutes les forces trompées que lui communiquait sa passion sur les mains de cette femme, sur ses cheveux blonds dont il baisait les boucles floconneuses, sur ce front éclatant qu'il voyait pur. Inondée d'amour, vaincue par les effluves magnétiques d'un sentiment si chaud, la duchesse hésitait à faire naître la querelle qui devait les séparer à jamais. Elle était plus femme qu'elle ne le croyait, cette chétive créature, en essayant de concilier les exigences de la religion avec les vivaces émotions de vanité, avec les semblants de plaisir dont s'affolent les Parisiennes. Chaque dimanche elle entendait la messe, ne manquait pas un office ; puis, le soir, elle se plongeait dans les enivrantes voluptés que procurent des désirs sans cesse réprimés. Armand et Mme de Langeais ressemblaient à ces fakirs de l'Inde qui sont récompensés de leur chasteté par les tentations qu'elle leur donne. Peut-être aussi la duchesse avait-elle fini par résoudre l'amour dans ces caresses fraternelles, qui eussent paru sans doute innocentes à tout le monde, mais auxquelles les hardiesses de sa pensée prêtaient d'excessives dépravations. Comment expliquer autrement le mystère incompréhensible de ses perpétuelles fluctuations ? Tous les matins elle se proposait de fermer sa porte au marquis de Montriveau ; puis, tous les soirs, à l'heure dite, elle se laissait charmer par lui. Après une molle défense, elle se faisait moins méchante ; sa conversation devenait douce, onctueuse ; deux amants pouvaient seuls être ainsi. La duchesse déployait son esprit le plus scintillant, ses coquetteries les plus entraînantes ; puis, quand elle avait irrité l'âme et les sens de son amant, s'il la saisissait, elle voulait bien se laisser briser et tordre par lui, mais elle avait son *nec plus ultra* [1] de passion ; et, quand il en arrivait là, elle se fâchait toujours si, maîtrisé par sa fougue, il faisait mine d'en franchir les barrières. Aucune femme n'ose se refuser sans motif à l'amour, rien n'est plus naturel que d'y céder ; aussi Mme de Langeais s'entoura-t-elle bientôt d'une seconde ligne de fortifications plus difficile à emporter que ne l'avait été la première. Elle évoqua les terreurs de la religion. Jamais le Père de l'Église le plus éloquent ne plaida mieux la cause de Dieu ; jamais les vengeances du Très Haut ne furent mieux justifiées que par la voix de la duchesse. Elle n'employait ni phrases de sermon, ni amplifications de rhétorique. Non, elle avait son *pathos* à elle. À la plus ardente supplique d'Armand elle répondait par un regard mouillé de larmes, par un geste qui peignait une affreuse plénitude de sentiments ; elle le faisait taire en lui demandant grâce ; un mot de plus, elle ne voulait pas l'entendre, elle succomberait, et la mort lui semblait préférable à un bonheur criminel.

« N'est-ce donc rien que de désobéir à Dieu ! lui disait-elle en retrouvant une voix affaiblie par des combats intérieurs sur lesquels cette jolie comédienne paraissait prendre difficilement un empire passager. Les hommes, la terre entière, je vous les sacrifierais volontiers ; mais vous êtes bien égoïste de me demander tout mon avenir pour un moment de plaisir. Allons ! voyons, n'êtes-vous pas heureux ? » ajoutait-elle en lui tendant la main et se montrant à lui dans un négligé qui certes offrait à son amant des consolations dont il se payait toujours.

Si, pour retenir un homme dont l'ardente passion lui donnait des émotions inaccoutumées, ou si, par faiblesse, elle se laissait ravir quelque baiser rapide, aussitôt elle

---

1. « Et pas au-delà », l'expression souligne ironiquement que la duchesse n'est pas véritablement passionnée.

feignait la peur, elle rougissait et bannissait Armand de son canapé au moment où le canapé devenait dangereux pour elle.

« Vos plaisirs sont des péchés que j'expie, Armand ; ils me coûtent des pénitences, des remords », s'écriait-elle.

Quand Montriveau se voyait à deux chaises de cette jupe aristocratique, il se prenait à blasphémer, il maugréait Dieu. La duchesse se fâchait alors.

« Mais, mon ami, disait-elle sèchement, je ne comprends pas pourquoi vous refusez de croire en Dieu, car il est impossible de croire aux hommes. Taisez-vous, ne parlez pas ainsi ; vous avez l'âme trop grande pour épouser les sottises du libéralisme, qui a la prétention de tuer Dieu. »

Les discussions théologiques et politiques lui servaient de douches pour calmer Montriveau, qui ne savait plus revenir à l'amour quand elle excitait sa colère, en le jetant à mille lieues de ce boudoir dans les théories de l'absolutisme qu'elle défendait à merveille. Peu de femmes osent être démocrates, elles sont alors trop en contradiction avec leur despotisme en fait de sentiments. Mais souvent aussi le général secouait sa crinière, laissait la politique, grondait comme un lion, se battait les flancs, s'élançait sur sa proie, revenait terrible d'amour à sa maîtresse, incapable de porter longtemps son cœur et sa pensée en flagrance[1]. Si cette femme se sentait piquée par une fantaisie assez incitante pour la compromettre, elle savait alors sortir de son boudoir : elle quittait l'air chargé de désirs qu'elle y respirait, venait dans son salon, s'y mettait au piano, chantait les airs les plus délicieux de la musique moderne, et trompait ainsi l'amour des sens, qui parfois ne lui faisait pas grâce, mais qu'elle avait la force de vaincre. En ces moments elle était sublime aux yeux d'Armand : elle ne feignait pas, elle était

---

1. Caractère de ce qui est brûlant.

vraie, et le pauvre amant se croyait aimé. Cette résistance égoïste la lui faisait prendre pour une sainte et vertueuse créature, et il se résignait, et il parlait d'amour platonique, le général d'artillerie ! Quand elle eut assez joué de la religion dans son intérêt personnel, Mme de Langeais en joua dans celui d'Armand : elle voulut le ramener à des sentiments chrétiens, elle lui refit *Le Génie du christianisme*[1] à l'usage des militaires. Montriveau s'impatienta, trouva son joug pesant. Oh ! alors, par esprit de contradiction, elle lui cassa la tête de Dieu pour voir si Dieu la débarrasserait d'un homme qui allait à son but avec une constance dont elle commençait à s'effrayer. D'ailleurs, elle se plaisait à prolonger toute querelle qui paraissait éterniser la lutte morale, après laquelle venait une lutte matérielle bien autrement dangereuse.

Mais si l'opposition faite au nom des lois du mariage représente l'*époque civile* de cette guerre sentimentale, celle-ci en constituerait l'*époque religieuse*, et elle eut, comme la précédente, une crise après laquelle sa rigueur devait décroître. Un soir, Armand, venu fortuitement de très bonne heure, trouva M. l'abbé Gondrand, directeur de la conscience de Mme de Langeais, établi dans un fauteuil au coin de la cheminée, comme un homme en train de digérer son dîner et les jolis péchés de sa pénitente. La vue de cet homme au teint frais et reposé, dont le front était calme, la bouche ascétique, le regard malicieusement inquisiteur, qui avait dans son maintien une véritable noblesse ecclésiastique, et déjà dans son vêtement le violet épiscopal, rembrunit singulièrement le visage de Montriveau qui ne salua personne et resta silencieux. Sorti de son amour, le général ne manquait pas de tact ; il devina donc, en échangeant

---

1. L'œuvre de Chateaubriand parue en 1802 est une référence majeure pour la génération romantique.

quelques regards avec le futur évêque, que cet homme était
le promoteur des difficultés dont s'armait pour lui l'amour
de la duchesse. Qu'un ambitieux abbé bricolât[1] et retînt le
bonheur d'un homme trempé comme l'était Montriveau?
cette pensée bouillonna sur sa face, lui crispa les doigts, le
fit lever, marcher, piétiner; puis, quand il revenait à sa place
avec l'intention de faire un éclat, un seul regard de la
duchesse suffisait à le calmer. Mme de Langeais, nullement
embarrassée du noir silence de son amant, par lequel toute
autre femme eût été gênée, continuait à converser fort spi-
rituellement avec M. Gondrand sur la nécessité de rétablir
la religion dans son ancienne splendeur. Elle exprimait
mieux que ne le faisait l'abbé pourquoi l'Église devait être
un pouvoir à la fois temporel et spirituel, et regrettait que
la Chambre des pairs n'eût pas encore son *banc des
évêques*[2], comme la Chambre des lords avait le sien. Néanmoins l'abbé, sachant que le carême lui permettait de
prendre sa revanche, céda la place au général et sortit. À
peine la duchesse se leva-t-elle pour rendre à son directeur
l'humble révérence qu'elle en reçut, tant elle était intriguée
par l'attitude de Montriveau.

«Qu'avez-vous, mon ami?

— Mais j'ai votre abbé sur l'estomac.

— Pourquoi ne preniez-vous pas un livre?» lui dit-elle
sans se soucier d'être ou non entendue par l'abbé qui fermait la porte.

Montriveau resta muet pendant un moment, car la
duchesse accompagna ce mot d'un geste qui en relevait
encore la profonde impertinence.

---

1. Le terme est à rapprocher du substantif «bricole»: lanière de
cuir que l'on passe autour du cou pour porter des fardeaux, pour tirer
une voiture.
2. Au Parlement, on parle du banc des évêques, du banc de la
noblesse, du banc des sénateurs, du banc des ministres, etc.

«Ma chère Antoinette, je vous remercie de donner à l'Amour le pas sur l'Église; mais, de grâce, souffrez que je vous adresse une question.

— Ah! vous m'interrogez. Je le veux bien, reprit-elle. N'êtes-vous pas mon ami? je puis, certes, vous montrer le fond de mon cœur, vous n'y verrez qu'une image.

— Parlez-vous à cet homme de notre amour?

— Il est mon confesseur.

— Sait-il que je vous aime?

— Monsieur de Montriveau, vous ne prétendez pas, je pense, pénétrer les secrets de ma confession?

— Ainsi cet homme connaît toutes nos querelles et mon amour pour vous...

— Un homme, monsieur! dites Dieu.

— Dieu! Dieu! je dois être seul dans votre cœur. Mais laissez Dieu tranquille là où il est, pour l'amour de lui et de moi. Madame, vous n'irez plus à confesse, ou...

— Ou? dit-elle en souriant.

— Ou je ne reviendrai plus ici.

— Partez, Armand. Adieu, adieu pour jamais.»

Elle se leva et s'en alla dans son boudoir, sans jeter un seul regard à Montriveau, qui resta debout, la main appuyée sur une chaise. Combien de temps resta-t-il ainsi, jamais il ne le sut lui-même. L'âme a le pouvoir inconnu d'étendre comme de resserrer l'espace. Il ouvrit la porte du boudoir, il y faisait nuit. Une voix faible devint forte pour dire aigrement: «Je n'ai pas sonné. D'ailleurs pourquoi donc entrer sans ordre? Suzette, laissez-moi.

— Tu souffres donc? s'écria Montriveau.

— Levez-vous, monsieur, reprit-elle en sonnant, et sortez d'ici, au moins pour un moment.

— Mme la duchesse demande de la lumière», dit-il au valet de chambre, qui vint dans le boudoir y allumer les bougies.

Quand les deux amants furent seuls, Mme de Langeais demeura couchée sur son divan, muette, immobile, absolument comme si Montriveau n'eût pas été là.

« Chère, dit-il avec un accent de douleur et de bonté sublime, j'ai tort. Je ne te voudrais certes pas sans religion...

— Il est heureux, répliqua-t-elle sans le regarder et d'une voix dure, que vous reconnaissiez la nécessité de la conscience. Je vous remercie pour Dieu. »

Ici le général, abattu par l'inclémence de cette femme, qui savait devenir à volonté une étrangère ou une sœur pour lui, fit, vers la porte, un pas de désespoir, et allait l'abandonner à jamais sans lui dire un seul mot. Il souffrait, et la duchesse riait en elle-même des souffrances causées par une torture morale bien plus cruelle que ne l'était jadis la torture judiciaire. Mais cet homme n'était pas maître de s'en aller. En toute espèce de crise, une femme est en quelque sorte grosse d'une certaine quantité de paroles ; et quand elle ne les a pas dites, elle éprouve la sensation que donne la vue d'une chose incomplète. Mme de Langeais, qui n'avait pas tout dit, reprit la parole.

« Nous n'avons pas les mêmes convictions, général, j'en suis peinée. Il serait affreux pour la femme de ne pas croire à une religion qui permet d'aimer au-delà du tombeau. Je mets à part les sentiments chrétiens, vous ne les comprenez pas. Laissez-moi vous parler seulement des convenances. Voulez-vous interdire à une femme de la Cour *la sainte table* quand il est reçu de s'en approcher à Pâques ? mais il faut pourtant bien savoir faire quelque chose pour son parti. Les Libéraux ne tueront pas, malgré leur désir, le sentiment religieux. La religion sera toujours une nécessité politique. Vous chargeriez-vous de gouverner un peuple de raisonneurs ! Napoléon ne l'osait pas, il persécutait les idéologues. Pour empêcher les peuples de raisonner, il faut leur imposer des sentiments. Acceptons donc la religion catholique avec toutes ses conséquences. Si nous voulons que la France aille à la messe, ne devons-nous pas commencer par y aller nous-mêmes ? La religion, Armand, est, vous le voyez, le lien des principes conservateurs qui permettent aux riches de vivre tranquilles. La religion est intimement liée à la propriété. Il est certes plus beau de conduire les peuples par des idées morales que par des échafauds, comme au temps de la Terreur, seul moyen que votre détestable révolution ait inventé pour se faire obéir. Le prêtre et le Roi, mais c'est vous, c'est moi, c'est la princesse ma voisine ; c'est en un mot tous les intérêts des honnêtes gens personnifiés. Allons, mon ami, veuillez donc être de votre parti, vous qui pourriez en devenir le Sylla [1], si vous aviez la moindre ambition. Il ignore la politique, moi, j'en raisonne par sentiment ; mais j'en sais néanmoins assez pour deviner que la société serait renversée si l'on en faisait mettre à tout moment les bases en question...

— Si votre Cour, si votre gouvernement pensent ainsi, vous me faites pitié, dit Montriveau. La Restauration, madame, doit se dire comme Catherine de Médicis [2], quand elle crut la bataille de Dreux perdue : "Eh bien, nous irons au prêche !" Or, 1815 est votre bataille de Dreux. Comme le trône de ce temps-là, vous l'avez gagnée en fait, mais perdue en droit. Le protestantisme politique est victorieux dans les esprits. Si vous ne voulez pas faire un Édit de

---

1. D'origine noble, Sylla (ou Lucius Cornelius Sulla, 138-78 av. J.-C.) est un homme d'État romain. Il est élu consul en − 88. Alors qu'on lui a retiré la direction de la guerre d'Asie, il n'hésite pas à entrer dans Rome avec son armée. En −82, il écrase ses adversaires et fait afficher le nom des aristocrates qui s'opposent à lui de façon à les éliminer définitivement. S'étant fait nommer dictateur, il restaure néanmoins les institutions aristocratiques.

2. Le réalisme politique de cette reine catholique est le sujet de *Sur Catherine de Médicis*, que Balzac publie en 1842-1844.

Nantes[1]; ou si, le faisant, vous le révoquez; si vous êtes un jour atteints et convaincus de ne plus vouloir de la Charte[2], qui n'est qu'un gage donné au maintien des intérêts révolutionnaires, la Révolution se relèvera terrible, et ne vous donnera qu'un seul coup; ce n'est pas elle qui sortira de France; elle y est le sol même. Les hommes se laissent tuer, mais non les intérêts... Eh! mon Dieu, que nous font la France, le trône, la légitimité, le monde entier? Ce sont des billevesées auprès de mon bonheur. Régnez, soyez renversés, peu m'importe. Où suis-je donc?

— Mon ami, vous êtes dans le boudoir de Mme la duchesse de Langeais.

— Non, non, plus de duchesse, plus de Langeais, je suis près de ma chère Antoinette!

— Voulez-vous me faire le plaisir de rester où vous êtes, dit-elle en riant et en le repoussant, mais sans violence.

— Vous ne m'avez donc jamais aimé, dit-il avec une rage qui jaillit de ses yeux par des éclairs.

— Non, mon ami. »

Ce non valait un oui.

« Je suis un grand sot », reprit-il en baisant la main de cette terrible reine redevenue femme.

« Antoinette, reprit-il s'appuyant la tête sur ses pieds, tu es trop chastement tendre pour dire nos bonheurs à qui que ce soit au monde.

— Ah! vous êtes un grand fou », dit-elle en se levant par un mouvement gracieux quoique vif. Et sans ajouter une parole, elle courut dans le salon.

---

1. Promulgué par Henri IV en 1598, l'édit de Nantes accorde la liberté de culte aux protestants français.

2. La Charte est un acte accordé par le roi au peuple. C'est une concession du roi et non l'expression de la souveraineté populaire imposée au roi.

« Qu'a-t-elle donc ? » se demanda le général, qui ne savait pas deviner la puissance des commotions que sa tête brûlante avait électriquement communiquées des pieds à la tête de sa maîtresse.

Au moment où il arrivait furieux dans le salon, il y entendit de célestes accords. La duchesse était à son piano. Les hommes de science ou de poésie, qui peuvent à la fois comprendre et jouir sans que la réflexion nuise à leurs plaisirs, sentent que l'alphabet et la phraséologie musicale sont les instruments intimes du musicien, comme le bois ou le cuivre sont ceux de l'exécutant. Pour eux, il existe une musique à part au fond de la double expression de ce sensuel langage des âmes. *Andiamo, mio ben*[1] peut arracher des larmes de joie ou faire rire de pitié, selon la cantatrice. Souvent, çà et là, dans le monde, une jeune fille expirant sous le poids d'une peine inconnue, un homme dont l'âme vibre sous les pincements d'une passion, prennent un thème musical et s'entendent avec le ciel, ou se parlent à eux-mêmes dans quelque sublime mélodie, espèce de poème perdu. Or, le général écoutait en ce moment une de ces poésies inconnues autant que peut l'être la plainte solitaire d'un oiseau mort sans compagne dans une forêt vierge.

« Mon Dieu, que jouez-vous donc là ? dit-il d'une voix émue.

— Le prélude d'une romance appelée, je crois, *Fleuve du Tage*.

— Je ne savais pas ce que pouvait être une musique de piano, reprit-il.

— Hé, mon ami, dit-elle en lui jetant pour la première fois un regard de femme amoureuse, vous ne savez pas non plus que je vous aime, que vous me faites horriblement souf-

---

1. Un des airs les plus célèbres du *Don Juan* de Mozart.

frir, et qu'il faut bien que je me plaigne sans trop me faire comprendre, autrement je serais à vous... Mais vous ne voyez rien.

— Et vous ne voulez pas me rendre heureux !

— Armand, je mourrais de douleur le lendemain. »

Le général sortit brusquement ; mais quand il se trouva dans la rue, il essuya deux larmes qu'il avait eu la force de contenir dans ses yeux.

La religion dura trois mois. Ce terme expiré, la duchesse, ennuyée de ses redites, livra Dieu pieds et poings liés à son amant. Peut-être craignait-elle, à force de parler éternité, de perpétuer l'amour du général en ce monde et dans l'autre. Pour l'honneur de cette femme, il est nécessaire de la croire vierge, même de cœur ; autrement elle serait trop horrible. Encore bien loin de cet âge où mutuellement l'homme et la femme se trouvent trop près de l'avenir pour perdre du temps et se chicaner leurs jouissances, elle en était, sans doute, non pas à son premier amour, mais à ses premiers plaisirs. Faute de pouvoir comparer le bien au mal, faute de souffrances qui lui eussent appris la valeur des trésors jetés à ses pieds, elle s'en jouait. Ne connaissant pas les éclatantes délices de la lumière, elle se complaisait à rester dans les ténèbres. Armand, qui commençait à entrevoir cette bizarre situation, espérait dans la première parole de la nature. Il pensait, tous les soirs, en sortant de chez Mme de Langeais, qu'une femme n'acceptait pas pendant sept mois les soins d'un homme et les preuves d'amour les plus tendres, les plus délicates, ne s'abandonnait pas aux exigences superficielles d'une passion pour la tromper en un moment, et il attendait patiemment la saison du soleil, ne doutant pas qu'il n'en recueillît les fruits dans leur primeur. Il avait parfaitement conçu les scrupules de la femme mariée et les scrupules religieux. Il était même joyeux de ces combats. Il trouvait la duchesse pudique là où elle n'était qu'horriblement coquette ; et il ne l'aurait pas voulue autrement. Il aimait donc à lui voir inventer des obstacles ; n'en triomphait-il pas graduellement ? Et chaque triomphe n'augmentait-il pas la faible somme des privautés amoureuses longtemps défendues, puis concédées par elle avec tous les semblants de l'amour ? Mais il avait si bien dégusté les menues et processives conquêtes dont se repaissent les amants timides, qu'elles étaient devenues des habitudes pour lui. En fait d'obstacles, il n'avait donc plus que ses propres terreurs à vaincre ; car il ne voyait plus à son bonheur d'autre empêchement que les caprices de celle qui se laissait appeler *Antoinette*. Il résolut alors de vouloir plus, de vouloir tout. Embarrassé comme un amant jeune encore qui n'ose pas croire à l'abaissement de son idole, il hésita longtemps, et connut ces terribles réactions de cœur, ces volontés bien arrêtées qu'un mot anéantit, ces décisions prises qui expirent au seuil d'une porte. Il se méprisait de ne pas avoir la force de dire un mot, et ne le disait pas. Néanmoins un soir il procéda par une sombre mélancolie à la demande farouche de ses droits illégalement légitimes. La duchesse n'attendit pas la requête de son esclave pour en deviner le désir. Un désir d'homme est-il jamais secret ? les femmes n'ont-elles pas toutes la science infuse de certains bouleversements de physionomie ?

« Hé quoi ! voulez-vous cesser d'être mon ami ? dit-elle en l'interrompant au premier mot et lui jetant des regards embellis par une divine rougeur qui coula comme un sang nouveau sur son teint diaphane. Pour me récompenser de mes générosités, vous voulez me déshonorer. Réfléchissez donc un peu. Moi, j'ai beaucoup réfléchi ; je pense toujours à *nous*. Il existe une probité de femme à laquelle nous ne devons pas plus manquer que vous ne devez faillir à l'honneur. Moi, je ne sais pas tromper. Si je suis à vous, je ne pourrai plus être en aucune manière la femme de M. de Langeais. Vous exigez donc le sacrifice de ma position, de mon rang, de ma vie, pour un douteux amour qui n'a pas eu sept mois de patience. Comment! déjà vous voudriez me ravir la libre disposition de moi-même. Non, non, ne me parlez plus ainsi. Non, ne me dites rien. Je ne veux pas, je ne peux pas vous entendre.» Là, Mme de Langeais prit sa coiffure à deux mains pour reporter en arrière les touffes de boucles qui lui échauffaient le front, et parut très animée. «Vous venez chez une faible créature avec des calculs bien arrêtés, en vous disant : "Elle me parlera de son mari pendant un certain temps, puis de Dieu, puis des suites inévitables de l'amour; mais j'userai, j'abuserai de l'influence que j'aurai conquise; je me rendrai nécessaire, j'aurai pour moi les liens de l'habitude, les arrangements tout faits par le public; enfin, quand le monde aura fini par accepter notre liaison, je serai le maître de cette femme." Soyez franc, ce sont là vos pensées... Ah! vous calculez, et vous dites aimer, fi! Vous êtes amoureux, ha! je le crois bien! Vous me désirez, et voulez m'avoir pour maîtresse, voilà tout. Hé bien, non, *la duchesse de Langeais* ne descendra pas jusque-là. Que de naïves bourgeoises soient les dupes de vos faussetés; moi, je ne le serai jamais. Rien ne m'assure de votre amour. Vous me parlez de ma beauté, je puis devenir laide en six mois, comme la chère princesse ma voisine. Vous êtes ravi de mon esprit, de ma grâce; mon Dieu, vous vous y accoutumerez comme vous vous accoutumeriez au plaisir. Ne vous êtes-vous pas habitué depuis quelques mois aux faveurs que j'ai eu la faiblesse de vous accorder? Quand je serai perdue, un jour, vous ne me donnerez d'autre raison de votre changement que le mot décisif : Je n'aime plus. Rang, fortune, honneur, toute la duchesse de Langeais se sera engloutie dans une espérance trompée. J'aurai des enfants qui attesteront ma honte, et... mais, reprit-elle en laissant échapper un geste d'impatience, je suis trop bonne de vous

expliquer ce que vous savez mieux que moi. Allons! res-
tons-en là. Je suis trop heureuse de pouvoir encore briser
les liens que vous croyez si forts. Y a-t-il donc quelque
chose de si héroïque à être venu à l'hôtel de Langeais passer tous les soirs quelques instants auprès d'une femme
dont le babil vous plaisait, de laquelle vous vous amusiez
comme d'un joujou? Mais quelques jeunes fats arrivent chez
moi, de trois heures à cinq heures, aussi régulièrement que
vous venez le soir. Ceux-là sont donc bien généreux. Je me
moque d'eux, ils supportent assez tranquillement mes bou-
tades, mes impertinences, et me font rire; tandis que vous,
à qui j'accorde les plus précieux trésors de mon âme, vous
voulez me perdre, et me causez mille ennuis. Taisez-vous,
assez, assez, dit-elle en le voyant prêt à parler, vous n'avez
ni cœur, ni âme, ni délicatesse. Je sais ce que vous voulez
me dire. Eh bien, oui. J'aime mieux passer à vos yeux pour
une femme froide, insensible, sans dévouement, sans cœur
même, que de passer aux yeux du monde pour une femme
ordinaire, que d'être condamnée à des peines éternelles
après avoir été condamnée à vos prétendus plaisirs, qui
vous lasseront certainement. Votre égoïste amour ne vaut
pas tant de sacrifices...»

Ces paroles représentent imparfaitement celles que fre-
donna la duchesse avec la vive prolixité d'une serinette.
Certes, elle put parler longtemps, le pauvre Armand n'op-
posait pour toute réponse à ce torrent de notes flûtées
qu'un silence plein de sentiments horribles. Pour la première fois, il entrevoyait la coquetterie de cette femme, et
devinait instinctivement que l'amour dévoué, l'amour partagé ne calculait pas, ne raisonnait pas ainsi chez une femme
vraie. Puis il éprouvait une sorte de honte en se souvenant
d'avoir involontairement fait les calculs dont les odieuses
pensées lui étaient reprochées. Puis, en s'examinant avec
une bonne foi tout angélique, il ne trouvait que de l'égoïsme

dans ses paroles, dans ses idées, dans ses réponses conçues et non exprimées. Il se donna tort, et, dans son désespoir, il eut l'envie de se précipiter par la fenêtre. Le *moi* le tuait. Que dire, en effet, à une femme qui ne croit pas à l'amour ? « Laissez-moi vous prouver combien je vous aime. » Toujours *moi*. Montriveau ne savait pas, comme en ces sortes de circonstances le savent les héros de boudoir, imiter le rude logicien marchant devant les Pyrrhoniens [1], qui niaient le mouvement. Cet homme audacieux manquait précisément de l'audace habituelle aux amants qui connaissent les formules de l'algèbre féminine. Si tant de femmes, et même les plus vertueuses, sont la proie des gens habiles en amour auxquels le vulgaire donne un méchant nom, peut-être est-ce parce qu'ils sont de grands *prouveurs*, et que l'amour veut, malgré sa délicieuse poésie de sentiment, un peu plus de géométrie qu'on ne le pense. Or, la duchesse et Montriveau se ressemblaient en ce point qu'ils étaient également inexperts en amour. Elle en connaissait très peu la théorie, elle en ignorait la pratique, ne sentait rien et réfléchissait à tout. Montriveau connaissait peu de pratique, ignorait la théorie, et sentait trop pour réfléchir. Tous deux subissaient donc le malheur de cette situation bizarre. En ce moment suprême, ses myriades de pensées pouvaient se réduire à celle-ci : « Laissez-vous posséder. » Phrase horriblement égoïste pour une femme chez qui ces mots n'apportaient aucun souvenir et ne réveillaient aucune image. Néanmoins, il fallait répondre. Quoiqu'il eût le sang fouetté par ces petites phrases en forme de flèches, bien aiguës, bien froides, bien acérées, décochées coup sur coup, Montriveau

---

1. Les sceptiques grecs, ayant reconnu en Pyrrhon d'Élis (365-275 av. J.-C.) l'ancêtre de leur méthode, on parle de Pyrrhoniens pour qualifier les sceptiques. Balzac fait ici référence au paradoxe de Zénon qui veut que la flèche soit immobile lors de son déplacement.

devait aussi cacher sa rage, pour ne pas tout perdre par une extravagance.

« Madame la duchesse, je suis au désespoir que Dieu n'ait pas inventé pour la femme une autre façon de confirmer le don de son cœur que d'y ajouter celui de sa personne. Le haut prix que vous attachez à vous-même me montre que je ne dois pas en attacher un moindre. Si vous me donnez votre âme et tous vos sentiments, comme vous me le dites, qu'importe donc le reste ? D'ailleurs, si mon bonheur vous est un si pénible sacrifice, n'en parlons plus. Seulement, vous pardonnerez à un homme de cœur de se trouver humilié en se voyant pris pour un épagneul. »

Le ton de cette dernière phrase eût peut-être effrayé d'autres femmes ; mais quand une de ces porte-jupes s'est mise au-dessus de tout en se laissant diviniser, aucun pouvoir ici-bas n'est orgueilleux comme elle sait être orgueilleuse.

« Monsieur le marquis, je suis au désespoir que Dieu n'ait pas inventé pour l'homme une plus noble façon de confirmer le don de son cœur que la manifestation de désirs prodigieusement vulgaires. Si, en donnant notre personne, nous devenons esclaves, un homme ne s'engage à rien en nous acceptant. Qui m'assurera que je serai toujours aimée ? L'amour que je déploierais à tout moment pour vous mieux attacher à moi serait peut-être une raison d'être abandonnée. Je ne veux pas faire une seconde édition de Mme de Beauséant. Sait-on jamais ce qui vous retient près de nous ? Notre constante froideur est le secret de la constante passion de quelques-uns d'entre vous ; à d'autres, il faut un dévouement perpétuel, une adoration de tous les moments ; à ceux-ci, la douceur ; à ceux-là, le despotisme. Aucune femme n'a encore pu bien déchiffrer vos cœurs. » Il y eut une pause, après laquelle elle changea de ton. « Enfin, mon ami, vous ne pouvez pas empêcher une femme de trembler à cette question : Serai-je aimée toujours ? Quelque dures qu'elles soient, mes paroles me sont dictées par la crainte de vous perdre. Mon Dieu ! ce n'est pas moi, cher, qui parle, mais la raison ; et comment s'en trouve-t-il chez une personne aussi folle que je le suis ? En vérité, je n'en sais rien. »

Entendre cette réponse commencée par la plus déchirante ironie, et terminée par les accents les plus mélodieux dont une femme se soit servie pour peindre l'amour dans son ingénuité, n'était-ce pas aller en un moment du martyre au ciel ? Montriveau pâlit, et tomba pour la première fois de sa vie aux genoux d'une femme. Il baisa le bas de la robe de la duchesse, les pieds, les genoux ; mais, pour l'honneur du faubourg Saint-Germain, il est nécessaire de ne pas révéler les mystères de ses boudoirs, où l'on voulait tout de l'amour, moins ce qui pouvait attester l'amour.

« Chère Antoinette, s'écria Montriveau dans le délire où le plongea l'entier abandon de la duchesse qui se crut généreuse en se laissant adorer ; oui, tu as raison, je ne veux pas que tu conserves de doutes. En ce moment, je tremble aussi d'être quitté par l'ange de ma vie, et je voudrais inventer pour nous des liens indissolubles.

— Ah ! dit-elle tout bas, tu vois, j'ai donc raison.

— Laisse-moi finir, reprit Armand, je vais d'un seul mot dissiper toutes tes craintes. Écoute, si je t'abandonnais, je mériterais mille morts. Sois toute à moi, je te donnerai le droit de me tuer si je te trahissais. J'écrirai moi-même une lettre par laquelle je déclarerai certains motifs qui me contraindraient à me tuer ; enfin, j'y mettrai mes dernières dispositions. Tu posséderas ce testament qui légitimerait ma mort, et pourras ainsi te venger sans avoir rien à craindre de Dieu ni des hommes.

— Ai-je besoin de cette lettre ? Si j'avais perdu ton amour, que me ferait la vie ? Si je voulais te tuer, ne saurais-je pas te suivre ? Non, je te remercie de l'idée, mais je ne veux pas de la lettre. Ne pourrais-je pas croire que tu m'es fidèle par crainte, ou le danger d'une infidélité ne pourrait-il pas être un attrait pour celui qui livre ainsi sa vie ? Armand, ce que je demande est seul difficile à faire.

— Et que veux-tu donc ?

— Ton obéissance et ma liberté.

— Mon Dieu, s'écria-t-il, je suis comme un enfant.

— Un enfant volontaire et bien gâté, dit-elle en caressant l'épaisse chevelure de cette tête qu'elle garda sur ses genoux. Oh! oui, bien plus aimé qu'il ne le croit, et cependant bien désobéissant. Pourquoi ne pas rester ainsi ? pourquoi ne pas me sacrifier des désirs qui m'offensent ? pourquoi ne pas accepter ce que j'accorde, si c'est tout ce que je puis honnêtement octroyer ? N'êtes-vous donc pas heureux ?

— Oh! oui, dit-il, je suis heureux quand je n'ai point de doutes. Antoinette, en amour, douter, n'est-ce pas mourir ?»

Et il se montra tout à coup ce qu'il était et ce que sont tous les hommes sous le feu des désirs, éloquent, insinuant. Après avoir goûté les plaisirs permis sans doute par un secret et jésuitique oukase, la duchesse éprouva ces émotions cérébrales dont l'habitude lui avait rendu l'amour d'Armand nécessaire autant que l'étaient le monde, le bal et l'Opéra. Se voir adorée par un homme dont la supériorité, le caractère inspirent de l'effroi; en faire un enfant; jouer, comme Poppée, avec un Néron[1]; beaucoup de

---

1. Poppée était considérée comme la plus belle femme de Rome, Néron (37-68) en tomba fou amoureux. Cependant, Poppée, non contente d'être belle, était aussi ambitieuse : elle se refusa au Maître du monde romain tant que celui-ci ne lui promettait pas solennellement le mariage. Selon Suétone, Néron la tua d'«un coup de pied, parce qu'étant enceinte et malade, elle lui avait reproché trop vivement d'être rentré tard d'une course de chars» (*Vie de Néron*, XXXV).

femmes, comme firent les épouses d'Henri VIII [1], ont payé
ce périlleux bonheur de tout le sang de leurs veines. Hé
bien, pressentiment bizarre! en lui livrant les jolis cheveux
blanchement blonds dans lesquels il aimait à promener ses
doigts, en sentant la petite main de cet homme vraiment
grand la presser, en jouant elle-même avec les touffes noires
de sa chevelure, dans ce boudoir où elle régnait, la duchesse
se disait : « Cet homme est capable de me tuer, s'il s'aperçoit que je m'amuse de lui. »

M. de Montriveau resta jusqu'à deux heures du matin
près de sa maîtresse, qui, dès ce moment, ne lui parut plus
ni une duchesse, ni une Navarreins : Antoinette avait poussé
le déguisement jusqu'à paraître femme. Pendant cette délicieuse soirée, la plus douce préface que jamais Parisienne
ait faite pour ce que le monde appelle *une faute*, il fut permis au général de voir en elle, malgré les minauderies d'une
pudeur jouée, toute la beauté des jeunes filles. Il put penser avec quelque raison que tant de querelles capricieuses
formaient des voiles avec lesquels une âme céleste s'était
vêtue, et qu'il fallait lever un à un, comme ceux dont elle
enveloppait son adorable personne. La duchesse fut pour
lui la plus naïve, la plus ingénue des maîtresses, et il en fit
la femme de son choix; il s'en alla tout heureux de l'avoir
enfin amenée à lui donner tant de gages d'amour, qu'il lui
semblait impossible de ne pas être désormais, pour elle, un
époux secret dont le choix était approuvé par Dieu. Dans
cette pensée, avec la candeur de ceux qui sentent toutes
les obligations de l'amour en en savourant les plaisirs,

---

1. Henri VIII (1491-1547). De ce roi d'Angleterre, on retient souvent le nombre et le destin tragique de ses six épouses : Catherine
d'Aragon, dont il divorça, Anne Boleyn, qu'il fit exécuter, Jane Sey-
mour, qui mourut douze jours après avoir accouché du futur
Édouard VI, Anne de Clèves qu'il répudia, Catherine Howard, qui fut
exécutée, et Catherine Parr, sa veuve.

Armand revint chez lui lentement. Il suivit les quais, afin de voir le plus grand espace possible de ciel, il voulait élargir le firmament et la nature en se trouvant le cœur agrandi. Ses poumons lui paraissaient aspirer plus d'air qu'ils n'en prenaient la veille. En marchant, il s'interrogeait, et se promettait d'aimer si religieusement cette femme qu'elle pût trouver tous les jours une absolution de ses fautes sociales dans un constant bonheur. Douces agitations d'une vie pleine! Les hommes qui ont assez de force pour teindre leur âme d'un sentiment unique ressentent des jouissances infinies en contemplant par échappées toute une vie incessamment ardente, comme certains religieux pouvaient contempler la lumière divine dans leurs extases. Sans cette croyance en sa perpétuité, l'amour ne serait rien; la constance le grandit. Ce fut ainsi qu'en s'en allant en proie à son bonheur, Montriveau comprenait la passion. «Nous sommes donc l'un à l'autre à jamais!» Cette pensée était pour cet homme un talisman qui réalisait les vœux de sa vie. Il ne se demandait pas si la duchesse changerait, si cet amour durerait; non, il avait la foi, l'une des vertus sans laquelle il n'y a pas d'avenir chrétien, mais qui peut-être est encore plus nécessaire aux sociétés. Pour la première fois, il concevait la vie par les sentiments, lui qui n'avait encore vécu que par l'action la plus exorbitante des forces humaines, le dévouement quasi corporel du soldat.

Le lendemain, M. de Montriveau se rendit de bonne heure au faubourg Saint-Germain. Il avait un rendez-vous dans une maison voisine de l'hôtel de Langeais, où, quand ses affaires furent faites, il alla comme on va chez soi. Le général marchait alors de compagnie avec un homme pour lequel il paraissait avoir une sorte d'aversion quand il le rencontrait dans les salons. Cet homme était le marquis de Ronquerolles, dont la réputation devint si grande dans les boudoirs de Paris; homme d'esprit, de talent, homme de courage surtout, et qui donnait le ton à toute la jeunesse de Paris ; un galant homme dont les succès et l'expérience étaient également enviés, et auquel ne manquaient ni la fortune, ni la naissance, qui ajoutent à Paris tant de lustre aux qualités des gens à la mode.

« Où vas-tu ? dit M. de Ronquerolles à Montriveau.

— Chez Mme de Langeais.

— Ah ! c'est vrai, j'oubliais que tu t'es laissé prendre à sa glu. Tu perds chez elle un amour que tu pourrais bien mieux employer ailleurs. J'avais à te donner dans la Banque dix femmes qui valent mille fois mieux que cette courtisane titrée, qui fait avec sa tête ce que d'autres femmes plus franches font...

— Que dis-tu là, mon cher, dit Armand en interrompant Ronquerolles, la duchesse est un ange de candeur. »

Ronquerolles se prit à rire.

« Puisque tu en es là, mon cher, dit-il, je dois t'éclairer. Un seul mot ! entre nous, il est sans conséquence. La duchesse t'appartient-elle ? En ce cas, je n'aurai rien à dire. Allons, fais-moi tes confidences. Il s'agit de ne pas perdre ton temps à greffer ta belle âme sur une nature ingrate qui doit laisser avorter les espérances de ta culture. »

Quand Armand eut naïvement fait une espèce d'état de situation dans lequel il mentionna minutieusement les droits qu'il avait si péniblement obtenus, Ronquerolles partit d'un éclat de rire si cruel, qu'à tout autre il aurait coûté la vie. Mais à voir de quelle manière ces deux êtres se regardaient et se parlaient seuls au coin d'un mur, aussi loin des hommes qu'ils eussent pu l'être au milieu d'un désert, il était facile de présumer qu'une amitié sans bornes les unissait et qu'aucun intérêt humain ne pouvait les brouiller.

« Mon cher Armand, pourquoi ne m'as-tu pas dit que tu t'embarrassais de la duchesse ? je t'aurais donné quelques conseils qui t'auraient fait mener à bien cette intrigue.

Apprends d'abord que les femmes de notre faubourg aiment, comme toutes les autres, à se baigner dans l'amour ; mais elles veulent posséder sans être possédées. Elles ont transigé avec la nature. La jurisprudence de la paroisse leur a presque tout permis, moins le péché positif. Les friandises dont te régale ta jolie duchesse sont des péchés véniels dont elle se lave dans les eaux de la pénitence. Mais si tu avais l'impertinence de vouloir sérieusement le grand péché mortel auquel tu dois naturellement attacher la plus haute importance, tu verrais avec quel profond dédain la porte du boudoir et de l'hôtel te serait incontinent fermée. La tendre Antoinette aurait tout oublié, tu serais moins que zéro pour elle. Tes baisers, mon cher ami, seraient essuyés avec l'indifférence qu'une femme met aux choses de sa toilette. La duchesse épongerait l'amour sur ses joues comme elle en ôte le rouge. Nous connaissons ces sortes de femmes, la Parisienne pure. As-tu jamais vu dans les rues une grisette trottant menu ? sa tête vaut un tableau : joli bonnet, joues fraîches, cheveux coquets, fin sourire, le reste est à peine soigné. N'en est-ce pas bien le portrait ? Voilà la Parisienne, elle sait que sa tête seule sera vue ; à sa tête, tous les soins, les parures, les vanités. Hé bien, ta duchesse est tout tête, elle ne sent que par sa tête, elle a un cœur dans la tête, une voix de tête, elle est friande par la tête. Nous nommons cette pauvre chose une Laïs intellectuelle. Tu es joué comme un enfant. Si tu en doutes, tu en auras la preuve ce soir, ce matin, à l'instant. Monte chez elle, essaie de demander, de vouloir impérieusement ce que l'on te refuse ; quand même tu t'y prendrais comme feu M. le maréchal de Richelieu, néant au placet. »

Armand était hébété.

« La désires-tu au point d'en être devenu sot ?

— Je la veux à tout prix, s'écria Montriveau désespéré.

— Hé bien, écoute. Sois aussi implacable qu'elle le sera,

tâche de l'humilier, de piquer sa vanité; d'intéresser non pas le cœur, non pas l'âme, mais les nerfs et la lymphe de cette femme à la fois nerveuse et lymphatique. Si tu peux lui faire naître un désir, tu es sauvé. Mais quitte tes belles idées d'enfant. Si, l'ayant pressée dans tes serres d'aigle, tu cèdes, si tu recules, si l'un de tes sourcils remue, si elle croit pouvoir encore te dominer, elle glissera de tes griffes comme un poisson et s'échappera pour ne plus se laisser prendre. Sois inflexible comme la loi. N'aie pas plus de charité que n'en a le bourreau. Frappe. Quand tu auras frappé, frappe encore. Frappe toujours, comme si tu donnais le knout. Les duchesses sont dures, mon cher Armand, et ces natures de femme ne s'amollissent que sous les coups; la souffrance leur donne un cœur, et c'est œuvre de charité que de les frapper. Frappe donc sans cesse. Ah! quand la douleur aura bien attendri ces nerfs, ramolli ces fibres que tu crois douces et molles; fait battre un cœur sec, qui, à ce jeu, reprendra de l'élasticité; quand la cervelle aura cédé, la passion entrera peut-être dans les ressorts métalliques de cette machine à larmes, à manières, à évanouissements, à phrases fondantes; et tu verras le plus magnifique des incendies, si toutefois la cheminée prend feu. Ce système d'acier femelle aura le rouge du fer dans la forge! une chaleur plus durable que toute autre, et cette incandescence deviendra peut-être de l'amour. Néanmoins, j'en doute. Puis, la duchesse vaut-elle tant de peines? Entre nous, elle aurait besoin d'être préalablement formée par un homme comme moi, j'en ferais une femme charmante, elle a de la race; tandis qu'à vous deux, vous en resterez à l'A B C de l'amour. Mais tu aimes, et tu ne partagerais pas en ce moment mes idées sur cette matière. — Bien du plaisir, mes enfants, ajouta Ronquerolles en riant et après une pause. Je me suis prononcé, moi, en faveur des femmes faciles; au moins, elles sont tendres, elles aiment au naturel, et non avec les assaisonnements sociaux. Mon pauvre garçon, une femme qui se chicane, qui ne veut qu'inspirer de l'amour ? eh, mais il faut en avoir une comme on a un cheval de luxe ; voir, dans le combat du confessionnal contre le canapé, ou du blanc contre le noir, de la reine contre le fou, des scrupules contre le plaisir, une partie d'échecs fort divertissante à jouer. Un homme tant soit peu roué [1], qui sait le jeu, donne le *mat* en trois coups, à volonté. Si j'entreprenais une femme de ce genre, je me donnerais pour but de... »

Il dit un mot à l'oreille d'Armand et le quitta brusquement pour ne pas entendre de réponse.

Quant à Montriveau, d'un bond il sauta dans la cour de l'hôtel de Langeais, monta chez la duchesse ; et, sans se faire annoncer, il entra chez elle, dans sa chambre à coucher.

« Mais cela ne se fait pas, dit-elle en croisant à la hâte son peignoir, Armand, vous êtes un homme abominable. Allons, laissez-moi, je vous prie. Sortez, sortez donc. Attendez-moi dans le salon. Allez.

— Chère ange, lui dit-il, un époux n'a-t-il donc aucun privilège ?

— Mais c'est d'un goût détestable, monsieur, soit à un époux, soit à un mari, de surprendre ainsi sa femme. »

Il vint à elle, la prit, la serra dans ses bras : « Pardonne, ma chère Antoinette, mais mille soupçons mauvais me travaillent le cœur.

— Des soupçons, fi ! Ah ! fi, fi donc !

— Des soupçons presque justifiés. Si tu m'aimais, me ferais-tu cette querelle ? N'aurais-tu pas été contente de me voir ? n'aurais-tu pas senti je ne sais quel mouvement au

_____

1. Les roués étaient les compagnons de plaisir du régent Philippe d'Orléans (1674-1723). Le terme est employé pour parler plus généralement d'une personne sans principes et sans mœurs, mais de manières distinguées et spirituelles.

cœur ? Mais moi qui ne suis pas femme, j'éprouve des tres-
saillements intimes au seul son de ta voix. L'envie de te
sauter au cou m'a souvent pris au milieu d'un bal.

— Ah ! si vous avez des soupçons tant que je ne vous
aurai pas sauté au cou devant tout le monde, je crois que
je serai soupçonnée pendant toute ma vie ; mais, auprès de
vous, Othello n'est qu'un enfant !

— Ha ! dit-il au désespoir, je ne suis pas aimé.

— Du moins, en ce moment, convenez que vous n'êtes
pas aimable.

— J'en suis donc encore à vous plaire ?

— Ah ! je le crois. Allons, dit-elle d'un petit air impératif, sortez, laissez-moi. Je ne suis pas comme vous, moi : je
veux toujours vous plaire... »

Jamais aucune femme ne sut, mieux que Mme de Langeais, mettre tant de grâce dans son impertinence ; et n'est-
ce pas en doubler l'effet ? n'est-ce pas à rendre furieux
l'homme le plus froid ? En ce moment ses yeux, le son de
sa voix, son attitude attestèrent une sorte de liberté parfaite qui n'est jamais chez la femme aimante, quand elle se
trouve en présence de celui dont la seule vue doit la faire
palpiter. Déniaisé par les avis du marquis de Ronquerolles,
encore aidé par cette rapide intussusception dont sont
doués momentanément les êtres les moins sagaces par la
passion, mais qui se trouve si complète chez les hommes
forts. Armand devina la terrible vérité que trahissait l'aisance de la duchesse, et son cœur se gonfla d'un orage
comme un lac prêt à se soulever.

« Si tu disais vrai hier, sois à moi, ma chère Antoinette,
s'écria-t-il, je veux...

— D'abord, dit-elle en le repoussant avec force et calme,
lorsqu'elle le vit s'avancer, ne me compromettez pas. Ma
femme de chambre pourrait vous entendre. Respectez-moi,
je vous prie. Votre familiarité est très bonne, le soir, dans

mon boudoir ; mais ici, point. Puis, que signifie votre je veux ? Je veux ! Personne ne m'a dit encore ce mot. Il me semble très ridicule, parfaitement ridicule.

— Vous ne me céderiez rien sur ce point ? dit-il.

— Ah ! vous nommez un point, la libre disposition de nous-mêmes : un point très capital, en effet ; et vous me permettrez d'être, en ce point, tout à fait la maîtresse.

— Et si, me fiant en vos promesses, je l'exigeais ?

— Ah ! vous me prouveriez que j'aurais eu le plus grand tort de vous faire la plus légère promesse, je ne serais pas assez sotte pour la tenir, et je vous prierais de me laisser tranquille. »

Montriveau pâlit, voulut s'élancer ; la duchesse sonna, sa femme de chambre parut, et cette femme lui dit en souriant avec une grâce moqueuse : « Ayez la bonté de revenir quand je serai visible. »

Armand de Montriveau sentit alors la dureté de cette femme froide et tranchante autant que l'acier, elle était écrasante de mépris. En un moment, elle avait brisé des liens qui n'étaient forts que pour son amant. La duchesse avait lu sur le front d'Armand les exigences secrètes de cette visite, et avait jugé que l'instant était venu de faire sentir à ce soldat impérial que les duchesses pouvaient bien se prêter à l'amour, mais ne s'y donnaient pas, et que leur conquête était plus difficile à faire que ne l'avait été celle de l'Europe.

« Madame, dit Armand, je n'ai pas le temps d'attendre. Je suis, vous l'avez dit vous-même, un enfant gâté. Quand je voudrai sérieusement ce dont nous parlions tout à l'heure, je l'aurai.

— Vous l'aurez ? dit-elle d'un air de hauteur auquel se mêla quelque surprise.

— Je l'aurai.

— Ah ! vous me feriez bien plaisir de le vouloir. Pour la

curiosité du fait, je serais charmée de savoir comment vous vous y prendriez...

— Je suis enchanté, répondit Montriveau en riant de façon à effrayer la duchesse, de mettre un intérêt dans votre existence. Me permettrez-vous de venir vous chercher pour aller au bal ce soir ?

— Je vous rends mille grâces, M. de Marsay vous a prévenu, j'ai promis. »

Montriveau salua gravement et se retira.

« Ronquerolles a donc raison, pensa-t-il, nous allons jouer maintenant une partie d'échecs. »

Dès lors il cacha ses émotions sous un calme complet. Aucun homme n'est assez fort pour pouvoir supporter ces changements, qui font passer rapidement l'âme du plus grand bien à des malheurs suprêmes. N'avait-il donc aperçu la vie heureuse que pour mieux sentir le vide de son existence précédente ? Ce fut un terrible orage ; mais il savait souffrir, et reçut l'assaut de ses pensées tumultueuses, comme un rocher de granit reçoit les lames de l'Océan courroucé.

« Je n'ai rien pu lui dire ; en sa présence, je n'ai plus d'esprit. Elle ne sait pas à quel point elle est vile et méprisable. Personne n'a osé mettre cette créature en face d'elle-même. Elle a sans doute joué bien des hommes, je les vengerai tous. »

Pour la première fois peut-être, dans un cœur d'homme, l'amour et la vengeance se mêlèrent si également qu'il était impossible à Montriveau lui-même de savoir qui de l'amour, qui de la vengeance l'emporterait. Il se trouva le soir même au bal où devait être la duchesse de Langeais, et désespéra presque d'atteindre cette femme à laquelle il fut tenté d'attribuer quelque chose de démoniaque : elle se montra pour lui gracieuse et pleine d'agréables sourires, elle ne voulait pas sans doute laisser croire au monde qu'elle s'était compromise avec M. de Montriveau. Une mutuelle bouderie trahit l'amour. Mais que la duchesse ne changeât rien à ses manières, alors que le marquis était sombre et chagrin, n'était-ce pas faire voir qu'Armand n'avait rien obtenu d'elle? Le monde sait bien deviner le malheur des hommes dédaignés, et ne le confond point avec les brouilles que certaines femmes ordonnent à leurs amants d'affecter dans l'espoir de cacher un mutuel amour. Et chacun se moqua de Montriveau qui, n'ayant pas consulté son cornac, resta rêveur, souffrant; tandis que M. de Ronquerolles lui eût prescrit peut-être de compromettre la duchesse en répondant à ses fausses amitiés par des démonstrations passionnées. Armand de Montriveau quitta le bal, ayant horreur de la nature humaine, et croyant encore à peine à de si complètes perversités.

« S'il n'y a pas de bourreaux pour de semblables crimes, dit-il en regardant les croisées lumineuses des salons où dansaient, causaient et riaient les plus séduisantes femmes de Paris, je te prendrai par le chignon du cou, Madame la duchesse, et t'y ferai sentir un fer plus mordant que ne l'est le couteau de la Grève[1]. Acier contre acier, nous verrons quel cœur sera plus tranchant. »

---

1. Les exécutions publiques avaient lieu sur la place de Grève (aujourd'hui place de l'Hôtel-de-Ville).

Chapitre 3

La femme vraie

Pendant une semaine environ, Mme de Langeais espéra revoir le marquis de Montriveau ; mais Armand se contenta d'envoyer tous les matins sa carte à l'hôtel de Langeais. Chaque fois que cette carte était remise à la duchesse, elle ne pouvait s'empêcher de tressaillir, frappée par de sinistres pensées, mais indistinctes comme l'est un pressentiment de malheur. En lisant ce nom, tantôt elle croyait sentir dans ses cheveux la main puissante de cet homme implacable, tantôt ce nom lui pronostiquait des vengeances que son mobile esprit lui faisait atroces. Elle l'avait trop bien étudié pour ne pas le craindre. Serait-elle assassinée ? Cet homme à cou de taureau l'éventrerait-il en la lançant au-dessus de sa tête ? la foulerait-il aux pieds ? Quand, où, comment la saisirait-il ? la ferait-il bien souffrir, et quel genre de souffrance méditait-il de lui imposer ? Elle se repentait. À certaines heures, s'il était venu, elle se serait jetée dans ses bras avec un complet abandon. Chaque soir, en s'endormant, elle revoyait la physionomie de Montriveau sous un aspect différent. Tantôt son sourire amer ; tantôt la contraction jupitérienne de ses sourcils, son regard de lion, ou quelque hautain mouvement d'épaules le lui faisaient terrible. Le lendemain, la carte lui semblait couverte de sang. Elle vivait agitée par ce nom, plus qu'elle ne l'avait été par l'amant fougueux, opiniâtre, exigeant. Puis ses appréhensions grandissaient encore dans le silence, elle était obligée de se préparer, sans secours étranger, à une lutte horrible dont il ne lui était pas permis de parler. Cette âme, fière et dure, était plus sensible aux titillations de la haine qu'elle ne l'avait été naguère aux caresses de l'amour. Ha! si le général avait pu voir sa maîtresse au moment où elle amassait les plis de son front entre ses sourcils, en se plongeant dans d'amères pensées, au fond de ce boudoir où il avait savouré tant de joies, peut-être eût-il conçu de grandes espérances. La fierté n'est-elle pas un des sentiments humains qui ne peuvent enfanter que de nobles actions? Quoique Mme de Langeais gardât le secret de ses pensées, il est permis de supposer que M. de Montriveau ne lui était plus indifférent. N'est-ce pas une immense conquête pour un homme que d'occuper une femme? Chez elle, il doit nécessairement se faire un progrès dans un sens ou dans l'autre. Mettez une créature féminine sous les pieds d'un cheval furieux, en face de quelque animal terrible; elle tombera, certes, sur les genoux, elle attendra la mort; mais si la bête est clémente et ne la tue pas entièrement, elle aimera le cheval, le lion, le taureau, elle en parlera tout à l'aise. La duchesse se sentait sous les pieds du lion : elle tremblait, elle ne haïssait pas. Ces deux personnes, si singulièrement posées l'une en face de l'autre, se rencontrèrent trois fois dans le monde durant cette semaine. Chaque fois, en réponse à de coquettes interrogations, la duchesse reçut d'Armand des saluts respectueux et des sourires empreints d'une ironie si cruelle, qu'ils confirmaient toutes les appréhensions inspirées le matin par la carte de visite. La vie n'est que ce que nous la font les sentiments; les sentiments avaient creusé des abîmes entre ces deux personnes.

La comtesse de Sérizy, sœur du marquis de Ronquerolles, donnait au commencement de la semaine suivante un grand

bal auquel devait venir Mme de Langeais. La première figure
que vit la duchesse en entrant fut celle d'Armand, Armand
l'attendait cette fois, elle le pensa du moins. Tous deux
échangèrent un regard. Une sueur froide sortit soudain de
tous les pores de cette femme. Elle avait cru Montriveau
capable de quelque vengeance inouïe, proportionnée à leur
état ; cette vengeance était trouvée, elle était prête, elle
était chaude, elle bouillonnait. Les yeux de cet amant trahi
lui lancèrent les éclairs de la foudre et son visage rayonnait
de haine heureuse. Aussi, malgré la volonté qu'avait
la duchesse d'exprimer la froideur et l'impertinence, son
regard resta-t-il morne. Elle alla se placer près de la
comtesse de Sérizy, qui ne put s'empêcher de lui dire :
« Qu'avez-vous, ma chère Antoinette ? Vous êtes à faire
peur.

— Une contredanse va me remettre », répondit-elle en
donnant la main à un jeune homme qui s'avançait.

Mme de Langeais se mit à valser avec une sorte de fureur
et d'emportement que redoubla le regard pesant de Montriveau. Il resta debout, en avant de ceux qui s'amusaient à
voir les valseurs. Chaque fois que sa maîtresse passait
devant lui, ses yeux plongeaient sur cette tête tournoyante,
comme ceux d'un tigre sûr de sa proie. La valse finie, la
duchesse vint s'asseoir près de la comtesse, et le marquis
ne cessa de la regarder en s'entretenant avec un inconnu.

« Monsieur, lui disait-il, l'une des choses qui m'ont le plus
frappé dans ce voyage... »

La duchesse était tout oreilles.

« ... Est la phrase que prononce le gardien de Westmins-
ter en vous montrant la hache avec laquelle un homme mas-
qué trancha, dit-on, la tête de Charles Ier en mémoire du
Roi qui les dit à un curieux.

— Que dit-il ? demanda Mme de Sérizy.

— *Ne touchez pas à la hache*, répondit Montriveau d'un son de voix où il y avait de la menace.

— En vérité, monsieur le marquis, dit la duchesse de Langeais, vous regardez mon cou d'un air si mélodramatique en répétant cette vieille histoire, connue de tous ceux qui vont à Londres, qu'il me semble vous voir une hache à la main. »

Ces derniers mots furent prononcés en riant, quoiqu'une sueur froide eût saisi la duchesse.

« Mais cette histoire est, par circonstance, très neuve, répondit-il.

— Comment cela ? je vous prie, de grâce, en quoi ?

— En ce que, madame, vous avez touché à la hache, lui dit Montriveau à voix basse.

— Quelle ravissante prophétie ! reprit-elle en souriant avec une grâce affectée. Et quand doit tomber ma tête ?

— Je ne souhaite pas de voir tomber votre jolie tête, madame. Je crains seulement pour vous quelque grand malheur. Si l'on vous tondait, ne regretteriez-vous pas ces cheveux si mignonnement blonds, et dont vous tirez si bien parti...

— Mais il est des personnes auxquelles les femmes aiment à faire de ces sacrifices, et souvent même à des hommes qui ne savent pas leur faire crédit d'un mouvement d'humeur.

— D'accord. Eh bien, si tout à coup, par un procédé chimique, un plaisant vous enlevait votre beauté, vous mettait à cent ans, quand vous n'en avez pour nous que dix-huit ?

— Mais, monsieur, dit-elle en l'interrompant, la petite vérole est notre bataille de Waterloo. Le lendemain nous connaissons ceux qui nous aiment véritablement.

— Vous ne regretteriez pas cette délicieuse figure qui...

— Ha, beaucoup ; mais moins pour moi que pour celui dont elle ferait la joie. Cependant, si j'étais sincèrement aimée, toujours, bien, que m'importerait la beauté? Qu'en dites-vous, Clara?

— C'est une spéculation dangereuse, répondit Mme de Sérizy.

— Pourrait-on demander à sa majesté le roi des sorciers, reprit Mme de Langeais, quand j'ai commis la faute de toucher à la hache, moi qui ne suis pas encore allée à Londres...

— *Non so*, fit-il en laissant échapper un rire moqueur.

— Et quand commencera le supplice?»

Là, Montriveau tira froidement sa montre et vérifia l'heure avec une conviction réellement effrayante.

«La journée ne finira pas sans qu'il vous arrive un horrible malheur...

— Je ne suis pas un enfant qu'on puisse facilement épouvanter, ou plutôt je suis un enfant qui ne connaît pas le danger, dit la duchesse, et vais danser sans crainte au bord de l'abîme.

— Je suis enchanté, madame, de vous savoir tant de caractère», répondit-il en la voyant aller prendre sa place à un quadrille.

Malgré son apparent dédain pour les noires prédictions d'Armand, la duchesse était en proie à une véritable terreur. À peine l'oppression morale et presque physique sous laquelle la tenait son amant cessa-t-elle lorsqu'il quitta le bal. Néanmoins, après avoir joui pendant un moment du plaisir de respirer à son aise, elle se surprit à regretter les émotions de la peur, tant la nature femelle est avide de sensations extrêmes. Ce regret n'était pas de l'amour, mais il appartenait certes aux sentiments qui le préparent. Puis, comme si la duchesse eût de nouveau ressenti l'effet que M. de Montriveau lui avait fait éprouver, elle se rappela l'air de conviction avec lequel il venait de regarder l'heure, et, saisie d'épouvante, elle se retira. Il était alors environ minuit. Celui de ses gens qui l'attendait lui mit sa pelisse et marcha devant elle pour faire avancer sa voiture ; puis, quand elle y fut assise, elle tomba dans une rêverie assez naturelle, provoquée par la prédiction de M. de Montriveau. Arrivée dans sa cour, elle entra dans un vestibule presque semblable à celui de son hôtel ; mais tout à coup elle ne reconnut pas son escalier ; puis au moment où elle se retourna pour appeler ses gens, plusieurs hommes l'assaillirent avec rapidité, lui jetèrent un mouchoir sur la bouche, lui lièrent les mains, les pieds, et l'enlevèrent. Elle jeta de grands cris.

« Madame, nous avons ordre de vous tuer si vous criez », lui dit-on à l'oreille.

La frayeur de la duchesse fut si grande, qu'elle ne put jamais s'expliquer par où ni comment elle fut transportée. Quand elle reprit ses sens, elle se trouva les pieds et les poings liés, avec des cordes de soie, couchée sur le canapé d'une chambre de garçon. Elle ne put retenir un cri en rencontrant les yeux d'Armand de Montriveau, qui, tranquillement assis dans un fauteuil, et enveloppé dans sa robe de chambre, fumait un cigare.

« Ne criez pas, madame la duchesse, dit-il en s'ôtant froidement son cigare de la bouche, j'ai la migraine. D'ailleurs je vais vous délier. Mais écoutez bien ce que j'ai l'honneur de vous dire. » Il dénoua délicatement les cordes qui serraient les pieds de la duchesse. « À quoi vous serviraient vos cris ? personne ne peut les entendre. Vous êtes trop bien élevée pour faire des grimaces inutiles. Si vous ne vous teniez pas tranquille, si vous vouliez lutter avec moi, je vous attacherais de nouveau les pieds et les mains. Je crois, que, tout bien considéré, vous vous respecterez assez pour demeurer sur ce canapé, comme si vous étiez chez vous, sur le vôtre ; froide encore, si vous voulez... Vous m'avez fait répandre, sur ce canapé, bien des pleurs que je cachais à tous les yeux. »

Pendant que Montriveau lui parlait, la duchesse jeta

autour d'elle ce regard de femme, regard furtif qui sait
tout voir en paraissant distrait. Elle aima beaucoup cette
chambre assez semblable à la cellule d'un moine. L'âme et
la pensée de l'homme y planaient. Aucun ornement n'alté-
rait la peinture grise des parois vides. À terre était un tapis
vert. Un canapé noir, une table couverte de papiers, deux
grands fauteuils, une commode ornée d'un réveil, un lit très
bas sur lequel était jeté un drap rouge bordé d'une grecque
noire annonçaient par leur contexture les habitudes d'une
vie réduite à sa plus simple expression. Un triple flambeau
posé sur la cheminée rappelait, par sa forme égyptienne,
l'immensité des déserts où cet homme avait longtemps erré.
À côté du lit, entre le pied que d'énormes pattes de sphinx
faisaient deviner sous les plis de l'étoffe et l'un des murs
latéraux de la chambre, se trouvait une porte cachée par
un rideau vert à franges rouges et noires que de gros
anneaux rattachaient sur une hampe. La porte par laquelle
les inconnus étaient entrés avait une portière pareille,
mais relevée par une embrasse. Au dernier regard que la
duchesse jeta sur les deux rideaux pour les comparer, elle
s'aperçut que la porte voisine du lit était ouverte, et que
des lueurs rougeâtres allumées dans l'autre pièce se dessi-
naient sous l'effilé d'en bas. Sa curiosité fut naturellement
excitée par cette lumière triste, qui lui permit à peine de
distinguer dans les ténèbres quelques formes bizarres ; mais,
en ce moment, elle ne songea pas que son danger put venir
de là, et voulut satisfaire un plus ardent intérêt.

« Monsieur, est-ce une indiscrétion de vous demander ce
que vous comptez faire de moi ? » dit-elle avec une impertinence et une moquerie perçante.

La duchesse croyait deviner un amour excessif dans les
paroles de Montriveau. D'ailleurs, pour enlever une femme,
ne faut-il pas l'adorer ?

« Rien du tout, madame, répondit-il en soufflant avec

grâce sa dernière bouffée de tabac. Vous êtes ici pour peu de temps. Je veux d'abord vous expliquer ce que vous êtes, et ce que je suis. Quand vous vous tortillez sur votre divan, dans votre boudoir, je ne trouve pas de mots pour mes idées. Puis chez vous, à la moindre pensée qui vous déplaît, vous tirez le cordon de votre sonnette, vous criez bien fort et mettez votre amant à la porte comme s'il était le dernier des misérables. Ici, j'ai l'esprit libre. Ici, personne ne peut me jeter à la porte. Ici, vous serez ma victime pour quelques instants, et vous aurez l'extrême bonté de m'écouter. Ne craignez rien. Je ne vous ai pas enlevée pour vous dire des injures, pour obtenir de vous par violence ce que je n'ai pas su mériter, ce que vous n'avez pas voulu m'octroyer de bonne grâce. Ce serait une indignité. Vous concevez peut-être le viol ; moi, je ne le conçois pas. »

Il lança, par un mouvement sec, son cigare au feu.

« Madame, la fumée vous incommode sans doute ? »

Aussitôt il se leva, prit dans le foyer une cassolette chaude, y brûla des parfums, et purifia l'air. L'étonnement de la duchesse ne pouvait se comparer qu'à son humiliation. Elle était au pouvoir de cet homme, et cet homme ne voulait pas abuser de son pouvoir. Ces yeux jadis si flamboyants d'amour, elle les voyait calmes et fixes comme des étoiles. Elle trembla. Puis la terreur qu'Armand lui inspirait fut augmentée par une de ces sensations pétrifiantes, analogues aux agitations sans mouvement ressenties dans le cauchemar. Elle resta clouée par la peur, en croyant voir la lueur placée derrière le rideau prendre de l'intensité sous les aspirations d'un soufflet. Tout à coup les reflets devenus plus vifs avaient illuminé trois personnes masquées. Cet aspect horrible s'évanouit si promptement qu'elle le prit pour une fantaisie d'optique.

« Madame, reprit Armand en la contemplant avec une méprisante froideur, une minute, une seule me suffira pour

vous atteindre dans tous les moments de votre vie, la seule
éternité dont je puisse disposer, moi. Je ne suis pas Dieu.
Écoutez-moi bien, dit-il, en faisant une pause pour donner
de la solennité à son discours. L'amour viendra toujours à
vos souhaits ; vous avez sur les hommes un pouvoir sans
bornes ; mais souvenez-vous qu'un jour vous avez appelé
l'amour : il est venu pur et candide, autant qu'il peut l'être
sur cette terre ; aussi respectueux qu'il était violent ; caressant, comme l'est l'amour d'une femme dévouée, ou comme
l'est celui d'une mère pour son enfant ; enfin, si grand, qu'il
était une folie. Vous vous êtes jouée de cet amour, vous
avez commis un crime. Le droit de toute femme est de
se refuser à un amour qu'elle sent ne pouvoir partager.
L'homme qui aime sans se faire aimer ne saurait être plaint,
et n'a pas le droit de se plaindre. Mais, madame la duchesse,
attirer à soi, en feignant le sentiment, un malheureux privé
de toute affection, lui faire comprendre le bonheur dans
toute sa plénitude, pour le lui ravir ; lui voler son avenir de
félicité ; le tuer non seulement aujourd'hui, mais dans l'éternité de sa vie, en empoisonnant toutes ses heures et toutes
ses pensées, voilà ce que je nomme un épouvantable crime !

— Monsieur...

— Je ne puis encore vous permettre de me répondre.
Écoutez-moi donc toujours. D'ailleurs, j'ai des droits sur
vous ; mais je ne veux que de ceux du juge sur le criminel,
afin de réveiller votre conscience. Si vous n'aviez plus de
conscience, je ne vous blâmerais point ; mais vous êtes si
jeune ! vous devez vous sentir encore de la vie au cœur,
j'aime à le penser. Si je vous crois assez dépravée pour commettre un crime impuni par les lois, je ne vous fais pas assez
dégradée pour ne pas comprendre la portée de mes
paroles. Je reprends. »

En ce moment, la duchesse entendit le bruit sourd d'un
soufflet, avec lequel les inconnus qu'elle venait d'entrevoir

attisaient sans doute le feu dont la clarté se projeta sur le rideau; mais le regard fulgurant de Montriveau la contraignit à rester palpitante et les yeux fixes devant lui. Quelle que fût sa curiosité, le feu des paroles d'Armand l'intéressait plus encore que la voix de ce feu mystérieux.

«Madame, dit-il après une pause, lorsque, dans Paris, le bourreau devra mettre la main sur un pauvre assassin, et le couchera sur la planche où la loi veut qu'un assassin soit couché pour perdre la tête... Vous savez, les journaux en préviennent les riches et les pauvres, afin de dire aux uns de dormir tranquilles, et aux autres de veiller pour vivre. Eh bien, vous qui êtes religieuse, et même un peu dévote, allez faire dire des messes pour cet homme : vous êtes de la famille; mais vous êtes de la branche aînée. Celle-là peut trôner en paix, exister heureuse et sans soucis. Poussé par la misère ou par la colère, votre frère de bagne n'a tué qu'un homme; et vous! vous avez tué le bonheur d'un homme, sa plus belle vie, ses plus chères croyances. L'autre a tout naïvement attendu sa victime; il l'a tuée malgré lui, par peur de l'échafaud; mais vous!... vous avez entassé tous les forfaits de la faiblesse contre une force innocente; vous avez apprivoisé le cœur de votre patient pour en mieux dévorer le cœur; vous l'avez appâté de caresses; vous n'en avez omis aucune de celles qui pouvaient lui faire supposer, rêver, désirer les délices de l'amour. Vous lui avez demandé mille sacrifices pour les refuser tous. Vous lui avez bien fait voir la lumière avant de lui crever les yeux. Admirable courage! De telles infamies sont un luxe que ne comprennent pas ces bourgeoises desquelles vous vous moquez. Elles savent se donner et pardonner; elles savent aimer et souffrir. Elles nous rendent petits par la grandeur de leurs dévouements. À mesure que l'on monte en haut de la société, il s'y trouve autant de boue qu'il y en a par le bas, seulement elle s'y durcit et se dore. Oui, pour rencontrer la perfection dans l'ignoble, il faut une belle éducation, un grand nom, une jolie femme, une duchesse. Pour tomber au-dessous de tout, il fallait être au-dessus de tout. Je vous dis mal ce que je pense, je souffre encore trop des blessures que vous m'avez faites ; mais ne croyez pas que je me plaigne ! Non. Mes paroles ne sont l'expression d'aucune espérance personnelle, et ne contiennent aucune amertume. Sachez-le bien, madame, je vous pardonne, et ce pardon est assez entier pour que vous ne vous plaigniez point d'être venue le chercher malgré vous... Seulement, vous pourriez abuser d'autres cœurs aussi enfants que l'est le mien, et je dois leur épargner des douleurs. Vous m'avez donc inspiré une pensée de justice. Expiez votre faute icibas, Dieu vous pardonnera peut-être, je le souhaite ; mais il est implacable, et vous frappera. »

À ces mots, les yeux de cette femme abattue, déchirée, se remplirent de pleurs.

« Pourquoi pleurez-vous ? Restez fidèle à votre nature. Vous avez contemplé sans émotion les tortures du cœur que vous brisiez. Assez, madame, consolez-vous. Je ne puis plus souffrir. D'autres vous diront que vous leur avez donné la vie, moi je vous dis avec délices que vous m'avez donné le néant. Peut-être devinez-vous que je ne m'appartiens pas, que je dois vivre pour mes amis, et qu'alors j'aurai la froideur de la mort et les chagrins de la vie à supporter ensemble. Auriez-vous tant de bonté ? Seriez-vous comme les tigres du désert, qui font d'abord la plaie, et puis la lèchent ? »

La duchesse fondit en larmes.

« Épargnez-vous donc ces pleurs, madame. Si j'y croyais, ce serait pour m'en défier. Est-ce ou n'est-ce pas un de vos artifices ? Après tous ceux que vous avez employés, comment penser qu'il peut y avoir en vous quelque chose de vrai ? Rien de vous n'a désormais la puissance de m'émouvoir. J'ai tout dit. »

Mme de Langeais se leva par un mouvement à la fois plein de noblesse et d'humilité.

« Vous êtes en droit de me traiter durement, dit-elle en tendant à cet homme une main qu'il ne prit pas, vos paroles ne sont pas assez dures encore, et je mérite cette punition.

— Moi, vous punir, madame ! mais punir, n'est-ce pas aimer ? N'attendez de moi rien qui ressemble à un sentiment. Je pourrais me faire, dans ma propre cause, accusateur et juge, arrêt et bourreau ; mais non. J'accomplirai tout à l'heure un devoir, et nullement un désir de vengeance. La plus cruelle vengeance est, selon moi, le dédain d'une vengeance possible. Qui sait ! je serai peut-être le ministre de vos plaisirs. Désormais, en portant élégamment la triste livrée dont la société revêt les criminels, peut-être serez-vous forcée d'avoir leur probité. Et alors vous aimerez ! »

La duchesse écoutait avec une soumission qui n'était plus jouée ni coquettement calculée ; elle ne prit la parole qu'après un intervalle de silence.

« Armand, dit-elle, il me semble qu'en résistant à l'amour, j'obéissais à toutes les pudeurs de la femme, et ce n'est pas de vous que j'eusse attendu de tels reproches. Vous vous armez de toutes mes faiblesses pour m'en faire des crimes. Comment n'avez-vous pas supposé que je pusse être entraînée au-delà de mes devoirs par toutes les curiosités de l'amour, et que le lendemain je fusse fâchée, désolée d'être allée trop loin ? Hélas ! c'était pécher par ignorance. Il y avait, je vous le jure, autant de bonne foi dans mes fautes que dans mes remords. Mes duretés trahissaient bien plus d'amour que n'en accusaient mes complaisances. Et d'ailleurs, de quoi vous plaignez-vous ? Le don de mon cœur ne vous a pas suffi, vous avez exigé brutalement ma personne...

— Brutalement!» s'écria M. de Montriveau. Mais il se dit à lui-même : «Je suis perdu, si je me laisse prendre à des disputes de mots.»

«Oui, vous êtes arrivé chez moi comme chez une de ces mauvaises femmes, sans le respect, sans aucune des attentions de l'amour. N'avais-je pas le droit de réfléchir? Eh bien, j'ai réfléchi. L'inconvenance de votre conduite est excusable : l'amour en est le principe; laissez-moi le croire et vous justifier à moi-même. Hé bien! Armand, au moment même où ce soir vous me prédisiez le malheur, moi je croyais à notre bonheur. Oui, j'avais confiance en ce caractère noble et fier dont vous m'avez donné tant de preuves... Et j'étais toute à toi, ajouta-t-elle en se penchant à l'oreille de Montriveau. Oui, j'avais je ne sais quel désir de rendre heureux un homme si violemment éprouvé par l'adversité. Maître pour maître, je voulais un homme grand. Plus je me sentais haut, moins je voulais descendre. Confiante en toi, je voyais toute une vie d'amour au moment où tu me montrais la mort... La force ne va pas sans la bonté. Mon ami, tu es trop fort pour te faire méchant contre une pauvre femme qui t'aime. Si j'ai eu des torts, ne puis-je donc obtenir un pardon? ne puis-je les réparer? Le repentir est la grâce de l'amour, je veux être bien gracieuse pour toi. Comment moi seule ne pouvais-je partager avec toutes les femmes ces incertitudes, ces craintes, ces timidités qu'il est si naturel d'éprouver quand on se lie pour la vie, et que vous brisez si facilement ces sortes de liens! Ces bourgeoises, auxquelles vous me comparez, se donnent, mais elles combattent. Hé bien, j'ai combattu mais me voilà... — Mon Dieu! il ne m'écoute pas!» s'écria-t-elle en s'interrompant. Elle se tordit les mains en criant : «Mais je t'aime! mais je suis à toi!» Elle tomba aux genoux d'Armand. «À toi! à toi, mon unique, mon seul maître!

— Madame, dit Armand en voulant la relever, Antoinette

ne peut plus sauver la duchesse de Langeais. Je ne crois plus ni à l'une ni à l'autre. Vous vous donnerez aujourd'hui, vous vous refuserez peut-être demain. Aucune puissance ni dans les cieux ni sur la terre ne saurait me garantir la douce fidélité de votre amour. Les gages en étaient dans le passé ; nous n'avons plus de passé. »

En ce moment, une lueur brilla si vivement, que la duchesse ne put s'empêcher de tourner la tête vers la portière, et revit distinctement les trois hommes masqués.

« Armand, dit-elle, je ne voudrais pas vous mésestimer. Comment se trouve-t-il là des hommes ? Que préparez-vous donc contre moi ?

— Ces hommes sont aussi discrets que je le serai moi-même sur ce qui va se passer ici, dit-il. Ne voyez en eux que mes bras et mon cœur. L'un d'eux est un chirurgien...

— Un chirurgien, dit-elle. Armand, mon ami, l'incertitude est la plus cruelle des douleurs. Parlez donc, dites-moi si vous voulez ma vie : je vous la donnerai, vous ne la prendrez pas...

— Vous ne m'avez donc pas compris ? répliqua Montriveau. Ne vous ai-je pas parlé de justice ? Je vais, ajouta-t-il froidement, en prenant un morceau d'acier qui était sur la table, pour faire cesser vos appréhensions, vous expliquer ce que j'ai décidé de vous. »

Il lui montra une croix de Lorraine adaptée au bout d'une tige d'acier.

« Deux de mes amis font rougir en ce moment une croix dont voici le modèle. Nous vous l'appliquerons au front, là, entre les deux yeux, pour que vous ne puissiez pas la cacher par quelques diamants, et vous soustraire ainsi aux interrogations du monde. Vous aurez enfin sur le front la marque infamante appliquée sur l'épaule de vos frères les forçats. La souffrance est peu de chose, mais je craignais quelque crise nerveuse, ou de la résistance...

— De la résistance, dit-elle en frappant de joie dans ses mains, non, non, je voudrais maintenant voir ici la terre entière. Ah! mon Armand, marque, marque vite ta créature comme une pauvre petite chose à toi! Tu demandais des gages à mon amour; mais les voilà tous dans un seul. Ah! je ne vois que clémence et pardon, que bonheur éternel en ta vengeance... Quand tu auras ainsi désigné une femme pour la tienne, quand tu auras une âme serve qui portera ton chiffre rouge, eh bien, tu ne pourras jamais l'abandonner, tu seras à jamais à moi. En m'isolant sur la terre, tu seras chargé de mon bonheur, sous peine d'être un lâche, et je te sais noble, grand! Mais la femme qui aime se marque toujours elle-même. Venez, messieurs, entrez et marquez, marquez la duchesse de Langeais. Elle est à jamais à M. de Montriveau. Entrez vite, et tous, mon front brûle plus que votre fer. »

Armand se retourna vivement pour ne pas voir la duchesse palpitante, agenouillée. Il dit un mot qui fit disparaître ses trois amis. Les femmes habituées à la vie des salons connaissent le jeu des glaces. Aussi la duchesse, intéressée à bien lire dans le cœur d'Armand, était tout yeux. Armand, qui ne se défiait pas de son miroir, laissa voir deux larmes rapidement essuyées. Tout l'avenir de la duchesse était dans ces deux larmes. Quand il revint pour relever Mme de Langeais, il la trouva debout, elle se croyait aimée. Aussi dut-elle vivement palpiter en entendant Montriveau lui dire avec cette fermeté qu'elle savait si bien prendre jadis quand elle se jouait de lui : « Je vous fais grâce, madame. Vous pouvez me croire, cette scène sera comme si elle n'eût jamais été. Mais ici, disons-nous adieu. J'aime à penser que vous avez été franche sur votre canapé dans vos coquetteries, franche ici dans votre effusion de cœur. Adieu. Je ne me sens plus la foi. Vous me tourmenteriez encore, vous seriez toujours duchesse. Et... mais adieu, nous ne nous comprendrons jamais. Que souhaitez-vous maintenant ? dit-il en prenant l'air d'un maître de cérémonies. Rentrer chez vous, ou revenir au bal de Mme de Sérizy ? J'ai employé tout mon pouvoir à laisser votre réputation intacte. Ni vos gens, ni le monde ne peuvent rien savoir de ce qui s'est passé entre nous depuis un quart d'heure. Vos gens vous croient au bal ; votre voiture n'a pas quitté la cour de Mme de Sérizy ; votre coupé peut se trouver aussi dans celle de votre hôtel. Où voulez-vous être ?

— Quel est votre avis, Armand ?

— Il n'y a plus d'Armand, madame la duchesse. Nous sommes étrangers l'un à l'autre.

— Menez-moi donc au bal, dit-elle curieuse encore de mettre à l'épreuve le pouvoir d'Armand. Rejetez dans l'enfer du monde une créature qui y souffrait, et qui doit continuer d'y souffrir, si pour elle il n'est plus de bonheur. Oh ! mon ami, je vous aime pourtant, comme aiment vos bourgeoises. Je vous aime à vous sauter au cou dans le bal, devant tout le monde, si vous le demandiez. Ce monde horrible, il ne m'a pas corrompue. Va, je suis jeune et viens de me rajeunir encore. Oui, je suis une enfant, ton enfant, tu viens de me créer. Oh ! ne me bannis pas de mon Éden ! »

Armand fit un geste.

« Ah ! si je sors, laisse-moi donc emporter d'ici quelque chose, un rien ! ceci, pour le mettre ce soir sur mon cœur, dit-elle en s'emparant du bonnet d'Armand, qu'elle roula dans son mouchoir...

« Non, reprit-elle, je ne suis pas de ce monde de femmes dépravées ; tu ne le connais pas, et alors tu ne peux m'apprécier ; sache-le donc ! quelques-unes se donnent pour des écus ; d'autres sont sensibles aux présents ; tout y est infâme. Ah ! je voudrais être une simple bourgeoise, une ouvrière, si tu aimes mieux une femme au-dessous de toi, qu'une femme en qui le dévouement s'allie aux grandeurs humaines. Ah! mon Armand, il est parmi nous de nobles, de grandes, de chastes, de pures femmes, et alors elles sont délicieuses. Je voudrais posséder toutes les noblesses pour te les sacrifier toutes; le malheur m'a faite duchesse; je voudrais être née près du trône, il ne me manquerait rien à te sacrifier. Je serais grisette pour toi et reine pour les autres. »

Il écoutait en humectant ses cigares.

« Quand vous voudrez partir, dit-il, vous me préviendrez...

— Mais je voudrais rester...

— Autre chose, ça! fit-il.

— Tiens, il était mal arrangé, celui-là! s'écria-t-elle en s'emparant d'un cigare, et y dévorant ce que les lèvres d'Armand y avaient laissé.

— Tu fumerais? lui dit-il.

— Oh! que ne ferais-je pas pour te plaire!

— Eh bien, allez-vous-en, madame...

— J'obéis, dit-elle en pleurant.

— Il faut vous couvrir la figure pour ne point voir les chemins par lesquels vous allez passer.

— Me voilà prête, Armand, dit-elle en se bandant les yeux.

— Y voyez-vous?

— Non. »

Il se mit doucement à ses genoux.

« Ah! je t'entends », dit-elle en laissant échapper un geste plein de gentillesse en croyant que cette feinte rigueur allait cesser.

Il voulut lui baiser les lèvres, elle s'avança.

« Vous y voyez, madame.

— Mais je suis un peu curieuse.

— Vous me trompez donc toujours?

— Ah! dit-elle avec la rage de la grandeur méconnue,

ôtez ce mouchoir et conduisez-moi, monsieur, je n'ouvrirai pas les yeux.»

Armand, sûr de la probité en en entendant le cri, guida la duchesse qui, fidèle à sa parole, se fit noblement aveugle; mais, en la tenant paternellement par la main pour la faire tantôt monter, tantôt descendre, Montriveau étudia les vives palpitations qui agitaient le cœur de cette femme si promptement envahie par un amour vrai. Mme de Langeais, heureuse de pouvoir lui parler ainsi, se plut à lui tout dire, mais il demeura inflexible; et quand la main de la duchesse l'interrogeait, la sienne restait muette. Enfin, après avoir cheminé pendant quelque temps ensemble, Armand lui dit d'avancer, elle avança, et s'aperçut qu'il empêchait la robe d'effleurer les parois d'une ouverture sans doute étroite. Mme de Langeais fut touchée de ce soin, il trahissait encore un peu d'amour; mais ce fut en quelque sorte l'adieu de Montriveau, car il la quitta sans lui dire un mot. En se sentant dans une chaude atmosphère, la duchesse ouvrit les yeux. Elle se vit seule devant la cheminée du boudoir de la comtesse de Sérizy. Son premier soin fut de réparer le désordre de sa toilette; elle eut promptement rajusté sa robe et rétabli la poésie de sa coiffure.

«Eh bien, ma chère Antoinette, nous vous cherchons partout, dit la comtesse en ouvrant la porte du boudoir.

— Je suis venue respirer ici, dit-elle, il fait dans les salons une chaleur insupportable.

— L'on vous croyait partie; mais mon frère Ronquerolles m'a dit avoir vu vos gens qui vous attendent.

— Je suis brisée, ma chère, laissez-moi un moment me reposer ici.»

Et la duchesse s'assit sur le divan de son amie.

«Qu'avez-vous donc? vous êtes toute tremblante.»

Le marquis de Ronquerolles entra.

«J'ai peur, madame la duchesse, qu'il ne vous arrive

quelque accident. Je viens de voir votre cocher gris comme les Vingt-Deux Cantons[1]. »

La duchesse ne répondit pas, elle regardait la cheminée, les glaces, en y cherchant les traces de son passage ; puis, elle éprouvait une sensation extraordinaire à se voir au milieu des joies du bal après la terrible scène qui venait de donner à sa vie un autre cours. Elle se prit à trembler violemment.

« J'ai les nerfs agacés par la prédiction que m'a faite ici M. de Montriveau. Quoique ce soit une plaisanterie, je vais aller voir si sa hache de Londres me troublera jusque dans mon sommeil. Adieu donc, chère. Adieu, monsieur le marquis. »

Elle traversa les salons, où elle fut arrêtée par des complimenteurs qui lui firent pitié. Elle trouva le monde petit en s'en trouvant la reine, elle si humiliée, si petite. D'ailleurs, qu'étaient les hommes devant celui qu'elle aimait véritablement et dont le caractère avait repris les proportions gigantesques momentanément amoindries par elle, mais qu'alors elle grandissait peut-être outre mesure ? Elle ne put s'empêcher de regarder celui de ses gens qui l'avait accompagnée, et le vit tout endormi.

« Vous n'êtes pas sorti d'ici ? lui demanda-t-elle.

— Non, madame. »

En montant dans son carrosse, elle aperçut effectivement son cocher dans un état d'ivresse dont elle se fût effrayée en toute autre circonstance ; mais les grandes secousses de la vie ôtent à la crainte ses aliments vulgaires. D'ailleurs elle arriva sans accident chez elle ; mais elle s'y trouva changée et en proie à des sentiments tout nouveaux. Pour elle il n'y avait plus qu'un homme dans le monde, c'est-à-dire que

---

1. Il s'agit des cantons suisses, on accuse proverbialement les Suisses d'aimer boire.

pour lui seul elle désirait désormais avoir quelque valeur. Si les physiologistes peuvent promptement définir l'amour en s'en tenant aux lois de la nature, les moralistes sont bien plus embarrassés de l'expliquer quand ils veulent le considérer dans tous les développements que lui a donnés la société. Néanmoins il existe, malgré les hérésies des mille sectes qui divisent l'église amoureuse, une ligne droite et tranchée qui partage nettement leurs doctrines, une ligne que les discussions ne courberont jamais, et dont l'inflexible application explique la crise dans laquelle, comme presque toutes les femmes, la duchesse de Langeais était plongée. Elle n'aimait pas encore, elle avait une passion.

L'amour et la passion sont deux différents états de l'âme que poètes et gens du monde, philosophes et niais confondent continuellement. L'amour comporte une mutualité de sentiments, une certitude de jouissances que rien n'altère, et un trop constant échange de plaisirs, une trop complète adhérence entre les cœurs pour ne pas exclure la jalousie. La possession est alors un moyen et non un but ; une infidélité fait souffrir, mais ne détache pas ; l'âme n'est ni plus ni moins ardente ou troublée, elle est incessamment heureuse ; enfin le désir étendu par un souffle divin d'un bout à l'autre sur l'immensité du temps nous le teint d'une même couleur : la vie est bleue comme l'est un ciel pur. La passion est le pressentiment de l'amour et de son infini auquel aspirent toutes les âmes souffrantes. La passion est un espoir qui peut-être sera trompé. Passion signifie à la fois souffrance et transition ; la passion cesse quand l'espérance est morte. Hommes et femmes peuvent, sans se déshonorer, concevoir plusieurs passions ; il est si naturel de s'élancer vers le bonheur ! mais il n'est dans la vie qu'un seul amour. Toutes les discussions, écrites ou verbales, faites sur les sentiments, peuvent donc être résumées par ces deux questions : Est-ce une passion ? Est-ce l'amour ? L'amour n'existant pas sans la connaissance intime des plaisirs qui le perpétuent, la duchesse était donc sous le joug d'une passion ; aussi en éprouva-t-elle les dévorantes agitations, les involontaires calculs, les desséchants désirs, enfin tout ce qu'exprime le mot *passion* : elle souffrit. Au milieu des troubles de son âme, il se rencontrait des tourbillons soulevés par sa vanité, par son amour-propre, par son orgueil ou par sa fierté : toutes ces variétés de l'égoïsme se tiennent. Elle avait dit à un homme : « Je t'aime, je suis à toi ! » La duchesse de Langeais pouvait-elle avoir inutilement proféré ces paroles ? Elle devait ou être aimée ou abdiquer son rôle social. Sentant alors la solitude de son lit voluptueux où la volupté n'avait pas encore mis ses pieds chauds, elle s'y roulait, s'y tordait en se répétant : « Je veux être aimée ! » Et la foi qu'elle avait encore en elle lui donnait l'espoir de réussir. La duchesse était piquée, la vaniteuse Parisienne était humiliée, la femme vraie entrevoyait le bonheur, et son imagination, vengeresse du temps perdu pour la nature, se plaisait à lui faire flamber les feux inextinguibles du plaisir. Elle atteignait presque aux sensations de l'amour ; car, dans le doute d'être aimée qui la poignait, elle se trouvait heureuse de se dire à elle-même « Je l'aime ! » Le monde et Dieu, elle avait envie de les fouler à ses pieds. Montriveau était maintenant sa religion. Elle passa la journée du lendemain dans un état de stupeur morale mêlé d'agitations corporelles que rien ne pourrait exprimer. Elle déchira autant de lettres qu'elle en écrivit, et fit mille suppositions impossibles. À l'heure où Montriveau venait jadis, elle voulut croire qu'il arriverait, et prit plaisir à l'attendre. Sa vie se concentra dans le seul sens de l'ouïe. Elle fermait parfois les yeux et s'efforçait d'écouter à travers les espaces. Puis elle souhaitait le pouvoir d'anéantir tout obstacle entre elle et son amant afin d'obtenir ce silence absolu qui permet de percevoir le bruit à d'énormes distances. Dans ce recueillement, les pulsations de sa pendule lui furent odieuses, elles étaient une sorte de bavardage sinistre qu'elle arrêta. Minuit sonna dans le salon.

«Mon Dieu! se dit-elle, le voir ici, ce serait le bonheur. Et cependant il y venait naguère, amené par le désir. Sa voix remplissait ce boudoir. Et maintenant, rien!»

En se souvenant des scènes de coquetterie qu'elle avait jouées, et qui le lui avaient ravi, des larmes de désespoir coulèrent de ses yeux pendant longtemps.

«Madame la duchesse, lui dit sa femme de chambre, ne sait peut-être pas qu'il est deux heures du matin, j'ai cru que Madame était indisposée.

— Oui, je vais me coucher; mais rappelez-vous, Suzette, dit Mme de Langeais en essuyant ses larmes, de ne jamais entrer chez moi sans ordre, et je ne vous le dirai pas une seconde fois.»

Pendant une semaine, Mme de Langeais alla dans toutes les maisons où elle espérait rencontrer M. de Montriveau. Contrairement à ses habitudes, elle arrivait de bonne heure et se retirait tard; elle ne dansait plus, elle jouait. Tentatives inutiles! elle ne put parvenir à voir Armand, de qui elle n'osait plus prononcer le nom. Cependant un soir, dans un moment de désespérance, elle dit à Mme de Sérizy, avec autant d'insouciance qu'il lui fut possible d'en affecter : «Vous êtes donc brouillée avec M. de Montriveau? je ne le vois plus chez vous.

— Mais il ne vient donc plus ici? répondit la comtesse en riant. D'ailleurs, on ne l'aperçoit plus nulle part, il est sans doute occupé de quelque femme.

— Je croyais, reprit la duchesse avec douceur, que le marquis de Ronquerolles était un de ses amis...

— Je n'ai jamais entendu dire à mon frère qu'il le connût.»

Mme de Langeais ne répondit rien. Mme de Sérizy crut

pouvoir alors impunément fouetter une amitié discrète qui lui avait été si longtemps amère, et reprit la parole.

« Vous le regrettez donc, ce triste personnage. J'en ai ouï dire des choses monstrueuses : blessez-le, il ne revient jamais, ne pardonne rien ; aimez-le, il vous met à la chaîne. À tout ce que je disais de lui, l'un de ceux qui le portent aux nues me répondait toujours par un mot : *Il sait aimer !* On ne cesse de me répéter : Montriveau quittera tout pour son ami, c'est une âme immense. Ah, bah ! la société ne demande pas des âmes si grandes. Les hommes de ce caractère sont très bien chez eux, qu'ils y restent, et qu'ils nous laissent à nos bonnes petitesses. Qu'en dites-vous, Antoinette ? »

Malgré son habitude du monde, la duchesse parut agitée, mais elle dit néanmoins avec un naturel qui trompa son amie : « Je suis fâchée de ne plus le voir, je prenais à lui beaucoup d'intérêt, et lui vouais une sincère amitié. Dussiez-vous me trouver ridicule, chère amie, j'aime les grandes âmes. Se donner à un sot, n'est-ce pas avouer clairement que l'on n'a que des sens ? »

Mme de Sérizy n'avait jamais *distingué* que des gens vulgaires, et se trouvait en ce moment aimée par un bel homme, le marquis d'Aiglemont.

La comtesse abrégea sa visite, croyez-le. Puis, Mme de Langeais voyant une espérance dans la retraite absolue d'Armand, elle lui écrivit aussitôt une lettre humble et douce qui devait le ramener à elle, s'il aimait encore. Elle fit porter le lendemain sa lettre par son valet de chambre, et, quand il fut de retour, elle lui demanda s'il l'avait remise à Montriveau lui-même ; puis, sur son affirmation, elle ne put retenir un mouvement de joie. Armand était à Paris, il y restait seul, chez lui, sans aller dans le monde ! Elle était donc aimée. Pendant toute la journée elle attendit une réponse, et la réponse ne vint pas. Au milieu des crises renaissantes

que lui donna l'impatience, Antoinette se justifia ce retard :
Armand était embarrassé, la réponse viendrait par la poste ;
mais, le soir, elle ne pouvait plus s'abuser. Journée affreuse,
mêlée de souffrances qui plaisent, de palpitations qui écrasent, excès de cœur qui usent la vie. Le lendemain elle
envoya chez Armand chercher une réponse.

« Monsieur le marquis a fait dire qu'il viendrait chez
madame la duchesse », répondit Julien.

Elle se sauva afin de ne pas laisser voir son bonheur, elle
alla tomber sur son canapé pour y dévorer ses premières
émotions.

« Il va venir ! » Cette pensée lui déchira l'âme. Malheur,
en effet, aux êtres pour lesquels l'attente n'est pas la plus
horrible des tempêtes et la fécondation des plus doux plaisirs, ceux-là n'ont point en eux cette flamme qui réveille les
images des choses, et double la nature en nous attachant
autant à l'essence pure des objets qu'à leur réalité. En
amour, attendre n'est-ce pas incessamment épuiser une
espérance certaine, se livrer au fléau terrible de la passion,
heureuse sans les désenchantements de la vérité ! Émanation constante de force et de désirs, l'attente ne serait-elle
pas à l'âme humaine ce que sont à certaines fleurs leurs
exhalations parfumées ? Nous avons bientôt laissé les éclatantes et stériles couleurs du coréopsis ou des tulipes, et
nous revenons sans cesse aspirer les délicieuses pensées de
l'oranger ou du volkameria, deux fleurs que leurs patries
ont involontairement comparées à de jeunes fiancées
pleines d'amour, belles de leur passé, belles de leur avenir.

La duchesse s'instruisit des plaisirs de sa nouvelle vie
en sentant avec une sorte d'ivresse ces flagellations [1] de
l'amour ; puis, en changeant de sentiments, elle trouva

---

1. Le terme renvoie aussi bien au vocabulaire religieux qu'à une
forme de perversité sexuelle.

d'autres destinations et un meilleur sens aux choses de la vie. En se précipitant dans son cabinet de toilette, elle comprit ce que sont les recherches de la parure, les soins corporels les plus minutieux, quand ils sont commandés par l'amour et non par la vanité; déjà, ces apprêts lui aidèrent à supporter la longueur du temps. Sa toilette finie, elle retomba dans les excessives agitations, dans les foudroiements nerveux de cette horrible puissance qui met en fermentation toutes les idées, et qui n'est peut-être qu'une maladie dont on aime les souffrances. La duchesse était prête à deux heures de l'après-midi; M. de Montriveau n'était pas encore arrivé à onze heures et demie du soir. Expliquer les angoisses de cette femme, qui pouvait passer pour l'enfant gâté de la civilisation, ce serait vouloir dire combien le cœur peut concentrer de poésies dans une pensée; vouloir peser la force exhalée par l'âme au bruit d'une sonnette, ou estimer ce que consomme de vie l'abattement causé par une voiture dont le roulement continue sans s'arrêter.

« Se jouerait-il de moi ? » dit-elle en écoutant sonner minuit.

Elle pâlit, ses dents se heurtèrent, et elle se frappa les mains en bondissant dans ce boudoir, où jadis, pensait-elle, il apparaissait sans être appelé. Mais elle se résigna. Ne l'avait-elle pas fait pâlir et bondir sous les piquantes flèches de son ironie? Mme de Langeais comprit l'horreur de la destinée des femmes, qui, privées de tous les moyens d'action que possèdent les hommes, doivent attendre quand elles aiment. Aller au-devant de son aimé est une faute que peu d'hommes savent pardonner. La plupart d'entre eux voient une dégradation dans cette céleste flatterie; mais Armand avait une grande âme, et devait faire partie du petit nombre d'hommes qui savent acquitter par un éternel amour un tel excès d'amour.

« Hé bien, j'irai, se dit-elle en se tournant dans son lit sans pouvoir y trouver le sommeil, j'irai vers lui, je lui tendrai la main sans me fatiguer de la lui tendre. Un homme d'élite voit dans chacun des pas que fait une femme vers lui des promesses d'amour et de constance. Oui, les anges doivent descendre des cieux pour venir aux hommes, et je veux être un ange pour lui. »

Le lendemain elle écrivit un de ces billets où excelle l'esprit des dix mille Sévignés que compte maintenant Paris. Cependant, savoir se plaindre sans s'abaisser, voler à plein de ses deux ailes sans se traîner humblement, gronder sans offenser, se révolter avec grâce, pardonner sans compromettre la dignité personnelle, tout dire et ne rien avouer, il fallait être la duchesse de Langeais et avoir été élevée par Mme la princesse de Blamont-Chauvry, pour écrire ce délicieux billet. Julien partit. Julien était, comme tous les valets de chambre, la victime des marches et contremarches de l'amour.

« Que vous a répondu M. de Montriveau ? dit-elle aussi indifféremment qu'elle le put à Julien quand il vint lui rendre compte de sa mission.

— M. le marquis m'a prié de dire à madame la duchesse que c'était bien. »

Affreuse réaction de l'âme sur elle-même ! recevoir devant de curieux témoins la question du cœur, et ne pas murmurer, et se voir forcée au silence. Une des mille douleurs du riche !

Pendant vingt-deux jours Mme de Langeais écrivit à M. de Montriveau sans obtenir de réponse. Elle avait fini par se dire malade pour se dispenser de ses devoirs, soit envers la princesse à laquelle elle était attachée, soit envers le monde. Elle ne recevait que son père, le duc de Navarreins, sa tante la princesse de Blamont-Chauvry, le vieux vidame de Pamiers, son grand-oncle maternel, et l'oncle de son

mari, le duc de Grandlieu. Ces personnes crurent facilement
à la maladie de Mme de Langeais, en la trouvant de jour en
jour plus abattue, plus pâle, plus amaigrie. Les vagues
ardeurs d'un amour réel, les irritations de l'orgueil blessé,
la constante piqûre du seul mépris qui pût l'atteindre, ses
élancements vers des plaisirs perpétuellement souhaités,
perpétuellement trahis; enfin, toutes ses forces inutilement
excitées, minaient sa double nature. Elle payait l'arriéré de
sa vie trompée. Elle sortit enfin pour assister à une revue
où devait se trouver M. de Montriveau. Placée sur le bal-
con des Tuileries, avec la famille royale, la duchesse eut une
de ces fêtes dont l'âme garde un long souvenir. Elle appa-
rut sublime de langueur, et tous les yeux la saluèrent avec
admiration. Elle échangea quelques regards avec Montriveau, dont la présence la rendait si belle. Le général défila
presque à ses pieds dans toute la splendeur de ce costume
militaire dont l'effet sur l'imagination féminine est avoué
même par les plus prudes personnes. Pour une femme bien
éprise, qui n'avait pas vu son amant depuis deux mois, ce
rapide moment ne dut-il pas ressembler à cette phase de
nos rêves où, fugitivement, notre vue embrasse une nature
sans horizon? Aussi, les femmes ou les jeunes gens peuvent-
ils seuls imaginer l'avidité stupide et délirante qu'exprimè-
rent les yeux de la duchesse. Quant aux hommes, si,
pendant leur jeunesse, ils ont éprouvé, dans le paroxysme
de leurs premières passions, ces phénomènes de la puissance nerveuse, plus tard ils les oublient si complètement,
qu'ils arrivent à nier ces luxuriantes extases, le seul nom
possible de ces magnifiques intuitions. L'extase religieuse est
la folie de la pensée dégagée de ses liens corporels; tandis
que, dans l'extase amoureuse, se confondent, s'unissent et
s'embrassent les forces de nos deux natures. Quand une
femme est en proie aux tyrannies furieuses sous lesquelles
ployait Mme de Langeais, les résolutions définitives se

succèdent si rapidement, qu'il est impossible d'en rendre compte. Les pensées naissent alors les unes des autres, et courent dans l'âme comme ces nuages emportés par le vent sur un fond grisâtre qui voile le soleil. Dès lors, les faits disent tout. Voici donc les faits. Le lendemain de la revue, Mme de Langeais envoya sa voiture et sa livrée attendre à la porte du marquis de Montriveau depuis huit heures du matin jusqu'à trois heures après midi. Armand demeurait rue de Seine, à quelques pas de la Chambre des pairs, où il devait y avoir une séance ce jour-là. Mais longtemps avant que les pairs ne se rendissent à leur palais, quelques personnes aperçurent la voiture et la livrée de la duchesse. Un jeune officier dédaigné par Mme de Langeais, et recueilli par Mme de Sérizy, le baron de Maulincour, fut le premier qui reconnut les gens. Il alla sur-le-champ chez sa maîtresse lui raconter sous le secret cette étrange folie. Aussitôt, cette nouvelle fut télégraphiquement portée à la connaissance de toutes les coteries du faubourg Saint-Germain, parvint au château, à l'Élysée-Bourbon, devint le bruit du jour, le sujet de tous les entretiens, depuis midi jusqu'au soir. Presque toutes les femmes niaient le fait, mais de manière à le faire croire ; et les hommes le croyaient en témoignant à Mme de Langeais le plus indulgent intérêt.

« Ce sauvage de Montriveau a un caractère de bronze, il aura sans doute exigé cet éclat, disaient les uns en rejetant la faute sur Armand.

— Hé bien, disaient les autres, Mme de Langeais a commis la plus noble des imprudences ! En face de tout Paris, renoncer, pour son amant, au monde, à son rang, à sa fortune, à la considération, est un coup d'État féminin beau comme le coup de couteau de ce perruquier qui a tant ému Canning à la cour d'assises. Pas une des femmes qui blâment la duchesse ne ferait cette déclaration digne de l'ancien temps. Mme de Langeais est une femme héroïque de s'afficher ainsi franchement elle-même. Maintenant, elle ne peut plus aimer que Montriveau. N'y a-t-il pas quelque grandeur chez une femme à dire : Je n'aurai qu'une passion ?

— Que va donc devenir la société, monsieur, si vous honorez ainsi le vice, sans respect pour la vertu ?» dit la femme du procureur général, la comtesse de Grandville.

Pendant que le château, le faubourg et la Chaussée d'Antin s'entretenaient du naufrage de cette aristocratique vertu ; que d'empressés jeunes gens couraient à cheval s'assurer, en voyant la voiture dans la rue de Seine, que la duchesse était bien réellement chez M. de Montriveau, elle gisait palpitante au fond de son boudoir. Armand, qui n'avait pas couché chez lui, se promenait aux Tuileries avec M. de Marsay. Puis, les grands-parents de Mme de Langeais se visitaient les uns les autres en se donnant rendez-vous chez elle pour la semondre et aviser aux moyens d'arrêter le scandale causé par sa conduite. À trois heures, M. le duc de Navarreins, le vidame de Pamiers, la vieille princesse de Blamont-Chauvry et le duc de Grandlieu se trouvaient réunis dans le salon de Mme de Langeais, et l'y attendaient. À eux, comme à plusieurs curieux, les gens avaient dit que leur maîtresse était sortie. La duchesse n'avait excepté personne de la consigne. Ces quatre personnages, illustres dans la sphère aristocratique dont l'*Almanach de Gotha*[1] consacre annuellement les révolutions et les prétentions héréditaires, veulent une rapide esquisse sans laquelle cette peinture sociale serait incomplète.

La princesse de Blamont-Chauvry était, dans le monde féminin, le plus poétique débris du règne de Louis XV, au surnom duquel, durant sa belle jeunesse, elle avait, dit-on, contribué pour sa quote-part. De ses anciens agréments, il

---

1. L'*Almanach de Gotha* est à partir de 1763 le guide de référence de la haute noblesse et des familles royales européennes.

ne lui restait qu'un nez remarquablement saillant, mince, recourbé comme une lame turque, et principal ornement d'une figure semblable à un vieux gant blanc; puis quelques cheveux crêpés et poudrés; des mules à talons, le bonnet de dentelles à coques, des mitaines noires et des *parfaits contentements* [1]. Mais, pour lui rendre entièrement justice, il est nécessaire d'ajouter qu'elle avait une si haute idée de ses ruines, qu'elle se décolletait le soir, portait des gants longs, et se teignait encore les joues avec le rouge classique de Martin. Dans ses rides une amabilité redoutable, un feu prodigieux dans ses yeux, une dignité profonde dans toute sa personne, sur sa langue un esprit à triple dard, dans sa tête une mémoire infaillible faisaient de cette vieille femme une véritable puissance. Elle avait dans le parchemin de sa cervelle tout celui du cabinet des chartes et connaissait les alliances des maisons princières, ducales et comtales de l'Europe, à savoir où étaient les derniers germains de Charlemagne. Aussi nulle usurpation de titre ne pouvait-elle lui échapper. Les jeunes gens qui voulaient être bien vus, les ambitieux, les jeunes femmes lui rendaient de constants hommages. Son salon faisait autorité dans le faubourg Saint-Germain. Les mots de ce Talleyrand femelle restaient comme des arrêts. Certaines personnes venaient prendre chez elle des avis sur l'étiquette ou les usages, et y chercher des leçons de bon goût. Certes, nulle vieille femme ne savait comme elle empocher sa tabatière; et elle avait, en s'asseyant ou en se croisant les jambes, des mouvements de jupe d'une précision, d'une grâce qui désespérait les jeunes femmes les plus élégantes. Sa voix lui était demeurée dans la tête pendant le tiers de sa vie, mais elle n'avait pu l'empêcher de descendre dans les membranes du nez, ce qui la rendait étrangement significative. De sa grande fortune il lui restait cent cinquante

---

1. Parure de diamants.

mille *livres* en bois, généreusement rendus par Napoléon. Ainsi, biens et personne, tout en elle était considérable. Cette curieuse antique était dans une bergère au coin de la cheminée et causait avec le vidame de Pamiers, autre ruine contemporaine. Ce vieux seigneur, ancien commandeur de l'ordre de Malte [1], était un homme grand, long et fluet, dont le col était toujours serré de manière à lui comprimer les joues qui débordaient légèrement la cravate et à lui maintenir la tête haute ; attitude pleine de suffisance chez certaines gens, mais justifiée chez lui par un esprit voltairien. Ses yeux à fleur de tête semblaient tout voir et avaient effectivement tout vu. Il mettait du coton dans ses oreilles. Enfin sa personne offrait dans l'ensemble un modèle parfait des lignes aristocratiques, lignes menues et frêles, souples et agréables, qui, semblables à celles du serpent, peuvent à volonté se courber, se dresser, devenir coulantes ou roides.

Le duc de Navarreins se promenait de long en large dans le salon avec M. le duc de Grandlieu. Tous deux étaient des hommes âgés de cinquante-cinq ans, encore verts, gros et courts, bien nourris, le teint un peu rouge, les yeux fatigués, les lèvres inférieures déjà pendantes. Sans le ton exquis de leur langage, sans l'affable politesse de leurs manières, sans leur aisance qui pouvait tout à coup se changer en impertinence, un observateur superficiel aurait pu les prendre pour des banquiers. Mais toute erreur devait cesser en écoutant leur conversation armée de précautions avec ceux qu'ils redoutaient, sèche ou vide avec leurs égaux, perfide pour les inférieurs que les gens de Cour ou les hommes d'État savent apprivoiser par de verbeuses délicatesses et blesser par un

---

1. L'ordre de Malte est une organisation catholique, créée au milieu du XIe siècle par des Latins originaires d'Amalfi en Italie. Le grand commandeur est la deuxième dignité de l'ordre de Malte, après celle de grand maître.

mot inattendu. Tels étaient les représentants de cette grande noblesse qui voulait mourir ou rester tout entière, qui méritait autant d'éloge que de blâme, et sera toujours imparfaitement jugée jusqu'à ce qu'un poète [1] l'ait montrée heureuse d'obéir au Roi en expirant sous la hache de Richelieu, et méprisant la guillotine de 89 comme une sale vengeance.

Ces quatre personnages se distinguaient tous par une voix grêle, particulièrement en harmonie avec leurs idées et leur maintien. D'ailleurs, la plus parfaite égalité régnait entre eux. L'habitude prise par eux à la Cour de cacher leurs émotions les empêchait sans doute de manifester le déplaisir que leur causait l'incartade de leur jeune parente.

Pour empêcher les critiques de taxer de puérilité le commencement de la scène suivante, peut-être est-il nécessaire de faire observer ici que Locke [2], se trouvant dans la compagnie de seigneurs anglais renommés pour leur esprit, distingués autant par leurs manières que par leur consistance politique, s'amusa méchamment à sténographier [3] leur conversation par un procédé particulier, et les fit éclater de rire en la leur lisant, afin de savoir d'eux ce qu'on en pouvait tirer. En effet, les classes élevées ont en tout pays un jargon de clinquant qui, lavé dans les cendres littéraires ou philosophiques, donne infiniment peu d'or au creuset. À tous les étages de la société, sauf quelques salons parisiens, l'observateur retrouve les mêmes ridicules que différencient seulement la transparence ou l'épaisseur du vernis. Ainsi, les conversations substantielles sont l'exception sociale, et le béotianisme défraie habituellement les diverses zones du monde. Si forcément on parle beaucoup dans les hautes sphères, on y pense peu. Penser est une fatigue, et les riches aiment à voir couler la vie

---

1. Il s'agit d'Alfred de Vigny (1797-1863) dans *Cinq-Mars*.
2. John Locke (1632-1704) est un philosophe anglais.
3. Le terme est remarquable puisque Balzac se veut le « secrétaire des mœurs de son temps ».

sans grand effort. Aussi est-ce en comparant le fond des plaisanteries par échelons, depuis le gamin de Paris jusqu'au pair de France, que l'observateur comprend le mot de M. de Talleyrand : *Les manières sont tout*, traduction élégante de cet axiome judiciaire : *La forme emporte le fond*. Aux yeux du poète, l'avantage restera aux classes inférieures qui ne manquent jamais à donner un rude cachet de poésie à leurs pensées. Cette observation fera peut-être aussi comprendre l'infertilité des salons, leur vide, leur peu de profondeur, et la répugnance que les gens supérieurs éprouvent à faire le méchant commerce d'y échanger leurs pensées.

Le duc s'arrêta soudain, comme s'il concevait une idée lumineuse, et dit à son voisin : «Vous avez donc vendu Thornthon ?

— Non, il est malade. J'ai bien peur de le perdre, et j'en serais désolé ; c'est un cheval excellent à la chasse. Savez-vous comment va la duchesse de Marigny ?

— Non, je n'y suis pas allé ce matin. Je sortais pour la voir, quand vous êtes venu me parler d'Antoinette. Mais elle avait été fort mal hier, l'on en désespérait, elle a été administrée.

— Sa mort changera la position de votre cousin.

— En rien, elle a fait ses partages de son vivant et s'était réservé une pension que lui paye sa nièce, Mme de Soulanges, à laquelle elle a donné sa terre de Guébriant à rente viagère.

— Ce sera une grande perte pour la société. Elle était bonne femme. Sa famille aura de moins une personne dont les conseils et l'expérience avaient de la portée. Entre nous soit dit, elle était le chef de la maison. Son fils, Marigny, est un aimable homme ; il a du trait ; il sait causer. Il est agréable, très agréable ; oh ! pour agréable, il l'est sans contredit ; mais... aucun esprit de conduite. Eh bien ! c'est extraordinaire, il est très fin. L'autre jour, il dînait au Cercle avec tous ces richards de la Chaussée d'Antin, et votre oncle (qui va toujours y faire sa partie) le voit. Étonné de le rencontrer là, il lui demande s'il est du Cercle. "Oui, je ne vais plus dans le monde, je vis avec les banquiers." Vous savez pourquoi ? dit le marquis en jetant au duc un fin sourire.

— Non.

— Il est amouraché d'une nouvelle mariée, cette petite Mme Keller, la fille de Gondreville, une femme que l'on dit fort à la mode dans ce monde-là.

— Mais Antoinette ne s'ennuie pas, à ce qu'il paraît, dit le vieux vidame.

— L'affection que je porte à cette petite femme me fait prendre en ce moment un singulier passe-temps, lui répondit la princesse en empochant sa tabatière.

— Ma chère tante, dit le duc en s'arrêtant, je suis désespéré. Il n'y avait qu'un homme de Bonaparte capable d'exiger d'une femme comme il faut de semblables inconvenances. Entre nous soit dit, Antoinette aurait dû choisir mieux.

— Mon cher, répondit la princesse, les Montriveau sont anciens et fort bien alliés, ils tiennent à toute la haute noblesse de Bourgogne. Si les Rivaudoult d'Arschoot, de la branche Dulmen, finissaient en Galicie, les Montriveau succéderaient aux biens et aux titres d'Arschoot ; ils en héritent par leur bisaïeul.

— Vous en êtes sûre ?...

— Je le sais mieux que ne le savait le père de celui-ci, que je voyais beaucoup et à qui je l'ai appris. Quoique chevalier des ordres, il s'en moqua ; c'était un encyclopédiste. Mais son frère en a bien profité dans l'émigration. J'ai ouï dire que ses parents du Nord avaient été parfaits pour lui...

— Oui, certes. Le comte de Montriveau est mort à Pétersbourg où je l'ai rencontré, dit le vidame. C'était un gros homme qui avait une incroyable passion pour les huîtres.

— Combien en mangeait-il donc ? dit le duc de Grand-lieu.

— Tous les jours dix douzaines.

— Sans être incommodé ?

— Pas le moins du monde.

— Oh ! mais c'est extraordinaire ! Ce goût ne lui a donné ni la pierre, ni la goutte, ni aucune incommodité ?

— Non, il s'est parfaitement porté, il est mort par accident.

— Par accident ! La nature lui avait dit de manger des huîtres, elles lui étaient probablement nécessaires ; car, jusqu'à un certain point, nos goûts prédominants sont des conditions de notre existence.

— Je suis de votre avis, dit la princesse en souriant.

— Madame, vous entendez toujours malicieusement les choses, dit le marquis.

— Je veux seulement vous faire comprendre que ces choses seraient très mal entendues par une jeune femme », répondit-elle.

Elle s'interrompit pour dire : « Mais ma nièce ! ma nièce !

— Chère tante, dit M. de Navarreins, je ne peux pas encore croire qu'elle soit allée chez M. de Montriveau.

— Bah ! fit la princesse.

— Quelle est votre idée, vidame ? demanda le marquis.

— Si la duchesse était naïve, je croirais...

— Mais une femme qui aime devient naïve, mon pauvre vidame. Vous vieillissez donc ?

— Enfin, que faire ? dit le duc.

— Si ma chère nièce est sage, répondit la princesse, elle ira ce soir à la Cour, puisque, par bonheur, nous sommes un lundi, jour de réception ; vous verrez à la bien entourer et à démentir ce bruit ridicule. Il y a mille moyens d'expliquer les choses ; et si le marquis de Montriveau est un galant homme, il s'y prêtera. Nous ferons entendre raison à ces enfants-là...

— Mais il est difficile de rompre en visière à M. de Montriveau, chère tante, c'est un élève de Bonaparte, et il a une position. Comment donc! c'est un seigneur du jour, il a un commandement important dans la Garde, où il est très utile. Il n'a pas la moindre ambition. Au premier mot qui lui déplairait, il est homme à dire au Roi : "Voilà ma démission, laissez-moi tranquille."

— Comment pense-t-il donc?

— Très mal.

— Vraiment, dit la princesse, le Roi reste ce qu'il a toujours été, un jacobin fleurdelisé.

— Oh! un peu modéré, dit le vidame.

— Non, je le connais de longue date. L'homme qui disait à sa femme, le jour où elle assista au premier grand couvert : "Voilà nos gens!" en lui montrant la Cour, ne pouvait être qu'un noir scélérat. Je retrouve parfaitement MONSIEUR dans le Roi. Le mauvais frère qui votait si mal dans son bureau de l'Assemblée constituante doit pactiser avec les Libéraux, les laisser parler, discuter. Ce cagot de philosophie sera tout aussi dangereux pour son cadet qu'il l'a été pour l'aîné; car je ne sais si son successeur pourra se tirer des embarras que se plaît à lui créer ce gros homme de petit esprit; d'ailleurs il l'exècre, et serait heureux de se dire en mourant : Il ne régnera pas longtemps.

— Ma tante, c'est le Roi, j'ai l'honneur de lui appartenir, et...

— Mais, mon cher, votre charge vous ôte-t-elle votre franc-parler! Vous êtes d'aussi bonne maison que les Bourbons. Si les Guise [1] avaient eu un peu plus de résolution, Sa Majesté serait un pauvre sire aujourd'hui. Je m'en vais de ce

---

1. Les ducs de Guise furent particulièrement impliqués dans les guerres de Religion. À la tête du parti ultra-catholique, ils constituèrent une menace pour le pouvoir royal.

monde à temps, la noblesse est morte. Oui, tout est perdu pour vous, mes enfants, dit-elle en regardant le vidame. Est-ce que la conduite de ma nièce devrait occuper la ville ? Elle a eu tort, je ne l'approuve pas, un scandale inutile est une faute ; aussi douté-je encore de ce manque aux convenances, je l'ai élevée et je sais que... »

En ce moment la duchesse sortit de son boudoir. Elle avait reconnu la voix de sa tante et entendu prononcer le nom de Montriveau. Elle était dans un déshabillé du matin, et, quand elle se montra, M. de Grandlieu, qui regardait insouciamment par la croisée, vit revenir la voiture de sa nièce sans elle.

« Ma chère fille, lui dit le duc en lui prenant la tête et l'embrassant au front, tu ne sais donc pas ce qui se passe ?

— Que se passe-t-il d'extraordinaire, cher père ?

— Mais tout Paris te croit chez M. de Montriveau.

— Ma chère Antoinette, tu n'es pas sortie, n'est-ce pas ? dit la princesse en lui tendant la main que la duchesse baisa avec une respectueuse affection.

— Non, chère mère, je ne suis pas sortie. Et, dit-elle en se retournant pour saluer le vidame et le marquis, j'ai voulu que tout Paris me crût chez M. de Montriveau. »

Le duc leva les mains au ciel, se les frappa désespérément et se croisa les bras.

« Mais vous ne savez donc pas ce qui résultera de ce coup de tête ? » dit-il enfin.

La vieille princesse s'était subitement dressée sur ses talons, et regardait la duchesse qui se prit à rougir et baissa les yeux ; Mme de Chauvry l'attira doucement et lui dit : « Laissez-moi vous baiser, mon petit ange. » Puis elle l'embrassa sur le front fort affectueusement, lui serra la main et reprit en souriant : « Nous ne sommes plus sous les Valois, ma chère fille. Vous avez compromis votre mari, votre état dans le monde ; cependant, nous allons aviser à tout réparer.

— Mais, ma chère tante, je ne veux rien réparer. Je désire que tout Paris sache ou dise que j'étais ce matin chez M. de Montriveau. Détruire cette croyance, quelque fausse qu'elle soit, est me nuire étrangement.

— Ma fille, vous voulez donc vous perdre, et affliger votre famille ?

— Mon père, ma famille, en me sacrifiant à des intérêts, m'a, sans le vouloir, condamnée à d'irréparables malheurs. Vous pouvez me blâmer d'y chercher des adoucissements, mais certes vous me plaindrez. »

« Donnez-vous donc mille peines pour établir convenablement des filles ! » dit en murmurant M. de Navarreins au vidame.

« Chère petite, dit la princesse en secouant les grains de tabac tombés sur sa robe, soyez heureuse si vous pouvez ; il ne s'agit pas de troubler votre bonheur, mais de l'accorder avec les usages. Nous savons tous, ici, que le mariage est une défectueuse institution tempérée par l'amour. Mais est-il besoin, en prenant un amant, de faire son lit sur le Carrousel [1] ? Voyons, ayez un peu de raison, écoutez-nous.

— J'écoute.

— Madame la duchesse, dit le duc de Grandlieu, si les oncles étaient obligés de garder leurs nièces, ils auraient un état dans le monde ; la société leur devrait des honneurs, des récompenses, des traitements comme elle en donne aux gens du Roi. Aussi ne suis-je pas venu pour vous parler de mon neveu, mais de vos intérêts. Calculons un peu. Si vous tenez à faire un éclat, je connais le sire, je ne l'aime

---

1. Le Carrousel s'étendait devant le palais des Tuileries dont l'entrée était marquée par l'arc de triomphe conçu par Charles Percier (1764-1838) et Pierre François Léonard Fontaine (1762-1853).

guère. Langeais est assez avare, personnel en diable ; il se séparera de vous, gardera votre fortune, vous laissera pauvre, et conséquemment sans considération. Les cent mille livres de rente que vous avez héritées dernièrement de votre grand-tante maternelle payeront les plaisirs de ses maîtresses, et vous serez liée, garrottée par les lois, obligée de dire *amen* à ces arrangements-là. Que M. de Montriveau vous quitte ! Mon Dieu, chère nièce, ne nous colérons point, un homme ne vous abandonnera pas jeune et belle ; cependant nous avons vu tant de jolies femmes délaissées, même parmi les princesses, que vous me permettrez une supposition presque impossible, je veux le croire ; alors que deviendrez-vous sans mari ? Ménagez donc le vôtre au même titre que vous soignez votre beauté, qui est après tout le parachute des femmes, aussi bien qu'un mari. Je vous fais toujours heureuse et aimée ; je ne tiens compte d'aucun événement malheureux. Cela étant, par bonheur ou par malheur vous aurez des enfants ? Qu'en ferez-vous ? Des Montriveau ? Hé bien, ils ne succéderont point à toute la fortune de leur père. Vous voudrez leur donner toute la vôtre et lui toute la sienne. Mon Dieu, rien n'est plus naturel. Vous trouverez les lois contre vous. Combien avons-nous vu de procès faits par les héritiers légitimes aux enfants de l'amour ! J'en entends retentir dans tous les tribunaux du monde. Aurez-vous recours à quelque *fidéicommis* [1] : si la personne en qui vous mettrez votre confiance vous trompe, à la vérité la justice humaine n'en saura rien ; mais vos enfants seront ruinés. Choisissez donc bien ! Voyez en quelles perplexités vous êtes. De toute manière vos enfants seront nécessairement sacrifiés aux

---

1. En droit, disposition par laquelle un testateur lègue des biens à une personne, à charge pour cette dernière de les transmettre sous certaines conditions de temps ou de circonstances à un tiers.

fantaisies de votre cœur et privés de leur état. Mon Dieu, tant qu'ils seront petits, ils seront charmants ; mais ils vous reprocheront un jour d'avoir songé plus à vous qu'à eux. Nous savons tout cela, nous autres vieux gentils-hommes. Les enfants deviennent des hommes, et les hommes sont ingrats. N'ai-je pas entendu le jeune de Horn, en Allemagne, disant après souper : "Si ma mère avait été honnête femme, je serais prince régnant." Mais ce SI, nous avons passé notre vie à l'entendre dire aux roturiers, et il a fait la révolution. Quand les hommes ne peuvent accuser ni leur père, ni leur mère, ils s'en prennent à Dieu de leur mauvais sort. En somme, chère enfant, nous sommes ici pour vous éclairer. Hé bien, je me résume par un mot que vous devez méditer : une femme ne doit jamais donner raison à son mari.

— Mon oncle, j'ai calculé tant que je n'aimais pas. Alors je voyais comme vous des intérêts là où il n'y a plus pour moi que des sentiments, dit la duchesse.

— Mais, ma chère petite, la vie est tout bonnement une complication d'intérêts et de sentiments, lui répliqua le vidame ; et pour être heureux, surtout dans la position où vous êtes, il faut tâcher d'accorder ses sentiments avec ses intérêts. Qu'une grisette [1] fasse l'amour à sa fantaisie, cela se conçoit ; mais vous avez une jolie fortune, une famille, un titre, une place à la Cour, et vous ne devez pas les jeter par la fenêtre. Pour tout concilier, que venons-nous vous demander ? De tourner habilement la loi des convenances au lieu de la violer. Hé, mon Dieu, j'ai bientôt quatre-vingts ans, je ne me souviens pas d'avoir rencontré, sous aucun régime, un amour qui valût le prix dont vous voulez payer celui de cet heureux jeune homme. »

---

1. Jeune fille employée dans une maison de couture ou de mode.

La duchesse imposa silence au vidame par un regard; et si Montriveau l'avait pu voir, il aurait tout pardonné...

« Ceci serait d'un bel effet au théâtre, dit le duc de Grand-lieu, et ne signifie rien quand il s'agit de vos paraphernaux, de votre position et de votre indépendance. Vous n'êtes pas reconnaissante, ma chère nièce. Vous ne trouverez pas beaucoup de familles où les parents soient assez courageux pour apporter les enseignements de l'expérience et faire entendre le langage de la raison à de jeunes têtes folles. Renoncez à votre salut en deux minutes, s'il vous plaît de vous damner; d'accord! Mais réfléchissez bien quand il s'agit de renoncer à vos rentes. Je ne connais pas de confesseur qui nous absolve de la misère. Je me crois le droit de vous parler ainsi; car, si vous vous perdez, moi seul je pourrai vous offrir un asile. Je suis presque l'onde de Langeais, et moi seul aurai raison en lui donnant tort.

« Ma fille, dit le duc de Navarreins en se réveillant d'une douloureuse méditation, puisque vous parlez de sentiments, laissez-moi vous faire observer qu'une femme qui porte votre nom se doit à des sentiments autres que ceux des gens du commun. Vous voulez donc donner gain de cause aux Libéraux, à ces jésuites de Robespierre qui s'efforcent de honnir la noblesse. Il est certaines choses qu'une Navarreins ne saurait faire sans manquer à toute sa maison. Vous ne seriez pas seule déshonorée.

— Allons, dit la princesse, voilà le déshonneur. Mes enfants, ne faites pas tant de bruit pour la promenade d'une voiture vide, et laissez-moi seule avec Antoinette. Vous viendrez dîner avec moi tous trois. Je me charge d'arranger convenablement les choses. Vous n'y entendez rien, vous autres hommes, vous mettez déjà de l'aigreur dans vos paroles, et je ne veux pas vous voir brouillés avec ma chère fille. Faites-moi donc le plaisir de vous en aller. »

Les trois gentilshommes devinèrent sans doute les intentions de la princesse, ils saluèrent leurs parentes ; et M. de Navarreins vint embrasser sa fille au front, en lui disant : « Allons, chère enfant, sois sage. Si tu veux, il en est encore temps. »

« Est-ce que nous ne pourrions pas trouver dans la famille quelque bon garçon qui chercherait dispute à ce Montriveau ? » dit le vidame en descendant les escaliers.

« Mon bijou, dit la princesse, en faisant signe à son élève de s'asseoir sur une petite chaise basse, près d'elle, quand elles furent seules, je ne sais rien de plus calomnié dans ce bas monde que Dieu et le dix-huitième siècle, car, en me remémorant les choses de ma jeunesse, je ne me rappelle pas qu'une seule duchesse ait foulé aux pieds les convenances comme vous venez de le faire. Les romanciers et les écrivailleurs ont déshonoré le règne de Louis XV, ne les croyez pas. La Dubarry [1], ma chère, valait bien la veuve Scarron, et elle était meilleure personne. Dans mon temps, une femme savait, au milieu de ses galanteries, garder sa dignité. Les indiscrétions nous ont perdues. De là vient tout le mal. Les philosophes, ces gens de rien que nous mettions dans nos salons, ont eu l'inconvenance et l'ingratitude, pour prix de nos bontés, de faire l'inventaire de nos cœurs, de nous décrier en masse, en détail, et de déblatérer contre le siècle. Le peuple, qui est très mal placé pour juger quoi que ce soit, a vu le fond des choses, sans en voir la forme. Mais dans ce temps-là, mon cœur, les hommes et les femmes ont été tout aussi remarquables qu'aux autres époques de la monarchie. Pas un de vos Werther [2], aucune de vos notabilités, comme ça s'appelle, pas un de vos hommes en gants

---

1. Jeanne du Barry (1743-1793), comtesse du Barry, était une des favorites de Louis XV.
2. Référence aux *Souffrances du jeune Werther* (1774) de Goethe (1749-1832), le suicide de Werther est un topos du romantisme.

jaunes et dont les pantalons dissimulent la pauvreté de leurs jambes, ne traverserait l'Europe, déguisé en colporteur, pour aller s'enfermer, au risque de la vie et en bravant les poignards du duc de Modène, dans le cabinet de toilette de la fille du régent. Aucun de vos petits poitrinaires à lunettes d'écaille ne se cacherait comme Lauzun[1], durant six semaines, dans une armoire pour donner du courage à sa maîtresse pendant qu'elle accouchait. Il y avait plus de passion dans le petit doigt de M. de Jaucourt[2] que dans toute votre race de disputailleurs qui laissent les femmes pour des amendements ! Trouvez-moi donc aujourd'hui des pages qui se fassent hacher et ensevelir sous un plancher pour venir baiser le doigt ganté d'une Kœnigsmarck ? Aujourd'hui, vraiment, il semblerait que les rôles soient changés, et que les femmes doivent se dévouer pour les hommes. Ces messieurs valent moins et s'estiment davantage. Croyez-moi, ma chère, toutes ces aventures qui sont devenues publiques et dont on s'arme aujourd'hui pour assassiner notre bon Louis XV, étaient d'abord secrètes. Sans un tas de poétriaux, de rimailleurs, de moralistes qui entretenaient nos femmes de chambre et en écrivaient les calomnies, notre époque aurait eu littérairement des mœurs. Je justifie le siècle et non sa lisière. Peut-être y a-t-il eu cent femmes de qualité perdues ; mais les drôles en ont mis un millier, ainsi que font les gazetiers quand ils évaluent les morts du parti battu. D'ailleurs, je ne sais pas ce que la Révolution et l'Empire peuvent nous reprocher : ces temps-là ont été licencieux, sans esprit, grossiers, fi ! tout

---

1. Antoine Nompar de Caumont, duc de Lauzun (1633-1723), favori de Louis XIV qui par un revers de fortune fut envoyé à la Bastille. Il épousa secrètement Mlle de Montpensier.
2. Arnail François, comte, puis marquis de Jaucourt (1757-1852), ami de Mme de Staël, amant de Mme de La Châtre.

cela me révolte. Ce sont les mauvais lieux de notre histoire ! Ce préambule, ma chère enfant, reprit-elle après une pause, est pour arriver à te dire que si Montriveau te plaît, tu es bien la maîtresse de l'aimer à ton aise, et tant que tu pourras. Je sais, moi, par expérience (à moins de t'enfermer, mais on n'enferme plus aujourd'hui), que tu feras ce qui te plaira ; et c'est ce que j'aurais fait à ton âge. Seulement, mon cher bijou, je n'aurais pas abdiqué le droit de faire des ducs de Langeais. Ainsi comporte-toi décemment. Le vidame a raison, aucun homme ne vaut un seul des sacrifices par lesquels nous sommes assez folles pour payer leur amour. Mets-toi donc dans la position de pouvoir, si tu avais le malheur d'en être à te repentir, te trouver encore la femme de M. de Langeais. Quand tu seras vieille, tu seras bien aise d'entendre la messe à la Cour et non dans un couvent de province, voilà toute la question. Une imprudence, c'est une pension, une vie errante, être à la merci de son amant ; c'est l'ennui causé par les impertinences des femmes qui vaudront moins que toi, précisément parce qu'elles auront été très ignoblement adroites. Il valait cent fois mieux aller chez Montriveau, le soir, en fiacre, déguisée, que d'y envoyer ta voiture en plein jour. Tu es une petite sotte, ma chère enfant ! Ta voiture a flatté sa vanité, ta personne lui aurait pris le cœur. Je t'ai dit ce qui est juste et vrai, mais je ne t'en veux pas, moi. Tu es de deux siècles en arrière avec ta fausse grandeur. Allons, laisse-nous arranger tes affaires, dire que le Montriveau aura grisé tes gens, pour satisfaire son amour-propre et te compromettre...

— Au nom du ciel, ma tante, s'écria la duchesse en bondissant, ne le calomniez pas.

— Oh ! chère enfant, dit la princesse dont les yeux s'animèrent, je voudrais te voir des illusions qui ne te fussent pas funestes, mais toute illusion doit cesser. Tu m'attendri-

rais, n'était mon âge. Allons, ne fais de chagrin à personne,
ni à lui, ni à nous. Je me charge de contenter tout le monde ;
mais promets-moi de ne pas te permettre désormais une
seule démarche sans me consulter. Conte-moi tout, je te
mènerai peut-être à bien.

— Ma tante, je vous promets...

— De me dire tout...

— Oui, tout, tout ce qui pourra se dire.

— Mais, mon cœur, c'est précisément ce qui ne pourra
pas se dire que je veux savoir. Entendons-nous bien.
Allons, laisse-moi appuyer mes lèvres sèches sur ton
beau front. Non, laisse-moi faire, je te défends de baiser
mes os. Les vieillards ont une politesse à eux... Allons,
conduis-moi jusqu'à mon carrosse, dit-elle après avoir
embrassé sa nièce.

— Chère tante, je puis donc aller chez lui déguisée ?

— Mais, oui, ça peut toujours se nier », dit la vieille.

La duchesse n'avait clairement perçu que cette idée dans
le sermon que la princesse venait de lui faire. Quand
Mme de Chauvry fut assise dans le coin de sa voiture,
Mme de Langeais lui dit un gracieux adieu, et remonta chez
elle tout heureuse.

« Ma personne lui aurait pris le cœur ; elle a raison, ma
tante. Un homme ne doit pas refuser une jolie femme,
quand elle sait se bien offrir. »

Le soir, au cercle de Mme la duchesse de Berry, le duc
de Navarreins, M. de Pamiers, M. de Marsay, M. de Grandlieu, le duc de Maufrigneuse démentirent victorieusement
les bruits offensants qui couraient sur la duchesse de Langeais. Tant d'officiers et de personnes attestèrent avoir vu
Montriveau se promenant aux Tuileries pendant la matinée,
que cette sotte histoire fut mise sur le compte du hasard,
qui prend tout ce qu'on lui donne. Aussi le lendemain la
réputation de la duchesse devint-elle, malgré la station de

sa voiture, nette et claire comme l'armet de Mambrin après avoir été fourbi par Sancho [1]. Seulement, à deux heures, au bois de Boulogne, M. de Ronquerolles, passant à côté de Montriveau dans une allée déserte, lui dit en souriant : « Elle va bien, ta duchesse ! — Encore et toujours », ajouta-t-il en appliquant un coup de cravache significatif à sa jument qui fila comme un boulet.

Deux jours après son éclat inutile, Mme de Langeais écrivit à M. de Montriveau une lettre qui resta sans réponse comme les précédentes. Cette fois elle avait pris ses mesures, et corrompu Auguste, le valet de chambre d'Armand. Aussi, le soir, à huit heures, fut-elle introduite chez Armand, dans une chambre tout autre que celle où s'était passée la scène demeurée secrète. La duchesse apprit que le général ne rentrerait pas. Avait-il deux domiciles ? Le valet ne voulut pas répondre. Mme de Langeais avait acheté la clef de cette chambre, et non toute la probité de cet homme. Restée seule, elle vit ses quatorze lettres posées sur un vieux guéridon ; elles n'étaient ni froissées, ni décachetées ; elles n'avaient pas été lues. À cet aspect, elle tomba sur un fauteuil, et perdit pendant un moment toute connaissance. En se réveillant, elle aperçut Auguste, qui lui faisait respirer du vinaigre.

« Une voiture, vite », dit-elle.

La voiture venue, elle descendit avec une rapidité convulsive, revint chez elle, se mit au lit, et fit défendre sa porte. Elle resta vingt-quatre heures couchée, ne laissant approcher d'elle que sa femme de chambre qui lui apporta quelques tasses d'infusion de feuilles d'oranger. Suzette entendit sa maîtresse faisant quelques plaintes, et surprit des larmes dans ses yeux éclatants mais cernés. Le surlendemain, après avoir médité dans les larmes du désespoir le

---

1. Référence au chapitre XXI de *Don Quichotte* de Cervantès.

parti qu'elle voulait prendre, Mme de Langeais eut une conférence avec son homme d'affaires, et le chargea sans doute de quelques préparatifs. Puis elle envoya chercher le vieux vidame de Pamiers. En attendant le commandeur, elle écrivit à M. de Montriveau. Le vidame fut exact. Il trouva sa jeune cousine pâle, abattue, mais résignée. Il était environ deux heures après midi. Jamais cette divine créature n'avait été plus poétique qu'elle ne l'était alors dans les langueurs de son agonie.

«Mon cher cousin, dit-elle au vidame, vos quatre-vingts ans vous valent ce rendez-vous. Oh! ne souriez pas, je vous en supplie, devant une pauvre femme au comble du malheur. Vous êtes un galant homme, et les aventures de votre jeunesse vous ont, j'aime à le croire, inspiré quelque indulgence pour les femmes.

— Pas la moindre, dit-il.

— Vraiment!

— Elles sont heureuses de tout, reprit-il.

— Ah! Eh bien, vous êtes au cœur de ma famille; vous serez peut-être le dernier parent, le dernier ami de qui j'aurai serré la main; je puis donc réclamer de vous un bon office. Rendez-moi, mon cher vidame, un service que je ne saurais demander à mon père, ni à mon oncle Grandlieu, ni à aucune femme. Vous devez me comprendre. Je vous supplie de m'obéir, et d'oublier que vous m'avez obéi, quelle que soit l'issue de vos démarches. Il s'agit d'aller, muni de cette lettre, chez M. de Montriveau, de le voir, de le lui montrer, de lui demander, comme vous savez d'homme à homme demander les choses, car vous avez entre vous une probité, des sentiments que vous oubliez avec nous, de lui demander s'il voudra bien la lire, non pas en votre présence, les hommes se cachent certaines émotions. Je vous autorise, pour le décider, et si vous le jugez nécessaire, à lui dire qu'il s'en va de ma vie ou de ma mort. S'il daigne...

— Daigne! fit le commandeur.

— S'il daigne la lire, reprit avec dignité la duchesse, faites-lui une dernière observation. Vous le verrez à cinq heures, il dîne à cette heure, chez lui, aujourd'hui, je le sais; eh bien, il doit, pour toute réponse, venir me voir. Si trois heures après, si à huit heures, il n'est pas sorti, tout sera dit. La duchesse de Langeais aura disparu de ce monde. Je ne serai pas morte, cher, non; mais aucun pouvoir humain ne me retrouvera sur cette terre. Venez dîner avec moi, j'aurai du moins un ami pour m'assister dans mes dernières angoisses. Oui, ce soir, mon cher cousin, ma vie sera décidée; et quoi qu'il arrive, elle ne peut être que cruellement ardente. Allez, silence, je ne veux rien entendre qui ressemble soit à des observations, soit à des avis. — Causons, rions, dit-elle en lui tendant une main qu'il baisa. Soyons comme deux vieillards philosophes qui savent jouir de la vie jusqu'au moment de leur mort. Je me parerai, je serai bien coquette pour vous. Vous serez peut-être le dernier homme qui aura vu la duchesse de Langeais.»

Le vidame ne répondit rien, il salua, prit la lettre et fit la commission. Il revint à cinq heures, trouva sa parente mise avec recherche, délicieuse enfin. Le salon était paré de fleurs comme pour une fête. Le repas fut exquis. Pour ce vieillard, la duchesse fit jouer tous les brillants de son esprit, et se montra plus attrayante qu'elle ne l'avait jamais été. Le commandeur voulut d'abord voir une plaisanterie de jeune femme dans tous ces apprêts; mais, de temps à autre, la fausse magie des séductions déployées par sa cousine pâlissait. Tantôt il la surprenait à tressaillir, émue par une sorte de terreur soudaine; et tantôt elle semblait écouter dans le silence. Alors, s'il lui disait: «Qu'avez-vous?

— Chut!» répondait-elle.

À sept heures, la duchesse quitta le vieillard, et revint promptement, mais habillée comme aurait pu l'être sa

femme de chambre pour un voyage; elle réclama le bras de
son convive qu'elle voulut pour compagnon, se jeta dans
une voiture de louage. Tous deux, ils furent, vers les huit
heures moins un quart, à la porte de M. de Montriveau.

Armand, lui, pendant ce temps, avait médité sur la lettre
suivante :

«Mon ami, j'ai passé quelques moments chez vous, à
votre insu; j'y ai repris mes lettres. Oh! Armand, de vous
à moi, ce ne peut être indifférence, et la haine procède
autrement. Si vous m'aimez, cessez un jeu cruel. Vous me
tueriez. Plus tard, vous en seriez au désespoir, en apprenant combien vous êtes aimé. Si je vous ai malheureusement compris, si vous n'avez pour moi que de l'aversion,
l'aversion comporte et mépris et dégoût; alors, tout espoir
m'abandonne : les hommes ne reviennent pas de ces deux
sentiments. Quelque terrible qu'elle puisse être, cette pensée apportera des consolations à ma longue douleur. Vous
n'aurez pas de regrets un jour. Des regrets! ah, mon
Armand, que je les ignore. Si je vous en causais un seul?...
Non je ne veux pas vous dire quels ravages il ferait en moi.
Je vivrais et ne pourrais plus être votre femme. Après
m'être entièrement donnée à vous en pensée, à qui donc
me donner?... à Dieu. Oui, les yeux que vous avez aimés
pendant un moment ne verront plus aucun visage d'homme;
et puisse la gloire de Dieu les fermer! Je n'entendrai plus
de voix humaine, après avoir entendu la vôtre, si douce
d'abord, si terrible hier, car je suis toujours au lendemain
de votre vengeance; puisse donc la parole de Dieu me
consumer! Entre sa colère et la vôtre, mon ami, il n'y aura
pour moi que larmes et que prières. Vous vous demande-
rez peut-être pourquoi vous écrire? Hélas! ne m'en voulez
pas de conserver une lueur d'espérance, de jeter encore un
soupir sur la vie heureuse avant de la quitter pour un jamais.

Je suis dans une horrible situation. J'ai toute la sérénité que communique à l'âme une grande résolution, et sens encore les derniers grondements de l'orage. Dans cette terrible aventure qui m'a tant attachée à vous, Armand, vous alliez du désert à l'oasis, mené par un bon guide. Eh bien, moi, je me traîne de l'oasis au désert, et vous m'êtes un guide sans pitié. Néanmoins, vous seul, mon ami, pouvez comprendre la mélancolie des derniers regards que je jette au bonheur, et vous êtes le seul auquel je puisse me plaindre sans rougir. Si vous m'exaucez, je serai heureuse ; si vous êtes inexorable, j'expierai mes torts. Enfin, n'est-il pas naturel à une femme de vouloir rester dans la mémoire de son aimé, revêtue de tous les sentiments nobles ? Oh ! seul cher à moi ! laissez votre créature s'ensevelir avec la croyance que vous la trouverez grande. Vos sévérités m'ont fait réfléchir ; et depuis que je vous aime bien, je me suis trouvée moins coupable que vous ne le pensez. Écoutez donc ma justification, je vous la dois ; et vous, qui êtes tout pour moi dans le monde, vous me devez au moins un instant de justice.

« J'ai su, par mes propres douleurs, combien mes coquetteries vous ont fait souffrir ; mais alors, j'étais dans une complète ignorance de l'amour. Vous êtes, vous, dans le secret de ces tortures, et vous me les imposez. Pendant les huit premiers mois que vous m'avez accordés, vous ne vous êtes point fait aimer. Pourquoi, mon ami ? Je ne sais pas plus vous le dire, que je ne puis vous expliquer pourquoi je vous aime. Ah ! certes, j'étais flattée de me voir l'objet de vos discours passionnés, de recevoir vos regards de feu ; mais vous me laissiez froide et sans désirs. Non, je n'étais point femme, je ne concevais ni le dévouement ni le bonheur de notre sexe. À qui la faute ! Ne m'auriez-vous pas méprisée, si je m'étais livrée sans entraînement ? Peut-être est-ce le sublime de notre sexe, de se donner sans recevoir aucun plaisir ; peut-être n'y a-t-il aucun mérite à s'abandonner à

des jouissances connues et ardemment désirées? Hélas!
mon ami, je puis vous le dire, ces pensées me sont venues
quand j'étais si coquette pour vous; mais je vous trouvais
déjà si grand, que je ne voulais pas que vous me dussiez à
la pitié... Quel mot viens-je d'écrire? Ah! j'ai repris chez
vous toutes mes lettres, je les jette au feu! Elles brûlent.
Tu ne sauras jamais ce qu'elles accusaient d'amour, de passion, de folie... Je me tais, Armand, je m'arrête, je ne veux
plus rien vous dire de mes sentiments. Si mes vœux n'ont
pas été entendus d'âme à âme, je ne pourrais donc plus,
moi aussi, moi la femme, ne devoir votre amour qu'à votre
pitié. Je veux être aimée irrésistiblement ou laissée impitoyablement. Si vous refusez de lire cette lettre, elle sera
brûlée. Si, l'ayant lue, vous n'êtes pas trois heures après,
pour toujours, mon seul époux, je n'aurai point de honte à
vous la savoir entre les mains : la fierté de mon désespoir
garantira ma mémoire de toute injure, et ma fin sera digne
de mon amour. Vous-même, ne me rencontrant plus sur
cette terre, quoique vivante, vous ne penserez pas sans frémir à une femme qui, dans trois heures, ne respirera plus
que pour vous accabler de sa tendresse, à une femme
consumée par un amour sans espoir, et fidèle, non pas à
des plaisirs partagés, mais à des sentiments méconnus. La
duchesse de La Vallière [1] pleurait un bonheur perdu, sa puissance évanouie; tandis que la duchesse de Langeais sera
heureuse de ses pleurs et restera pour vous un pouvoir.

---

1. Louise de La Vallière (1644-1710) : favorite de Louis XIV auquel
elle donne plusieurs enfants, se voit préférer Mme de Montespan
(1640-1707) et se tourne vers la religion, elle rédige alors ses *Réflexions
sur la miséricorde de Dieu*. Elle se retire de la Cour en 1674 et choisit
d'entrer en religion au couvent des Grandes-Carmélites du faubourg
Saint-Jacques, ce qui implique un total abandon de la vie mondaine :
elle prononce ses vœux perpétuels, et prend le nom de Louise de la
Miséricorde.

Oui, vous me regretterez. Je sens bien que je n'étais pas de ce monde, et vous remercie de me l'avoir prouvé. Adieu, vous ne toucherez point à ma hache ; la vôtre était celle du bourreau, la mienne est celle de Dieu ; la vôtre tue, et la mienne sauve. Votre amour était mortel, il ne savait supporter ni le dédain ni la raillerie ; le mien peut tout endurer sans faiblir, il est immortellement vivace. Ah ! j'éprouve une joie sombre à vous écraser, vous qui vous croyez si grand, à vous humilier par le sourire calme et protecteur des anges faibles qui prennent, en se couchant aux pieds de Dieu, le droit et la force de veiller en son nom sur les hommes. Vous n'avez eu que de passagers désirs ; tandis que la pauvre religieuse vous éclairera sans cesse de ses ardentes prières, et vous couvrira toujours des ailes de l'amour divin. Je pressens votre réponse, Armand, et vous donne rendez-vous... dans le ciel. Ami, la force et la faiblesse y sont également admises ; toutes deux sont des souffrances. Cette pensée apaise les agitations de ma dernière épreuve. Me voilà si calme, que je craindrais de ne plus t'aimer, si ce n'était pour toi que je quitte le monde.

«ANTOINETTE.»

«Cher vidame, dit la duchesse en arrivant à la maison de Montriveau, faites-moi la grâce de demander à la porte s'il est chez lui.»

Le commandeur, obéissant à la manière des hommes du dix-huitième siècle, descendit et revint dire à sa cousine un oui qui la fit frissonner. À ce mot, elle prit le commandeur, lui serra la main, se laissa baiser par lui sur les deux joues, et le pria de s'en aller sans l'espionner ni vouloir la protéger.

«Mais les passants ? dit-il.

— Personne ne peut me manquer de respect», répondit-elle.

Ce fut le dernier mot de la femme à la mode et de la duchesse. Le commandeur s'en alla. Mme de Langeais resta sur le seuil de cette porte en s'enveloppant de son manteau, et attendit que huit heures sonnassent. L'heure expira. Cette malheureuse femme se donna dix minutes, un quart d'heure ; enfin, elle voulut voir une nouvelle humiliation dans ce retard, et la foi l'abandonna. Elle ne put retenir cette exclamation : « Ô mon Dieu ! » puis quitta ce funeste seuil. Ce fut le premier mot de la carmélite.

Montriveau avait une conférence avec quelques amis, il les pressa de finir, mais sa pendule retardait, et il ne sortit pour aller à l'hôtel de Langeais qu'au moment où la duchesse, emportée par une rage froide, fuyait à pied dans les rues de Paris. Elle pleura quand elle atteignit le boulevard d'Enfer. Là, pour la dernière fois, elle regarda Paris fumeux, bruyant, couvert de la rouge atmosphère produite par ses lumières ; puis elle monta dans une voiture de place, et sortit de cette ville pour n'y jamais rentrer. Quand le marquis de Montriveau vint à l'hôtel de Langeais, il n'y trouva point sa maîtresse, et se crut joué. Il courut alors chez le vidame, et y fut reçu au moment où le bonhomme passait sa robe de chambre en pensant au bonheur de sa jolie parente. Montriveau lui jeta ce regard terrible dont la commotion électrique frappait également les hommes et les femmes.

« Monsieur, vous seriez-vous prêté à quelque cruelle plaisanterie ? s'écria-t-il. Je viens de chez Mme de Langeais, et ses gens la disent sortie.

— Il est sans doute arrivé, par votre faute, un grand malheur, répondit le vidame. J'ai laissé la duchesse à votre porte...

— À quelle heure ?

— À huit heures moins un quart.

— Je vous salue», dit Montriveau qui revint précipitamment chez lui pour demander à son portier s'il n'avait pas vu dans la soirée une dame à la porte.

«Oui, monsieur, une belle femme qui paraissait avoir bien du désagrément. Elle pleurait comme une Madeleine, sans faire de bruit, et se tenait droit comme un piquet. Enfin, elle a dit un : Ô mon Dieu! en s'en allant, qui nous a, sous votre respect, crevé le cœur à mon épouse et à moi, qu'étions là sans qu'elle s'en aperçût.»

Ce peu de mots fit pâlir cet homme si ferme. Il écrivit quelques lignes à M. de Ronquerolles, chez lequel il envoya sur-le-champ, et remonta dans son appartement. Vers minuit, le marquis de Ronquerolles arriva.

«Qu'as-tu, mon bon ami?» dit-il en voyant le général.

Armand lui donna la lettre de la duchesse à lire.

«Eh bien? lui demanda Ronquerolles.

— Elle était à ma porte à huit heures, et à huit heures un quart elle a disparu. Je l'ai perdue, et je l'aime! Ah! si ma vie m'appartenait, je me serais déjà fait sauter la cervelle!

— Bah! bah! dit Ronquerolles, calme-toi. Les duchesses ne s'envolent pas comme des bergeronnettes. Elle ne fera pas plus de trois lieues à l'heure; demain, nous en ferons six, nous autres.

«Ah! peste! reprit-il, Mme de Langeais n'est pas une femme ordinaire. Nous serons tous à cheval demain. Dans la journée, nous saurons par la police où elle est allée. Il lui faut une voiture, ces anges-là n'ont pas d'ailes. Qu'elle soit en route ou cachée dans Paris, nous la trouverons. N'avons-nous pas le télégraphe pour l'arrêter sans la suivre? Tu seras heureux. Mais, mon cher frère, tu as commis la faute dont sont plus ou moins coupables les hommes de ton énergie. Ils jugent les autres âmes d'après la leur, et ne savent pas où casse l'humanité quand ils en tendent les cordes. Que ne me disais-tu donc un mot tantôt ? Je t'aurais dit : "Sois exact."

« À demain, donc, ajouta-t-il en serrant la main de Montriveau qui restait muet. Dors, si tu peux. »

Mais les plus immenses ressources dont jamais hommes d'État, souverains, ministres, banquiers, enfin dont tout pouvoir humain se soit socialement investi, furent en vain déployées. Ni Montriveau ni ses amis ne purent trouver la trace de la duchesse. Elle s'était évidemment cloîtrée. Montriveau résolut de fouiller ou de faire fouiller tous les couvents du monde. Il lui fallait la duchesse, quand même il en aurait coûté la vie à toute une ville. Pour rendre justice à cet homme extraordinaire, il est nécessaire de dire que sa fureur passionnée se leva également ardente chaque jour, et dura cinq années. En 1829 seulement, le duc de Navarreins apprit, par hasard, que sa fille était partie pour l'Espagne, comme femme de chambre de lady Julia Hopwood, et qu'elle avait quitté cette dame à Cadix, sans que lady Julia se fût aperçue que Mlle Caroline était l'illustre duchesse dont la disparition occupait la haute société parisienne.

Les sentiments qui animèrent les deux amants quand ils se retrouvèrent à la grille des Carmélites et en présence d'une Mère Supérieure doivent être maintenant compris dans toute leur étendue, et leur violence, réveillée de part et d'autre, expliquera sans doute le dénouement de cette aventure.

Chapitre 4

Dieu fait les dénouements

Donc, en 1823, le duc de Langeais mort, sa femme était libre. Antoinette de Navarreins vivait consumée par l'amour sur un banc de la Méditerranée ; mais le pape pouvait casser les vœux de la sœur Thérèse. Le bonheur acheté par tant d'amour pouvait éclore pour les deux amants. Ces pensées firent voler Montriveau de Cadix à Marseille, de Marseille à Paris. Quelques mois après son arrivée en France, un brick de commerce armé en guerre partit du port de Marseille et fit route pour l'Espagne. Ce bâtiment était frété par plusieurs hommes de distinction, presque tous Français qui, épris de belle passion pour l'Orient, voulaient en visiter les contrées. Les grandes connaissances de Montriveau sur les mœurs de ces pays en faisaient un précieux compagnon de voyage pour ces personnes, qui le prièrent d'être des leurs, et il y consentit. Le ministre de la Guerre le nomma lieutenant général et le mit au comité d'artillerie pour lui faciliter cette partie de plaisir.

Le brick s'arrêta, vingt-quatre heures après son départ, au nord-ouest d'une île en vue des côtes d'Espagne. Le bâtiment avait été choisi assez fin de carène, assez léger de mâture pour qu'il pût sans danger s'ancrer à une demi-lieue environ des récifs qui, de ce côté, défendaient sûrement l'abordage de l'île. Si des barques ou des habitants apercevaient le brick dans ce mouillage, ils ne pouvaient d'abord en concevoir aucune inquiétude. Puis il fut facile d'en justifier aussitôt le stationnement. Avant d'arriver en vue de l'île, Montriveau fit arborer le pavillon des États-Unis. Les matelots engagés pour le service du bâtiment étaient américains et ne parlaient que la langue anglaise. L'un des compagnons de M. de Montriveau les embarqua tous sur une chaloupe et les amena dans une auberge de la petite ville, où il les maintint à une hauteur d'ivresse qui ne leur laissa pas la langue libre. Puis il dit que le brick était monté par des chercheurs de trésors[1], gens connus aux États-Unis pour leur fanatisme, et dont un des écrivains de ce pays a écrit l'histoire. Ainsi la présence du vaisseau dans les récifs fut suffisamment expliquée. Les armateurs et les passagers y cherchaient, dit le prétendu contre-maître des matelots, les débris d'un galion échoué en 1778 avec les trésors envoyés du Mexique. Les aubergistes et les autorités du pays n'en demandèrent pas davantage.

Armand et les amis dévoués qui le secondaient dans sa difficile entreprise pensèrent tout d'abord que ni la ruse ni la force ne pouvaient faire réussir la délivrance ou l'enlèvement de la sœur Thérèse du côté de la petite ville. Alors, d'un commun accord, ces hommes d'audace résolurent d'attaquer le taureau par les cornes. Ils voulurent se frayer un chemin jusqu'au couvent par les lieux mêmes où tout accès y semblait impraticable, et de vaincre la nature, comme le général Lamarque l'avait vaincue à l'assaut de Caprée[2]. En cette circonstance, les tables de granit taillées à pic au bout de l'île, leur offraient moins de prise que celles de Caprée n'en avaient offert à Montriveau, qui fut de cette incroyable

---

1. On perçoit ici les traces du roman d'aventures et l'influence des romans maritimes de James Fenimore Cooper (1789-1851) : *Le Corsaire rouge, L'Écumeur des mers.*
2. Il s'agit de Capri qui fut prise aux Anglais par le général Jean Maximilien Lamarque (1770-1832) en 1808.

expédition, et les nonnes lui semblaient plus redoutables que ne le fut sir Hudson Lowe. Enlever la duchesse avec fracas couvrait ces hommes de honte. Autant aurait valu faire le siège de la ville, du couvent, et ne pas laisser un seul témoin de leur victoire, à la manière des pirates. Pour eux cette entreprise n'avait donc que deux faces. Ou quelque incendie, quelque fait d'armes qui effrayât l'Europe en y laissant ignorer la raison du crime ; ou quelque enlèvement aérien, mystérieux, qui persuadât aux nonnes que le diable leur avait rendu visite. Ce dernier parti triompha dans le conseil secret tenu à Paris avant le départ. Puis, tout avait été prévu pour le succès d'une entreprise qui offrait à ces hommes blasés des plaisirs de Paris un véritable amusement.

Une espèce de pirogue d'une excessive légèreté, fabriquée à Marseille d'après un modèle malais, permit de naviguer dans les récifs jusqu'à l'endroit où ils cessaient d'être praticables. Deux cordes en fil de fer, tendues parallèlement à une distance de quelques pieds sur des inclinaisons inverses, et sur lesquelles devaient glisser les paniers également en fil de fer, servirent de pont, comme en Chine, pour aller d'un rocher à l'autre. Les écueils furent ainsi unis les uns aux autres par un système de cordes et de paniers qui ressemblaient à ces fils sur lesquels voyagent certaines araignées, et par lesquels elles enveloppent un arbre ; œuvre d'instinct que les Chinois, ce peuple essentiellement imitateur, a copiée le premier, historiquement parlant. Ni les lames ni les caprices de la mer ne pouvaient déranger ces fragiles constructions. Les cordes avaient assez de jeu pour offrir aux fureurs des vagues cette courbure étudiée par un ingénieur, feu Cachin [1], l'immortel créateur du port de

---

1. Joseph-Marie-François Cachin (1757-1825). Admis en 1776 à l'école des Ponts et Chaussées, il en sort avec le titre d'ingénieur ordinaire du roi pour les Ponts et Chaussées. En 1799, il présente le pro-

Cherbourg, la ligne savante au-delà de laquelle cesse le pouvoir de l'eau courroucée ; courbe établie d'après une loi dérobée aux secrets de la nature par le génie de l'observation, qui est presque tout le génie humain.

Les compagnons de M. de Montriveau étaient seuls sur ce vaisseau. Les yeux de l'homme ne pouvaient arriver jusqu'à eux. Les meilleures longues-vues braquées du haut des tillacs par les marins des bâtiments à leur passage n'eussent laissé découvrir ni les cordes perdues dans les récifs ni les hommes cachés dans les rochers. Après onze jours de travaux préparatoires, ces treize démons humains arrivèrent au pied du promontoire élevé d'une trentaine de toises au-dessus de la mer, bloc aussi difficile à gravir par des hommes qu'il peut l'être à une souris de grimper sur les contours polis du ventre en porcelaine d'un vase uni. Cette table de granit était heureusement fendue. Sa fissure, dont les deux lèvres avaient la roideur de la ligne droite, permit d'y attacher, à un pied de distance, de gros coins de bois dans lesquels ces hardis travailleurs enfoncèrent des crampons de fer. Ces crampons, préparés à l'avance, étaient terminés par une palette trouée sur laquelle ils fixèrent une marche faite avec une planche de sapin extrêmement légère qui venait s'adapter aux entailles d'un mât aussi haut que le promontoire et qui fut assujettie dans le roc au bas de la grève. Avec une habileté digne de ces hommes d'exécution, l'un d'eux, profond mathématicien, avait calculé l'angle nécessaire pour écarter graduellement les marches en haut et en bas du mât, de manière à placer dans son milieu le point à partir duquel les marches de la partie supérieure gagnaient en éventail le haut du rocher ; figure également représen-

jet de Cherbourg et, le 15 mars 1805, un décret impérial ordonne qu'un port soit creusé pour les plus grands vaisseaux de guerre dans le roc de Cherbourg.

tée, mais en sens inverse, par les marches d'en bas. Cet escalier, d'une légèreté miraculeuse et d'une solidité parfaite, coûta vingt-deux jours de travail. Un briquet phosphorique, une nuit et le ressac de la mer suffisaient à en faire disparaître éternellement les traces. Ainsi nulle indiscrétion n'était possible, et nulle recherche contre les violateurs du couvent ne pouvait avoir de succès.

Sur le haut du rocher se trouvait une plate-forme, bordée de tous côtés par le précipice taillé à pic. Les treize inconnus, en examinant le terrain avec leurs lunettes du haut de la hune, s'étaient assurés que, malgré quelques aspérités, ils pourraient facilement arriver aux jardins du couvent, dont les arbres suffisamment touffus offraient de sûrs abris. Là, sans doute, ils devaient ultérieurement décider par quels moyens se consommerait le rapt de la religieuse. Après de si grands efforts, ils ne voulurent pas compromettre le succès de leur entreprise en risquant d'être aperçus, et furent obligés d'attendre que le dernier quartier de la lune expirât.

Montriveau resta, pendant deux nuits, enveloppé dans son manteau, couché sur le roc. Les chants du soir et ceux du matin lui causèrent d'inexprimables délices. Il alla jusqu'au mur, pour pouvoir entendre la musique des orgues, et s'efforça de distinguer une voix dans cette masse de voix. Mais, malgré le silence, l'espace ne laissait parvenir à ses oreilles que les effets confus de la musique. C'était de suaves harmonies où les défauts de l'exécution ne se faisaient plus sentir, et d'où la pure pensée de l'art se dégageait en se communiquant à l'âme, sans lui demander ni les efforts de l'attention ni les fatigues de l'entendement. Terribles souvenirs pour Armand, dont l'amour reflorissait tout entier dans cette brise de musique, où il voulut trouver d'aériennes promesses de bonheur. Le lendemain de la dernière nuit, il descendit avant le lever du soleil, après être resté durant plusieurs heures les yeux attachés sur la fenêtre d'une cellule sans grille. Les grilles n'étaient pas nécessaires au-dessus de ces abîmes. Il y avait vu de la lumière pendant toute la nuit. Or, cet instinct du cœur, qui trompe aussi souvent qu'il dit vrai, lui avait crié : « Elle est là ! »

« Elle est certainement là, et demain je l'aurai », se dit-il en mêlant de joyeuses pensées aux tintements d'une cloche qui sonnait lentement. Étrange bizarrerie du cœur ! il aimait avec plus de passion la religieuse dépérie dans les élancements de l'amour, consumée par les larmes, les jeûnes, les veilles et la prière, la femme de vingt-neuf ans fortement éprouvée, qu'il n'avait aimé la jeune fille légère, la femme de vingt-quatre ans, la sylphide. Mais les hommes d'âme vigoureuse n'ont-ils pas un penchant qui les entraîne vers les sublimes expressions que de nobles malheurs ou d'impétueux mouvements de pensées ont gravées sur le visage d'une femme ? La beauté d'une femme endolorie n'est-elle pas la plus attachante de toutes pour les hommes qui se sentent au cœur un trésor inépuisable de consolations et de tendresses à répandre sur une créature gracieuse de faiblesse et forte par le sentiment. La beauté fraîche, colorée, unie, le *joli* en un mot, est l'attrait vulgaire auquel se prend la médiocrité. Montriveau devait aimer ces visages où l'amour se réveille au milieu des plis de la douleur et des ruines de la mélancolie. Un amant ne fait-il pas alors saillir, à la voix de ses puissants désirs, un être tout nouveau, jeune, palpitant, qui brise pour lui seul une enveloppe belle pour lui, détruite pour le monde ? Ne possède-t-il pas deux femmes : celle qui se présente aux autres pâle, décolorée, triste ; puis celle du cœur que personne ne voit, un ange qui comprend la vie par le sentiment, et ne paraît dans toute sa gloire que pour les solennités de l'amour ? Avant de quitter son poste, le général entendit de faibles accords qui partaient de cette cellule, douces voix pleines de tendresse. En revenant sous le rocher au bas duquel se tenaient ses amis, il leur dit en quelques mots, empreints de cette passion communicative quoique discrète dont les hommes respectent toujours l'expression grandiose, que jamais, en sa vie, il n'avait éprouvé de si captivantes félicités.

Le lendemain soir, onze compagnons dévoués se hissèrent dans l'ombre en haut de ces rochers, ayant chacun sur eux un poignard, une provision de chocolat et tous les instruments que comporte le métier des voleurs. Arrivés au mur d'enceinte, ils le franchirent au moyen d'échelles qu'ils avaient fabriquées, et se trouvèrent dans le cimetière du couvent. Montriveau reconnut et la longue galerie voûtée par laquelle il était venu naguère au parloir, et les fenêtres de cette salle. Sur-le-champ, son plan fut fait et adopté. S'ouvrir un passage par la fenêtre de ce parloir qui en éclairait la partie affectée aux carmélites, pénétrer dans les corridors, voir si les noms étaient inscrits sur chaque cellule, aller à celle de la sœur Thérèse, y surprendre et bâillonner la religieuse pendant son sommeil, la lier et l'enlever, toutes ces parties du programme étaient faciles pour des hommes qui, à l'audace, à l'adresse des forçats, joignaient les connaissances particulières aux gens du monde, et auxquels il était indifférent de donner un coup de poignard pour acheter le silence.

La grille de la fenêtre fut sciée en deux heures. Trois hommes se mirent en faction au-dehors, et deux autres restèrent dans le parloir. Le reste, pieds nus, se posta de distance en distance à travers le cloître où s'engagea Montriveau, caché derrière un jeune homme, le plus adroit d'entre eux, Henri de Marsay, qui, par prudence, s'était vêtu d'un costume de carmélite absolument semblable à celui du couvent. L'horloge sonna trois heures quand la fausse religieuse et Montriveau parvinrent au dortoir. Ils eurent bientôt reconnu la situation des cellules. Puis, n'entendant aucun bruit, ils lurent, à l'aide d'une lanterne sourde, les noms heureusement écrits sur chaque porte, et accompagnés de ces devises mystiques, de ces portraits de saints ou de saintes que chaque religieuse inscrit en forme d'épigraphe sur le nouveau rôle de sa vie, et où elle révèle sa dernière pensée. Arrivé à la cellule de la sœur Thérèse, Montriveau lut cette inscription : *Sub invocatione sanctae matris Theresae !* La devise était : *Adoremus in œternum* [1]. Tout à coup son compagnon lui mit la main sur l'épaule, et lui fit voir une vive lueur qui éclairait les dalles du corridor par la fente de la porte. En ce moment, M. de Ronquerolles les rejoignit.

« Toutes les religieuses sont à l'église et commencent l'office des morts, dit-il.

— Je reste, répondit Montriveau ; repliez-vous dans le parloir, et fermez la porte de ce corridor. »

Il entra vivement en se faisant précéder de la fausse religieuse, qui rabattit son voile. Ils virent alors, dans l'antichambre de la cellule, la duchesse morte, posée à terre sur la planche de son lit, et éclairée par deux cierges. Ni Montriveau ni de Marsay ne dirent une parole, ne jetèrent un cri ; mais ils se regardèrent. Puis le général fit un geste qui voulait dire : « Emportons-la. »

« Sauvez-vous, cria Ronquerolles, la procession des religieuses se met en marche, vous allez être surpris. »

Avec la rapidité magique que communique aux mouvements un extrême désir, la morte fut apportée dans le parloir, passée par la fenêtre et transportée au pied des murs, au moment où l'abbesse, suivie des religieuses, arrivait pour prendre le corps de la sœur Thérèse. La sœur chargée de garder la morte avait eu l'imprudence de fouiller dans sa chambre pour en connaître les secrets, et s'était si fort occupée à cette recherche qu'elle n'entendit rien et sortait

---

1. « Adorons pour l'éternité. »

alors épouvantée de ne plus trouver le corps. Avant que ces femmes stupéfiées n'eussent la pensée de faire des recherches, la duchesse avait été descendue par une corde en bas des rochers et les compagnons de Montriveau avaient détruit leur ouvrage. À neuf heures du matin, nulle trace n'existait ni de l'escalier ni des ponts de cordes ; le corps de la sœur Thérèse était à bord ; le brick vint au port embarquer ses matelots, et disparut dans la journée. Montriveau resta seul dans sa cabine avec Antoinette de Navarreins, dont, pendant quelques heures, le visage resplendit complaisamment pour lui des sublimes beautés dues au calme particulier que prête la mort à nos dépouilles mortelles.

« Ah ! çà, dit Ronquerolles à Montriveau quand celui-ci reparut sur le tillac, c'était une femme, maintenant ce n'est rien. Attachons un boulet à chacun de ses pieds, jetons-la dans la mer, et n'y pense plus que comme nous pensons à un livre lu pendant notre enfance.

— Oui, dit Montriveau, car ce n'est plus qu'un poème.

— Te voilà sage. Désormais aie des passions ; mais de l'amour, il faut savoir le bien placer, et il n'y a que le dernier amour d'une femme qui satisfasse le premier amour d'un homme. »

Genève, au Pré-Lévêque,
26 janvier 1834 [1].

---

1. Cette date est significative, elle inscrit pour l'éternité la date de la revanche de Balzac : quinze mois après s'être fait congédier par la duchesse de Castries, il obtient au même endroit les preuves d'amour de Mme Hanska.

De la sculpture

au texte

Agnès Verlet

De la sculpture au texte

La Transverbération de sainte Thérèse d'Avila du Bernin

… un mélange de féminité et de langueur mystique…

La sculpture qui est au-dessus de l'autel de l'église Santa Maria della Vittoria, à Rome, est une des plus célèbres du Bernin (Gian Lorenzo Bernini dit le Cavalier, 1598-1680). Elle représente une femme, transpercée au cœur par un ange semblant lui apporter une mort très douce qui pourrait aussi bien être une amoureuse jouissance. De son corps abandonné dans une pose alanguie, noyé dans les plis de sa robe, apparaît seulement une main, inerte, un pied, posé sur un banc de nuages, la tête renversée en arrière, le visage lumineux, les paupières mi-closes, la bouche entrouverte laissant échapper des gémissements. Cette image de femme, connue sous le titre de *Transverbération de sainte Thérèse,* est celle d'un ravissement extatique, d'une défaillance dans une transe érotique, un mélange de féminité et de langueur mystique : si l'angelot au visage radieux qui darde son javelot sur la poitrine de la femme ne descendait du ciel et ne portait des ailes, on pourrait aisément le prendre pour un Cupidon, messager de Vénus.

Ce groupe sculpté par le Bernin entre 1641 et 1651

pour un édifice religieux, la chapelle d'une église romaine, se trouve placé au-dessus de l'autel et illustre une scène religieuse édifiante. Il représente la grande mystique espagnole, Thérèse d'Avila, canonisée en 1622. Elle est transfigurée par l'amour divin, dans un état d'extase et même de lévitation. La sainte, qui a écrit son autobiographie et des poèmes, a elle-même analysé le mélange de plaisir et de souffrance extrêmes qu'elle ressentit au cours de cette vision qui fut considérée comme la plus importante (et finalement canonique) de ses expériences mystiques. Voici le récit qu'elle en fit, et qui servit de programme au sculpteur : « Je voyais près de moi, du côté gauche, un ange sous une forme corporelle. [...] Il n'était pas grand, mais petit et extrêmement beau ; à son visage enflammé il paraissait être des plus élevés parmi ceux qui semblent tout embrasés d'amour. [...] Je voyais donc l'ange qui tenait à la main un long dard en or, dont l'extrémité en fer portait, je crois, un peu de feu. Il me semblait qu'il le plongeait parfois au travers de mon cœur et l'enfonçait jusqu'aux entrailles. En le retirant, on aurait dit que ce fer les emporterait avec lui et me laissait tout entière embrasée d'un immense amour de Dieu. La douleur était si vive qu'elle me faisait pousser ces gémissements dont j'ai parlé. Mais la suavité causée par ce tourment incomparable est si excessive que l'âme ne peut en désirer la fin ni se contenter de rien en dehors de Dieu. [...] La douleur fut si grande que je criai à pleine voix ; mais en même temps, je sentis une douceur tellement infinie que je souhaitai que la douleur durât éternellement. Ce n'était pas une douleur corporelle, mais physique, bien que, jusqu'à un certain point, elle affectât aussi le corps. C'est la plus douce caresse de l'âme par Dieu. »

... l'ambivalence profonde qui émane de son chant...

C'est dans une telle ambivalence des émotions qu'Honoré de Balzac (1799-1850) commence son roman en décrivant longuement le chant passionné qui emporte la sœur Thérèse, au moment où le général Montriveau la retrouve, cloîtrée dans un couvent de Carmélites du sud de l'Espagne. La religieuse chante le *Te Deum* et le *Magnificat* avec des accents véhéments qui expriment « l'exaltation de l'âme en présence du Dieu toujours vivant ». Mais dans ce chant qui « échauffe » l'église, le général entend aussi « l'expression d'un cœur presque effrayé de son bonheur, en présence des splendeurs d'un périssable amour qui durait encore et venait l'agiter au-delà de la tombe religieuse où s'ensevelissent les femmes pour renaître épouses du Christ ». Dès les premières pages, Balzac plonge le lecteur dans l'univers ambigu d'un couvent de femmes, dans le « désert » et la solitude d'une retraite hors du siècle, dans l'isolement absolu d'un monde cloîtré où s'exacerbent les tourments passionnels. Par la diversité de ses impressions sonores, la musique se fait la métaphore du mélange d'amour charnel et d'amour divin, de vie et de mort, de délices et de tourments qui hante la duchesse devenue carmélite. Le début du roman, comme la fin, focalise l'attention du lecteur sur l'ambivalence profonde qui émane de son chant. Balzac explicite le rapprochement entre son personnage et la sainte en lui donnant pour patronne en religion Thérèse d'Avila. La grande mystique espagnole, originaire de Tolède, s'enfuit de la maison paternelle pour entrer au Carmel à l'âge de vingt-deux ans. Balzac insiste ainsi sur l'univers de passion amoureuse sublimée qu'il a entrepris d'explorer à travers la relation de la duchesse de Langeais et du général Montriveau. L'incipit du roman fait même allusion à l'œuvre réformatrice de la sainte espagnole qui imposa un règlement particulièrement sévère à l'ordre des Carmélites et Carmes déchaux (ou déchaussés, car ils vont pieds nus dans des sandales, par esprit de pauvreté) : « Il existe dans une ville espagnole située sur une île de la Méditerranée, un couvent de Carmélites Déchaussées où la règle de l'ordre institué par sainte Thérèse s'est conservée dans la rigueur primitive de la réformation due à cette illustre femme. »

Le deuxième chapitre décrit les salons du faubourg Saint-Germain comme les lieux de plaisirs éphémères, où la duchesse, de même que tous les aristocrates de la Restauration, vivait sous le regard des autres, « dans une sorte de fièvre de vanité, de perpétuelle jouissance qui l'étourdissait », pour se retrouver « seule et froide » après le bal, une fois « le rideau tombé ». Cette théâtralisation de la vie et de la mort est précisément ce que le Bernin a mis en scène dans la chapelle de Rome. L'artiste, que le pape Urbain VIII désignera comme « le grand ordonnateur des arts », déploya une activité d'architecte et de décorateur pour des monuments religieux et profanes, notamment à Saint-Pierre de Rome. Le Bernin fut sollicité en 1647 par le cardinal Cornaro pour Santa Maria della Vittoria à cause de sa renommée et de ses grandes réalisations romaines. L'ouvrage qui lui fut commandé ne s'adresse pas à son seul talent de sculpteur. Le cardinal, qui avait acquis un droit de sépulture dans le transept gauche de cette nouvelle église des Carmes déchaussés à Rome, souhaitait commémorer sa propre personne et les membres de sa glorieuse famille. Il s'agit donc d'une chapelle funéraire, mais la mort y est représentée avec une ostentation caractéristique du baroque italien, dans son désir de susciter l'étonnement, *stupore incredibili*. La canonisation récente de la sainte fournit le sujet. Mais loin de se limiter à la sculpture de la mystique espagnole dans la scène canonique de son existence, l'artiste, qui avait dessiné pour le pape le baldaquin du tombeau de saint Pierre, fit de cette chapelle un ensemble réunissant architecture, sculpture, décoration et peinture, dans une théâtralité toute baroque.

... la théâtralité de son dispositif sollicite pleinement les sens du spectateur...

Protégé par un grand baldaquin à double colonnade de marbre verdâtre, gris-bleu et rougeâtre, le groupe sculpté se trouve dans une niche au-dessus de l'autel, sur un fond d'albâtre iridescent. Sur cette scène ovale, avec un *proscenium* encadré par des piliers carrés, les deux paires de colonnes soutiennent un fronton brisé, dont le centre convexe et les côtés concaves dessinent une courbe en S, caractéristique de l'architecture baroque. Par le mouvement des éléments architecturaux dans l'espace, le drame sacré qui se joue dans l'enceinte aux contours délimités semble déborder du cadre. Cette impression visuelle, si fréquente dans les façades d'églises de style jésuite, est soulignée par un éclairage spectaculaire qui vient de plusieurs sources. Une lumière zénithale, chaude et mystérieuse, qui tombe d'une fenêtre de verre jaune cachée derrière le fronton, colore d'un rouge cuivré les rayons d'or qui descendent du fronton. La lumière joue subtilement sur le marbre très blanc et poli des figures, et donne mouvement et relief à la cascade de plis qui enveloppent le corps de la sainte. Autour de la sculpture si blanche, le marbre des colonnes et des panneaux crée une débauche de couleurs, qu'accentuent les autres sources d'éclairage : le jour qui tombe du vitrail, en haut du mur du transept, la lumière projetée d'une source cachée et dirigée vers le retable, la lueur venant de la nef qui se trouve reflétée par les marbres polis, et celle des nombreux cierges qui brûlent en l'honneur de la sainte. Couleur et mouvement font donc ressortir la blancheur de la sculpture centrale.

Au-delà du baldaquin de marbre, la scène déborde également du cadre par la décoration de la chapelle, du plafond, du pavement et des murs latéraux. Dans le ciel peint sur la voûte, des anges ont repoussé les nuages pour que la lumière céleste tombe sur la sainte. Sur le fronton, on aperçoit des angelots restés au ciel : ils regardent descendre les rayons sur lesquels ils soufflent pour entourer d'un nimbe le séraphin dont l'apparition produit l'extase de Thérèse. Le pavement de marbre de la chapelle à vocation funéraire fait aussi partie de la mise en scène. Il est incrusté de deux marqueteries circulaires dans lesquelles des squelettes en prière sont représentés à mi-corps : ces médaillons désignent les portes du séjour souterrain des ombres où les morts tentent de ressusciter par la force des prières. Sur le devant de l'autel est figurée la Cène, le dernier repas que le Christ partage avec ses disciples avant la Passion et la Résurrection. L'ensemble représente ainsi, au sol, le monde souterrain, celui des défunts, et au plafond, le monde céleste, celui du royaume de Dieu. Entre les deux figurent les vivants : les disciples du Christ, la sainte Thérèse visitée par un ange envoyé du ciel. Sur les côtés, de part et d'autre de la scène, on voit des hommes installés dans des loges, comme au théâtre : les membres de la famille Cornaro y apparaissent, appuyés sur des prie-Dieu, conversant ou regardant, comme s'ils étaient des êtres humains, des spectateurs aussi vivants que nous. Ce mélange d'architecture fictive et réelle, propre au baroque, a pour fonction de donner l'illusion du réel, de produire dans l'esprit du spectateur une confusion entre la réalité et la fiction, la vie et la mort. Mais le décor d'ensemble est d'une théâtralité et d'une splendeur qui ont pour effet d'éblouir par leur magnificence, de bouleverser celui qui regarde afin de susciter son émotion religieuse et d'obtenir son adhésion, tout en créant une sensation de mystère et de présence divine. Le Bernin fait œuvre, ici, d'artiste complet, architecte, sculpteur, décorateur, peintre, scénographe, et la théâtralité de son dispositif, qui met en valeur la scène centrale, sollicite pleinement les sens du spectateur dans sa contemplation de la sainte en extase. L'élévation de l'âme est ainsi supposée passer par l'émotion esthétique et la jouissance des sens.

... les êtres passionnés sont en proie au désir qui détruit...

Cette vision baroque de l'art n'est pas étrangère à celle que développent les romantiques, et Balzac en particulier, sous l'influence du philosophe suédois Emanuel Swedenborg (1688-1772). Balzac croit en une correspondance entre les arts, en une espèce de poésie secrète et diffuse qui se dégage de toute forme d'art, par lequel l'esprit quitte la matérialité du corps pour accéder à des sphères célestes. Dans un de ses romans philosophiques, *Séraphita*, Balzac illustre la théorie swedenborgienne de la correspondance entre les arts et de la synesthésie (ou correspondance entre les sens), qui aboutit à l'assomption du personnage éponyme. Puisque la lumière et l'harmonie, la couleur et le son peuvent s'identifier, la peinture et la musique présentent des similitudes. Bien plus, la poésie, la musique, la peinture et la sculpture trouvent leur source commune dans une poésie cosmique et une contemplation de la Beauté que l'artiste n'entrevoit que partiellement. Certaines nouvelles, comme « Le chef-d'œuvre inconnu » ou « Massimila Doni », ont pour thème l'impossibilité de la réalisation d'une œuvre et l'insatisfaction essentielle de l'artiste qui, comme tout être passionné chez Balzac, est détruit par son désir et dévoré par sa « recherche de l'absolu ». En dédiant *La Duchesse de Langeais* au grand compositeur Franz Liszt (1811-1886), et *La Fille aux yeux d'or* au peintre Eugène Delacroix (1798-1863), Balzac insiste sur l'analogie qu'il a souvent établie entre passion artistique et passion amoureuse. Car les êtres passionnés sont en proie au désir qui détruit, à une soif d'infini vertigineuse, au mystère du surnaturel qu'ils affrontent et redoutent en même temps. La passion, de la même façon que la pensée, est en quelque sorte contre nature, comme Balzac l'écrit dans *Des artistes* : « Une pensée peut tuer un homme. » La pensée accroît sa puissance destructrice, si elle cède à la tentation de se désincarner et de rompre ses attaches avec la substance biologique : elle consume l'énergie vitale mais elle s'en nourrit, de même que la passion consume la vie en lui imposant une excessive effusion de substance. C'est d'une telle passion que souffre Mme de Langeais à partir du moment fatal où elle se reconnaît éprise de Montriveau qui ne répond plus à son amour. Balzac compare à l'extase religieuse le paroxysme des sentiments et des « tyrannies furieuses » qu'elle ressent alors, considérant qu'une passion spirituelle est de même nature que l'extase religieuse : « L'extase religieuse est la folie de la pensée dégagée de ses liens corporels ; tandis que, dans l'extase amoureuse, se confondent, s'unissent et s'embrassent les forces de nos deux natures. » L'édition originale du roman insistait encore sur le rapprochement entre la duchesse de Langeais et la sainte mystique puisqu'elle portait en épigraphe un texte dont sainte Thérèse elle-même est l'auteur, un extrait du *Chemin de la perfection,* dont voici le début : « C'est une chose merveilleuse que de voir combien cet amour est cordial et véhément ; combien de larmes il fait répandre ; combien d'oraisons il coûte […]. »

… les deux visages de l'érotisme, jouissance et mort, extase et agonie…

La sculpture du Bernin exalte l'érotisme de l'extase mystique. Le nuage de marbre brut sur lequel est posé le corps de la sainte donne une impression d'envol ou de lévitation, comparable à l'assomption de Séraphita : les rayons dardés du ciel assurent le lien entre cet état d'apesanteur et l'élévation vers le monde divin. L'ange lui-même, qui contemple le visage extasié de la femme d'un air radieux, soulève avec une délicate sensualité le tissu de la robe. L'étoffe, bien qu'elle soit sculptée dans la dure pierre du marbre, semble d'une fluidité extrême, comme d'ailleurs le plissé du vêtement, avec le jeu subtil que les ombres donnent à son relief. La Thérèse du Bernin, dans l'abandon de son corps et l'expression de son visage, exhale une volupté que le psychanalyste Jacques Lacan a mise en évidence dans un

séminaire sur la féminité : « Vous n'avez qu'à aller regarder à Rome la statue du Bernin pour comprendre tout
de suite qu'elle jouit, sainte Thérèse, ça ne fait pas de
doute. Et de quoi jouit-elle ? Il est clair que le témoi-
gnage essentiel des mystiques, c'est justement de dire
qu'ils l'éprouvent, mais qu'ils n'en savent rien. »

Balzac, en racontant le destin tragique de la duchesse
victime de la justice punitive des Treize, associe la mort
à cette mystérieuse jouissance. Éros et Thanatos mar-
chent souvent de concert, conformément à la tradition
antique qu'ont renouvelée les romantiques. L'écrivain
Georges Bataille (1897-1962) a fait l'histoire de ce lien
entre l'amour et la mort en montrant que le désir est
toujours transgressif et que l'érotisme trouve son exaltation dans la douleur et la mort. Cette ambivalence de
la jouissance, qui est celle de la duchesse tout autant
que de sainte Thérèse, le Bernin a su la trouver dans les
dernières années de sa vie en sculptant le corps
agonisant de Ludovica Albertoni, pour la chapelle
des Franciscains du Trastevere, San Francesco a Ripa :
la bienheureuse, allongée sur un divan, la tête renversée en arrière, retient son cœur entre ses deux mains
crispées, convulsée dans le spasme de l'agonie. Les deux
sculptures romaines, celle de sainte Thérèse et celle de
la bienheureuse Ludovica, expriment les deux visages
de l'érotisme, jouissance et mort, extase et agonie. Dans
les *Larmes d'Éros*, Georges Bataille considère la religion
comme l'une des formes les plus élaborées de l'érotisme, dans la mesure où l'interdit religieux qui frappe
l'activité sexuelle en exacerbe le désir (donc la trans-
gression de l'interdit). Bien loin d'opposer des réalités
contraires que seraient la volupté et la douleur, Bataille
va même jusqu'à conclure à l'identité de l'extase mystique et de l'horreur extrême : « Limité à son domaine

propre, l'érotisme n'aurait pu accéder à cette vérité fondamentale, donnée dans l'érotisme religieux, l'identité de l'horreur et du religieux. La religion dans son ensemble se fonda sur le sacrifice. Mais seul un détour interminable a permis d'accéder à l'instant où, visiblement, les contraires paraissent liés, où l'horreur religieuse, donnée, nous le savions, dans le sacrifice, se lie à l'abîme de l'érotisme, aux derniers sanglots que seul l'érotisme illumine. »

Le texte

en perspective

Isabelle Mimouni

Mouvement littéraire

Balzac, un romantique ?
un réaliste ?

LA TRADITION VEUT QU'ON IDENTIFIE Balzac et
« réalisme », alors même que c'est un mot que l'écrivain
n'emploie pas et que le terme ne se constitue en doc-
trine esthétique que dans la seconde partie du siècle
(Champfleury, *Le Réalisme*, 1857). Né en 1799, Balzac
appartient d'abord à la génération romantique, et subit
les mêmes influences que ses contemporains.

1.

Les lieux communs du romantisme

1. *La passion*

La Duchesse de Langeais est de ces romans qui permettent de ranger Balzac parmi ses contemporains romantiques. L'œuvre reste célèbre pour la manière dont elle
illustre le sentiment de la passion amoureuse la plus absolue que Balzac s'est proposé ici de définir avec précision :

> L'amour et la passion sont deux différents états de
> l'âme que poètes et gens du monde, philosophes et
> niais confondent continuellement. [...] La passion est

le pressentiment de l'amour et de son infini auquel aspirent les âmes souffrantes. La passion est un espoir qui peut-être sera trompé. Passion signifie à la fois souffrance et transition ; la passion cesse quand l'espérance est morte.

Un thème romantique, donc...

2. *Le goût pour l'Orient*

On retrouve dans ce court roman nombre des aspects les plus manifestes de la période : qu'il s'agisse de la célébration des harmonies musicales (l'œuvre dédiée à Franz Liszt s'ouvre et se ferme sur les chants qu'on entend au couvent des Carmélites) ou de l'intérêt pour l'Orient qui en 1832 a déjà inspiré à l'écrivain *Une passion dans le désert*, et qui justifie le passé « égyptien » du personnage de Montriveau, dont l'asociabilité s'explique par un long séjour au désert. Le goût pour l'Égypte est dans l'air du temps. Les campagnes napoléoniennes ont permis d'effectuer la *Description de l'Égypte* (1809-1826). Les travaux de Champollion sont autant à la mode que les articles d'un Orient mythique qui éveille l'imagination. En 1826, Zarafa, la première girafe française, a débarqué d'Égypte, sous la conduite du naturaliste Geoffroy Saint-Hilaire ; en 1831, Muhammad Ali, vice-roi et pacha d'Égypte, a offert l'obélisque de Louxor à la France.

3. *Des situations dignes du roman noir anglais*

Cependant, le romantisme de *La Duchesse de Langeais* ne tient pas qu'à des éléments qu'on pourrait considérer comme périphériques. Il y a encore des traces dans cette œuvre de ce qui caractérise le premier Balzac qui subit l'influence du roman noir anglais dont il faut évoquer les principaux représentants.

À la fin du XVIIIe siècle, Ann Radcliffe (1764-1823) — que Balzac cite dans la préface de *L'Histoire des Treize* — fait une carrière fulgurante : elle publie six romans dont *Les Mystères d'Udolphe* (1794), traduits en français dès 1797. La romancière anglaise ne recule devant rien : folie, séquestrations, cadavres sont les ressorts principaux du « mystère ». À la même période, Matthew Lewis publie un livre qui fera date : *Le Moine* raconte la damnation d'Ambrosio dont les méfaits se multiplient, qui va jusqu'à violer une pénitente pour finir par conclure un pacte avec le diable.

Cette palette de situations terribles se greffe aisément sur un motif que le roman noir emprunte au roman sentimental : la persécution d'une femme vertueuse. Samuel Richardson a fondé le genre en inventant, pour *Clarissa Harlowe* (1748), le personnage du Lovelace (dont Balzac signale dans l'avant-propos de *La Comédie humaine* qu'il a pris dans son œuvre « mille formes »). Séducteur sans foi, Lovelace trompe la naïve Clarissa et l'enlève, alors que, décillée, elle refuse de l'épouser. Le suborneur voit alors son inclination se transformer en passion et ne recule devant rien pour se rendre maître de la jeune fille ; il est cependant contraint de s'incliner devant la puissance de la vertu et ne réussit qu'à conduire Clarissa à la mort.

Le thème de la femme persécutée jusque dans son couvent devient un véritable poncif. En 1830, Eugène Sue (1804-1857), qui travaille pour les mêmes journaux que Balzac et a entamé une collaboration littéraire avec lui, fait ainsi paraître, dans *La Mode*, « El Gitano », personnage de Don Juan satanique qui séduit une jeune

nonne cloîtrée. Et contrairement à ce que la tradition
scolaire transmet sur l'écrivain « réaliste », cette veine
littéraire est loin d'être absente des œuvres de Balzac.
Le Sorcier, intitulé aussi *Le Centenaire*, paraît en 1822 sous
le pseudonyme d'Horace de Saint-Aubin et raconte
l'histoire fantastique d'un vieillard qui défie le temps en
volant leur fluide vital à ses victimes. On aura une idée
de la tonalité du texte à la lecture de cette scène :

> Beringheld rentre dans le monument pour être
> témoin de l'étonnement général produit par cet être
> bizarre qui réussit à faire taire tous les sentiments, les
> réunissant dans un seul qui n'abandonne jamais
> l'homme : la curiosité.
> Le Centenaire est au milieu de ce temple de la mort ;
> il place sur un débris d'autel un grand vase dont il
> allume le contenu, la flamme brille, et l'air se purge
> des miasmes pestilentiels qui l'épaississent ; cette
> lumière bleuâtre se reflète sur le visage de l'inconnu.
> Le colonel effrayé remarque la chair cadavéreuse et les
> rides séculaires du vieillard immobile et muet, qui
> remue la liqueur enflammée ; elle change d'atmo-
> sphère, et les mouvements, l'attitude de l'étranger lui
> donnent l'air d'un Dieu.
> [...]
> « Qui es-tu ? » lui demanda le colonel stupéfait.
> À cette interrogation, le vieillard regarda Beringheld
> de manière à le fasciner et à le rendre immobile ; il lui
> tendit la main, prit la sienne et répondit :
> « L'immortel ! »

4. *La tentation du fantastique*

Ce registre fantastico-faustien de Balzac ne concerne
pas seulement les œuvres de jeunesse, que l'auteur n'a
pas souhaité signer de son nom et intégrer à *La Comédie humaine,* on le retrouve triomphant dans certaines

Études philosophiques, qui couronnent, avec les *Études analytiques*, le monument balzacien. On ne peut que recommander la lecture de *L'Élixir de longue vie*, paru en 1830 dans la *Revue de Paris*, conte dans lequel Balzac campe son Don Juan. On y découvre un personnage athée et blasphémateur qui, au chevet de son père mourant, apprend l'existence d'un flacon d'élixir de longue vie dont la vertu doit le ressusciter. Le jeune homme, sceptique, frotte l'œil de son géniteur qui s'ouvre brusquement. Don Juan l'écrase avec un linge et garde précieusement le flacon pour lui-même. Au moment de mourir, il exige de son fils, cyniquement élevé dans les principes de la vertu chrétienne, d'oindre son cadavre de l'élixir. Mais l'enfant, terrorisé par la résurrection d'un bras qui s'agite et qui l'étreint, lâche le flacon. L'Église crie au miracle et canonise l'athée :

> *Te Deum laudamus!*
> Du sein de cette cathédrale noire de femmes et d'hommes agenouillés, ce chant partit semblable à une lumière qui scintille tout à coup dans la nuit, et le silence fut rompu comme par un coup de tonnerre. Les voix montèrent avec les nuages d'encens qui jetaient alors des voiles diaphanes et bleuâtres sur les fantastiques merveilles de l'architecture. Tout était richesse, parfum, lumière et mélodie. Au moment où cette musique d'amour et de reconnaissance s'élança vers l'autel, Don Juan […] troubla cette mélodie d'amour par un hurlement auquel se joignirent les mille voix de l'enfer. La terre bénissait, le ciel maudissait.
> […]
> Au moment où l'abbé, prosterné devant l'autel, chantait : *Sancte Johannes, ora pro nobis!* il entendit assez distinctement : *O coglione.*
> «Que se passe-t-il donc là-haut? s'écria le sous-prieur en voyant la châsse remuer.

> — Le saint fait le diable », répondit l'abbé.
> Alors cette tête vivante se détacha violemment du corps qui ne vivait plus et tomba sur le crâne jaune de l'officiant.
> « Souviens-toi de Dona Elvire », cria la tête en dévorant celle de l'abbé.

Le récit fantastique, partiellement mis à distance ici par un effet parodique, se complaît, on le voit, dans les situations macabres qui ont pour décor couvents, églises, cryptes et souterrains.

La préface de *L'Histoire des Treize* évoque aussi bien Mme Radcliffe que la « fantastique puissance [...] attribuée aux Manfred, aux Faust, aux Melmoth » pour se mesurer à elles. « L'auteur connaît trop les lois de la narration pour ignorer les engagements que cette courte préface lui fait contracter [...]. Des drames dégouttant de sang, des comédies pleines de terreurs, des romans où roulent des têtes secrètement coupées lui ont été confiés. » On pourra donc lire certaines scènes de *La Duchesse de Langeais* comme de véritables morceaux de roman noir. La menace de la « hache » qui donna un temps son titre au récit (*Ne touchez pas à la hache!*) comme celle d'une vieillesse prématurée, fruit d'un empoisonnement, transforment la puissance fauve de Montriveau (celle du tigre, plusieurs fois évoquée) en sorcellerie efficace :

> « Pourrait-on demander à sa majesté le roi des sorciers, reprit Mme de Langeais, quand j'ai commis la faute de toucher à la hache, moi qui ne suis pas encore allée à Londres...
> — *Non so*, fit-il en laissant échapper un rire moqueur.
> — Et quand commencera le supplice ? »
> Là, Montriveau tira froidement sa montre et vérifia l'heure avec une conviction réellement effrayante.

« La journée ne finira pas sans qu'il vous arrive un horrible malheur… »

[…]

Malgré son apparent dédain pour les noires prédictions d'Armand, la duchesse était en proie à une véritable terreur.

5. *Du cauchemar au fantasme*

Il y a dans le roman noir toute une filiation à établir avec l'œuvre du marquis de Sade (1740-1814), Balzac apparaissant parfaitement conscient que le plaisir sadique peut se satisfaire du seul fantasme, fantasme de la lecture ou, ici, fantasme de l'évocation : « À peine l'oppression morale et presque physique sous laquelle la tenait son amant cessa-t-elle lorsqu'il quitta le bal. Néanmoins, après avoir joui pendant un moment du plaisir de respirer à son aise, elle se surprit à regretter les émotions de la peur, tant la nature femelle est avide de sensations extrêmes. » Passons sur la « nature femelle » et soulignons que la proximité des « émotions de la peur » et de la « jouissance d'un moment de plaisir » n'est certainement pas fortuite.

On pourra analyser de la même façon la scène d'enlèvement au sortir du bal qui, dans sa dimension cauchemardesque, excite les sens et la curiosité tant de la duchesse que du lecteur. Les figures masquées qui surgissent en arrière-plan semblent même tout droit issues d'une scène diabolique dont la théâtralité a été atténuée par l'auteur qui a supprimé une notation jugée *a posteriori* trop marquée : les membres des Treize qui prêtent leur aide à Montriveau étaient « enveloppés de dominos rouges ». Mais Balzac se réserve le droit de jouer du fantasme et de ne pas passer à l'acte ; tout fonc-

tionnera seulement comme une «fantaisie d'optique» :
«Vous concevez peut-être le viol; moi, je ne le conçois
pas.» Le marquage au fer rouge, anticipation du sort
qui vaudra à la Milady d'Alexandre Dumas le succès que
l'on sait, est évoqué, il semble même sur le point d'être
réalisé : «Deux de mes amis font rougir en ce moment
une croix dont voici le modèle»; le châtiment ne sera
pourtant pas exécuté : «Je vous fais grâce, madame.»
La déception du lecteur n'a d'égal que celle de la
duchesse qui «palpitait» déjà...

L'auteur joue par ailleurs de cette scène de genre
qu'il écrit, insère dans la trame romanesque comme un
épisode majeur — puisqu'il explique le revirement
amoureux de la duchesse qui jusque-là s'était compor-
tée en pure coquette —, mais à laquelle il donne un sta-
tut extrêmement ambigu : «Vous pouvez me croire,
cette scène sera comme si elle n'eût jamais été.»

Le second enlèvement d'Antoinette, devenue sœur
Thérèse, apparaît comme une variation du même
thème emprunté lui aussi au roman noir. Il transcende
cependant le genre dans la mesure où Balzac en modi-
fie un élément essentiel : la mort de la jeune femme ne
suit pas l'enlèvement, mais le précède. Ainsi le poncif
fusionne-t-il avec un des mythes de l'amour absolu, celui
d'Orphée et d'Eurydice. Qui, en effet, connaît les
étapes du rituel de la prise de voile, et qui ayant lu *René*
de Chateaubriand en perçoit toute la violence meur-
trière, conçoit clairement que la recherche de la
duchesse, dépossédée d'elle-même en Antoinette, puis
en sœur Thérèse, correspond à la quête désespérée
d'une morte, morte au siècle et au monde :

> Quand il leva les yeux sur la grille, il aperçut, entre
> deux barreaux, la figure amaigrie, pâle, mais ardente
> encore de la religieuse. [...] La belle chevelure dont

cette femme avait été si fière avait été rasée. Un bandeau ceignait son front et enveloppait son visage. […]
Enfin, de cette femme il ne restait que l'âme.
«Ah ! vous quitterez ce tombeau, vous qui êtes devenue ma vie ! Vous m'apparteniez, et n'étiez pas libre
de vous donner, même à Dieu. »

6. *Le goût du pittoresque*

Du roman anglais, Balzac a donc su tirer parti des
intrigues, mais, surtout, il trouve son inspiration dans
une des dimensions majeures du genre : l'atmosphère
« gothique » qu'il a su créer. Romans gothiques et
romans noirs sont jumeaux. Ils ont pour père spirituel
le *Château d'Otrante* (1764) d'Horace Walpole (1717-
1787). Cet auteur anglais un peu excentrique s'est intéressé tout autant à la littérature qu'à l'architecture et
s'est fait construire, dès la fin du XVIIIe siècle, une fantasque maison néo-gothique près de Twickenham
(Strawberry Hill), qui préfigure les plus étranges réalisations du renouveau médiéval tant prisé des romantiques. Balzac transfère ces tonalités aussi bien en
Touraine, au début du *Centenaire,* qu'en Bretagne ou en
Espagne. Ainsi marie-t-il au roman noir les poésies
d'Ossian, le poète celte « traduit » par Macpherson qu'il
évoque dans la préface de *L'Histoire des Treize.* Ossian fut
lu et relu par les générations romantiques qui « admirent son génie brut, ses couleurs fortes ». Cette influence
se sent encore dans la description qui ouvre *La Duchesse
de Langeais* : Balzac associe un site exceptionnel, une
architecture gothique, les couleurs des frondaisons, de
la mer et des vitraux, au chant des orgues et des offices,
le tout de nuit, dans une atmosphère qui mêle le calme
et la furie des vents. Et, s'il faut choisir un mot pour

caractériser cette description initiale, il n'y a pas à hésiter, c'est l'adjectif « pittoresque » qui convient.

Une des conditions géographiques qui font qu'un lieu est tenu pour pittoresque est sa situation élevée. Ann Radcliffe a été l'une des premières à célébrer les paysages pyrénéens qui susciteront l'engouement de la génération romantique pour le pont d'Espagne et ses cascades. La romancière anglaise associe expressément hauteurs, précipices, goût du sublime et aspiration à Dieu (*Les Mystères d'Udolphe*, 1794, trad. de Victorine de Chastenay) :

> Saint-Aubert, au lieu de prendre la route directe qui conduisait en Languedoc, en suivant le pied des Pyrénées, préféra un chemin dans les hauteurs, parce qu'il offrait des vues plus étendues et des points de vue plus pittoresques. [...]
>
> Émilie resta, ainsi que lui, dans un profond silence ; mais après quelques lieues, son imagination, frappée de la grandeur des objets, céda aux impressions les plus délicieuses. La route passait tantôt le long d'affreux précipices, tantôt le long des sites les plus gracieux. Émilie ne put retenir ses transports quand, du milieu des montagnes et de leur forêt de sapins, elle découvrit au loin de vastes plaines qu'ornaient des villes, des vignobles, des plantations en tout genre. La Garonne, dans cette riche vallée, promenait ses flots majestueux, et du haut des Pyrénées où elle prend sa source, les conduisait vers l'Océan.
>
> La difficulté d'une route si peu fréquentée obligea souvent les voyageurs de mettre pied à terre ; mais ils se trouvaient amplement récompensés de leur peine par la beauté du spectacle. Pendant que le muletier conduisait lentement l'équipage, ils avaient le loisir de parcourir les solitudes et de s'y livrer aux sublimes réflexions qui élèvent l'âme, qui l'adoucissent, qui la remplissent enfin de cette consolante certitude qu'il y a un Dieu présent partout. (Livre I, chapitre 3)

Dans l'ouverture de *La Duchesse de Langeais*, Balzac ne fait donc que récrire le lien entre l'élévation des rocs montagneux aux « sublimités terrestres » et les « poésies de l'infini » qui nous rapprochent de Dieu :

> Quelques-unes [des maisons] sont ensevelies au fond des vallées les plus solitaires ; d'autres suspendues au-dessus des montagnes les plus escarpées, ou jetées au bord des précipices ; partout l'homme a cherché les poésies de l'infini, la solennelle horreur du silence ; partout il a voulu se mettre au plus près de Dieu : il l'a quêté sur les cimes, au fond des abîmes, au bord des falaises, et l'a trouvé partout.

7. « *Les poésies de l'infini* »

Le schéma ascensionnel que prise la génération romantique a été particulièrement analysé par Gilbert Durand dans *Les Structures anthropologiques de l'imaginaire* (Dunod, 1992) :

> Le chaman, […] en escaladant les marches du poteau, « étend les mains comme un oiseau ses ailes » […] et arrivé au sommet s'écrie : « J'ai atteint le ciel, je suis immortel », marquant bien par là le souci fondamental de cette symbolique verticalisante, avant tout échelle dressée contre le temps et la mort. Cette tradition de l'immortalité ascensionnelle […] se retrouve dans l'image plus familière pour nous de l'échelle de Jacob.

Dans *Les Chouans*, l'écrivain avait déjà choisi de situer une part de son intrigue sur un site élevé, hauteur imprenable où se conjuguaient les destins militaire et amoureux de Montauran (au nom bien choisi). L'échelle y apparaissait comme un accessoire symbolique, figure de la distance entre les deux amants (l'un est républicain, l'autre fervent monarchiste) mariés pour une unique nuit et que seule la mort unira définitivement. À la fin de *La Duchesse de Langeais*, l'attaque du couvent par les Treize fait pendant à la description initiale qui évoquait l'ascension vers Dieu. La quête amoureuse se superpose à la quête de Dieu, voire l'oblitère. C'est une véritable « machine » de guerre qu'ont construite les associés de Montriveau (lui aussi marqué en son nom par les « monts »), faite de cordes, de crampons, de coins et de mâts et qui a demandé au génie humain de « dérober les secrets de la nature ». Les références à l'ingénierie humaine apparemment superfétatoires soulignent la disparition de Dieu : Montriveau monte à l'assaut du rocher sans plus s'inquiéter des poésies de l'infini qui l'avaient d'abord frappé.

2.

Un réalisme qui s'impose

1. *Une impossible extase*

La description finale du rocher du couvent contredit celle qui ouvrait le roman et qui pouvait laisser attendre une « extase » de sœur Thérèse métamorphosée en « sainte ». On s'étonne alors moins d'une étrange ellipse de la narration : la mort d'Antoinette qui aurait pu être celle d'une religieuse rendue à la grâce de Dieu n'est pas racontée. Le vertige ascensionnel qui devait nous élever vers l'au-delà se résoudra dans l'immersion du corps de la jeune femme, jeté à la mer avec un boulet à chaque pied. Détail prosaïque ponctué par cette oraison funèbre lapidaire et irréligieuse : « c'était une femme, maintenant ce n'est rien ».

Du point de vue des structures de l'imaginaire, l'échelle de Jacob a été remplacée par des escaliers et des passerelles dont la direction est perdue : la « fragile construction », « système de cordes et de paniers qui ressemblaient à ces fils par lesquels voyagent certaines araignées, et par lesquels elles enveloppent un arbre », n'est pas sans évoquer les prisons de Piranèse dont les dessins, après avoir impressionné Walpole, ont enthousiasmé Charles Nodier, Victor Hugo ou Théophile Gautier. L'image de la toile semble déclinée sur le motif de la grille dont la présence obsédante entre les deux amants signifie suffisamment l'impossibilité de leur union : « le prêtre fit entrer son compagnon dans une salle partagée en deux parties par une grille couverte d'un rideau brun ». « Les sentiments qui animèrent les deux amants quand ils se retrouvèrent à la grille des Carmélites et en présence de la Mère Supérieure doivent être maintenant compris. » « Le lendemain de la dernière nuit, il descendit avant le lever du soleil, après être resté durant plusieurs heures les yeux attachés sur la fenêtre d'une cellule sans grille. Les grilles n'étaient pas nécessaires au-dessus de ces abîmes. » Et pour finir sur une notation étrange dans la dernière scène : « La grille de la fenêtre fut sciée en deux heures. »

2. *Une lucidité réaliste*

Figure du seuil, la grille empêche d'une certaine façon les deux amants d'accéder au « sublime » : concrètement, parce que jamais leur union ne sera consommée ; métaphysiquement, parce que Antoinette et Armand connaissent la passion mais peut-être pas l'amour qui seul permet de s'élever vers l'infini ; et aussi peut-être, de façon paradoxale, symboliquement réaliste : la coquetterie de la duchesse, les raisons peu glorieuses de son revirement amoureux, la poursuite du destin de Montriveau au sein de *La Comédie humaine*, jettent un léger discrédit sur ces personnages « romantiques ». La leçon que la princesse de Blamont-Chauvry fait à sa nièce mérite d'être entendue :

> Pas un de vos Werther, aucune de vos notabilités, comme ça s'appelle, pas un de vos hommes en gants jaunes et dont les pantalons dissimulent la pauvreté de leurs jambes, ne traverserait l'Europe, déguisé en colporteur, pour aller s'enfermer au risque de sa vie et en bravant les poignards du duc de Modène, dans le cabinet de toilette de la fille du régent. [...] Il y avait plus de passion dans le petit doigt de M. de Jaucourt que dans toute votre race de disputailleurs qui laissent les femmes pour des amendements ! Trouvez-moi donc aujourd'hui des pages qui se fassent hacher et ensevelir sous un plancher pour venir baiser le doigt ganté d'une Koenigsmarck ?

Sans doute cette leçon émane-t-elle d'une vieille femme amère, sans doute peut-on se demander si elle n'est pas énoncée pour être contredite par le roman ; l'introduction aux *Études de mœurs* affirme en effet : « Mme de Langeais acceptant le cloître comme le seul dénouement possible de sa passion trompée est un ressouvenir de Mlle de Montpensier, de la duchesse de La Vallière et des grandes figures féminines d'autrefois. » Cependant, l'auteur intervient pour confirmer le jugement de la vieille princesse : « Sous la Restauration, la femme du faubourg Saint-Germain ne déploya ni la fière hardiesse que les dames de la Cour portaient jadis dans leurs écarts, ni la modeste grandeur des tardives vertus par lesquelles elles expiaient leurs fautes, et qui répandaient autour d'elles un si vif éclat. » Et certaines notations relèvent d'une ironie passée au vitriol : Antoinette et « son *nec plus ultra* de passion » peut-elle « passer outre » et devenir un personnage sublime ?

3. *Le poids de la société*

Le regard que Balzac porte sur la société aristocratique n'est pas tendre : la lucidité dont il fait preuve l'empêche de magnifier ses personnages et lui impose de contrôler la tentation du romantisme frénétique. On a déjà vu comment la scène d'enlèvement avorte et s'achève sans viol ni marquage au fer rouge. On peut se souvenir aussi du fait que le meurtre du duc de Langeais, envisagé par Montriveau — qui ne parle pas à la légère —, est vite écarté. On n'a pas encore noté que l'éventuelle violence de Montriveau, le tigre du désert, est contrôlée par l'omniprésence de la société. C'est en plein bal que la menace de la hache est brandie, c'est au jugement de Mme de Sérizy que la duchesse de Langeais se remet publiquement :

> « Qu'en dites-vous, Clara ?
> — C'est une spéculation dangereuse », répondit Mme de Sérizy.

On se souvient des manœuvres de Mme de Langeais : « Mais souvent aussi le général secouait sa crinière, laissait la politique, grondait comme un lion, se battait les flancs, s'élançait sur sa proie, revenait terrible d'amour à sa maîtresse, incapable de porter longtemps son cœur et sa pensée en flagrance. » Cette flagrance du désir brûlant est en permanence mouchée par la duchesse : « Votre familiarité est très bonne, le soir, dans mon boudoir ; mais ici, point. » Et les griefs d'Armand montrent bien comment la duchesse réussit à n'être jamais simplement «Antoinette», elle ne se défait jamais de son titre, ou de sa position sociale : « chez vous, à la moindre pensée qui vous déplaît, vous tirez le cordon de votre sonnette, vous criez bien fort et mettez votre amant à la porte comme s'il était le dernier des misérables ». Ainsi, même le boudoir n'est pas un lieu retiré réservé à l'intime, Mme de Langeais veille au contraire à ce qu'il reste un lieu « public ». Et encore, lorsque, devenue sœur Thérèse, au couvent des Carmélites, elle entamera une conversation à la faveur d'un mensonge («ce Français est un de mes frères »), au moment où Armand se fera trop pressant, c'est elle qui fera « retomber le rideau » : « Ma mère […] je vous ai menti, cet homme est mon amant ! »

Le destin de Montriveau ne se joue plus dans le désert, là où sa puissance et son énergie pourraient se donner libre cours, mais devant une société dont il est en quelque sorte devenu le hochet, en témoigne cette étonnante scène de première rencontre, où « leurs yeux ne se rencontrèrent pas » :

> Après avoir distribué de petits saluts protecteurs, affectueux ou dédaigneux de l'air naturel à la femme qui connaît toute la valeur de ses sourires, ses yeux tombèrent sur un homme qui lui était complètement inconnu, mais dont la physionomie large et grave la surprit. Elle sentit en le voyant une émotion assez semblable à celle de la peur.
> « Ma chère, demanda-t-elle à Mme de Maufrigneuse, quel est ce nouveau venu ?
> — Un homme dont vous avez sans doute entendu parler, le marquis de Montriveau.
> — Ah ! c'est lui. »
> Elle prit son lorgnon et l'examina fort impertinem-

ment, comme elle eût fait d'un portrait qui reçoit des
regards et n'en rend pas.

« Présentez-le-moi donc, il doit être amusant.

— Personne n'est plus ennuyeux ni plus sombre, ma
chère, mais il est à la mode. »

La société joue manifestement le rôle qui lui est de
droit imparti : elle régule les passions humaines, évite
que les forces de la nature livrées à elles-mêmes ne mettent en danger le groupe constitué qui fonctionne grâce
à des règles politiques et religieuses auxquelles la
duchesse ne cesse de faire appel pendant ses conversations avec Montriveau.

C'est bien la question sociale qui est au cœur de *La
Duchesse de Langeais* comme elle est au cœur de *La Comédie humaine.* Question sociale doublement traitée : sur
la scène mondaine où se retrouvent les Fontaine, Maufrigneuse, Sérizy ou encore les Langeais, sur la scène
secrète, dans les coulisses où il apparaît que les règles
régissant les « Treize » sont tout aussi contraignantes
que les lois du monde : elles interdisent à Montriveau
le suicide qui ferait de lui un de ces Werther moqués
par la princesse de Blamont-Chauvry.

4. *Une satire sociale*

Pour rendre compte de cette société, Balzac est donc
contraint d'en dresser le portrait. Il constitue déjà une
galerie de portraits, à la manière des *Caractères* de La
Bruyère (1645-1696), qui trouvera sa forme achevée
dans la savoureuse galerie des aristocrates de province
d'*Illusions perdues.* Portrait d'Antoinette de Langeais,
mais aussi portrait de la « vieille princesse de Blamont-Chauvry », du duc de Navarreins, du duc de
Grandlieu et du vidame de Pamiers : « Ces quatre per-

sonnages, illustres dans la sphère aristocratique dont l'Almanach de Gotha consacre annuellement les révolutions et les prétentions héréditaires, veulent une rapide esquisse sans laquelle cette peinture sociale serait incomplète. »

Il est bien difficile, en effet, à qui accorde un tel rôle à la société de ne pas procéder à une peinture « réaliste » des membres qui la composent. Et cela deviendra d'autant plus nécessaire lorsque *La Duchesse de Langeais* sera intégré à *La Comédie humaine* qui se donne pour projet de réaliser pour le règne social ce que Buffon a effectué pour l'univers animal, à savoir répertorier, classer et étudier, en fonction de leur milieu, tous les « types » humains de la première moitié du XIXe siècle.

Pour en savoir plus

Pierre BARBERIS, *Lectures du réel*, Éditions sociales, 1973.

Roland BARTHES, *S/Z*, Points-Seuil, 1979.

Régine BORDERIE, *Balzac peintre du corps*, Sedes, 2002.

Pierre CITRON, *La Poésie de Paris dans la littérature française de Rousseau à Baudelaire*, Minuit, 1961.

Gilbert DURAND, *Les Structures anthropologiques de l'imaginaire*, Dunod, 1990.

Jeannine GUICHARDET, *Balzac « archéologue de Paris »*, SEDES, 1986. (Rééd. chez Slatkine Reprints, 1998.)

Claude MILLET, *Le Romantisme*, « Le Livre de Poche », 2007.

Georges POULET, *Les Métamorphoses du cercle*, Champs Flammarion, 1999.

Jean-Pierre RICHARD, *Études sur le romantisme*, Le Seuil « Points Essais », 1990.

Genre et registre

Un caméléon littéraire

LA DUCHESSE DE LANGEAIS est un court récit intégré dans un ensemble complexe (trilogie de *L'Histoire des Treize*, intégrée dans *Les Scènes de la vie parisienne*, elles-mêmes dépendantes d'un ensemble plus important : *Les Études de mœurs* qui ouvrent *La Comédie humaine*). Sa dimension narrative est évidente, mais lorsque l'on s'attache à définir précisément son genre, on rencontre quelques difficultés, renforcées par le fait que la genèse de l'œuvre nous force à prendre en compte d'autres dimensions du texte, pour le moins inattendues…

1.

Un récit d'un genre inédit ?

1. *Un roman ?*

De prime abord, les choses sont claires : *La Duchesse de Langeais* est un petit roman qui raconte le destin amoureux de deux individus, l'héroïne donnant son nom à l'œuvre (au moins dans un deuxième temps).

Qu'est-ce qu'un roman au début du XIXe siècle, avant que les écrivains réalistes n'aient donné définitivement au genre ses lettres de noblesse ? Le *Trésor de la langue française* propose cette définition : « Long récit […] contant les aventures fabuleuses, galantes ou grotesques de héros mythiques, idéalisés ou caricaturés. » On a déjà vu la part d'aventure que comporte ce « roman » où les personnages sont « vrais ». De *L'Histoire des Treize*, Balzac écrit cependant en sa préface qu'elle est « presque romanesque ». Et il tient à prendre ses distances avec une forme communément utilisée, qui mène le lecteur de suspense en suspense :

> Un auteur doit dédaigner de convertir son récit, quand ce récit est véritable, en une espèce de joujou à surprise, et de promener, à la manière de quelques romanciers, le lecteur, pendant quatre volumes, de souterrains en souterrains, pour lui montrer un cadavre tout sec, et lui dire, en forme de conclusion, qu'il lui a constamment fait peur d'une porte cachée dans quelque tapisserie ou d'un mort laissé par mégarde sous des planchers.

De fait, l'organisation du texte va, pour une part, à l'encontre de l'effet de suspense. Si la prolepse narrative ne figure pas dans la première version du texte, Balzac a visiblement voulu livrer la fin avant de présenter le drame. Le folio 20 du manuscrit montre qu'il aurait même songé à donner le dénouement complet avant de procéder au retour en arrière qui explique la scène du couvent. Au final, la composition en quatre chapitres de l'édition Béchet maintient une part de suspense (la mort d'Antoinette n'est révélée que dans les dernières pages et c'est « Dieu [qui] fait les dénouements ») et montre la volonté de souligner le contraste entre l'isolement du couvent et les intrigues mondaines qui se nouent dans la «paroisse de Saint-Thomas-d'Aquin» située dans l'actuelle rue Montalembert, entre le boulevard Saint-Germain et la rue de l'Université, au cœur du quartier de l'aristocratie parisienne.

Cette composition non linéaire fait jouer premier plan et arrière-plan : à l'avant-scène, le couvent espagnol que Balzac met en perspective avec une «scène de la vie parisienne» (les origines françaises de sœur Thérèse sont soigneusement évoquées) ; ensuite, par une inversion des perspectives, une scène ancrée dans les intrigues mondaines de la paroisse de Saint-Thomas-d'Aquin, qui ne permet pas d'oublier pour autant la scène de couvent; enfin, retour au couvent et nouvelle inversion du phénomène optique.

2. *Une nouvelle exemplaire ?*

La place de choix accordée au couvent, la manière dont l'œuvre se met en perspective par rapport à un dénouement religieux nous invitent à comparer ce récit aux «nouvelles exemplaires» qui ont sans doute inspiré Balzac. C'est à l'influence de Cervantès et de ses *Nouvelles exemplaires* (1613) que l'on doit le développement de ces récits dans lesquels l'imagination est sans cesse corrigée par la réalité observée, et, surtout chez Mme de Lafayette (1634-1693), par la précision de l'analyse psychologique. Remémorons-nous la fin de *La Princesse de Clèves*. Après avoir brûlé de passion pour le duc de Nemours et provoqué par sa «trahison» la mort de M. de Clèves, c'est au repos, à l'ataraxie, qu'aspire la princesse en attendant les «choses de l'autre vie» : «les passions et les engagements du monde lui parurent tels qu'ils paraissent aux personnes qui ont des vues plus grandes et plus éloignées ». C'est ce qu'elle fait dire à M. de Nemours qui cherche à la voir : « elle voulait bien qu'il sût qu'ayant trouvé que son devoir et son repos s'opposaient au penchant qu'elle avait d'être à lui, les autres choses du monde lui avaient paru si indifférentes qu'elle y avait renoncé pour jamais ; qu'elle ne pensait plus qu'à celles de l'autre vie, et qu'il ne lui restait aucun sentiment que le désir de le voir dans les mêmes dispositions où elle était ».

L'œuvre se clôt sur une notation brève, mais qui donne à la nouvelle sa valeur « exemplaire » : « elle passait une partie de l'année dans cette maison religieuse et l'autre chez elle, mais dans une retraite et dans des occupations plus saintes que celles des couvents les plus austères ; et sa vie, qui fut assez courte, laissa des exemples de vertu inimitables ».

Il est aisé d'établir une comparaison avec la duchesse de Langeais : deux femmes, jeunes, mariées en dehors de leur inclination, vivent une passion brûlante. Et toutes deux se retirent du monde en se refusant à l'homme qu'elles aiment, même après le décès de leur époux. Outre l'intrigue, le goût de l'analyse psychologique rapproche les deux romans. Là où Mme de Lafayette, influencée par La Rochefoucauld (1613-1680), mettait en évidence la mauvaise foi de la princesse envers elle-même, la manière dont elle se trompe presque volontairement sur ses sentiments, Balzac, s'appuyant sur les maximes de Chamfort (1740-1794), montre comment chez la duchesse, tout occupée de son *moi*, l'amour prend naissance dans l'amour-propre : « Sans la vanité, disait un profond moraliste du siècle dernier, l'amour est un convalescent. »

L'œuvre vise par ailleurs à souligner, nous l'avons

déjà vu, comment la passion des deux héros repose sur
des rapports de pouvoir quasi sadomasochistes : la
duchesse qui se joue de Montriveau est qualifiée de
« malicieux bourreau » et les monstrueux conseils de
Ronquerolles s'avéreront efficaces :

> Sois inflexible comme la loi. N'aie pas plus de charité
> que n'en a le bourreau. Frappe. Quand tu auras
> frappé, frappe encore. Frappe toujours, comme si tu
> donnais le knout. Les duchesses sont dures, mon cher
> Armand, et ces natures de femme ne s'amollissent que
> sous les coups ; la souffrance leur donne un cœur, et
> c'est une œuvre de charité que de les frapper. Frappe
> donc sans cesse.

Balzac donne raison à Ronquerolles : la peur trans-
forme la duchesse, la peur de ce qu'elle pressent, la
peur de la punition qu'effectivement Montriveau lui
destine. Balzac se montre plus terrible encore que Ronquerolles :

> Mettez une créature féminine sous les pieds d'un che-
> val furieux, en face de quelque animal terrible ; elle
> tombera, certes sur les genoux, elle attendra la mort ;
> mais si la bête est clémente et ne la tue pas entière-
> ment, elle aimera le cheval, le lion, le taureau…

Doit-on pourtant faire de *La Duchesse de Langeais* une
nouvelle exemplaire ? La comparaison de la duchesse à
la princesse ne joue pas en faveur de l'héritière : ne
faut-il pas croire ce que nous annonçait son portrait,
« parlant beaucoup de religion, mais ne l'aimant pas, et
cependant prête à l'accepter comme un dénouement » ?
Fait-elle preuve à la fin de sa vie d'une véritable abné-
gation ? Réussit-elle à vaincre sa passion ? Nous ne le saurons pas : Balzac fait tomber le rideau trop vite ; nous
pouvons néanmoins en douter en écoutant les paroles
d'Antoinette-Thérèse : « Je vous aime bien mieux que je

ne vous ai jamais aimé. Je prie Dieu tous les jours pour vous, et je ne vous vois plus avec les yeux du corps. Si vous connaissiez, Armand, le bonheur de pouvoir se livrer sans honte à une amitié pure que Dieu protège ! » Amitié ?! Souvenons-nous des ruses de l'amour et de la mauvaise foi mises en exergue par Mme de Lafayette. D'ailleurs, en entendant la duchesse affirmer « je vis ici pour vous, pâle et flétrie, dans le sein de Dieu ! », Montriveau, repoussé hors du couvent, ne se prive pas de conclure : « Ah ! elle m'aime encore ! »

Nous avions déjà souligné comment la description finale de l'ascension du rocher du couvent contredisait les attentes suscitées par la description initiale. Nous ne pouvons que répéter combien l'ellipse de la narration sur les derniers jours de la duchesse laisse planer l'équivoque : sur les murs de sa cellule, on peut lire une devise que Balzac avait lue sur une cellule de la Grande-Chartreuse : *Adoremus in aeternum*, devise religieuse qu'il a détournée en hymne amoureux (qu'on lise la lettre à Mme Hanska du 26 novembre 1833 : « l'*adoremus in aeternum* est ma devise, entends-tu, chérie »). Lorsque reprend la scène du couvent, l'intervention du narrateur est d'ailleurs claire : « Donc, en 1823, le duc de Langeais mort, sa femme était libre. Antoinette de Navarreins vivait consumée par l'amour sur un banc de la Méditerranée ». « Consumée par l'amour » : la notation nous rappelle le dessèchement et la mort de Mme de Mortsauf, dans *Le Lys dans la vallée*, brûlée par l'amour qu'elle ne réussit pas à maîtriser.

Peut-on donc faire de *La Duchesse de Langeais* une nouvelle exemplaire ? non, s'il s'agit de donner un exemple de vertu ; oui, s'il s'agit de dire qu'elle livre un exemple des confusions auxquelles conduit l'amour : sainte Thérèse en son extase religieuse se donne amoureusement à Dieu ; Antoinette-Thérèse attendant l'extase amoureuse se trompe sur sa vocation religieuse et vit pour Armand « dans le sein de Dieu ».

3. *Une histoire pour distraire les salons ?*

Il y a là matière à discussion, et c'est peut-être précisément cela qui nous permet de considérer *La Duchesse de Langeais* comme une nouvelle, une nouvelle conçue sur le modèle du *Décaméron* (1349-1351) de Boccace, relayé par *L'Heptaméron* (1559) de Marguerite de Navarre. Ces textes construits à partir d'un récit-cadre qui accueille des contes variés que l'on raconte en société ont fortement marqué Balzac. En 1832, il coiffe la série d'anecdotes des contes bruns, écrits en collaboration avec Chasles et Rabou, du titre *Une conversation entre onze heures et minuit*. L'histoire de la duchesse pourrait n'être qu'un sujet de conversation, un récit parmi tant d'autres qui animent la société mondaine, la distraient, la font vibrer de curiosité plus ou moins malsaine, au même titre que l'histoire de Mme de Beauséant à laquelle la duchesse fait plusieurs fois référence et qu'elle évoque comme un contre-modèle : « Je ne veux pas faire une seconde édition de Mme de Beauséant. » Ainsi, dans *Les Secrets de la princesse de Cadignan* (1834), son histoire servira elle aussi de référence. Le monde estimera qu'en fuyant avec le musicien Conti Béatrix de Rochefide a voulu copier la duchesse pour obtenir sa célébrité. La fin de *La Duchesse de Langeais*, telle qu'elle figure dans l'édition originale de 1834, pourrait confirmer cette hypothèse :

> « On t'accorde le poème pour satisfaire à ce qui te reste de faiblesse humaine, camarade, dit de Marsay en lâchant avec grâce la fumée de son cigare. Ta duchesse !… je l'ai connue. Elle ne valait pas ma *fille*

> *aux yeux d'or.* Et cependant je suis sorti tranquillement
> un soir de chez moi pour aller lui planter mon poi-
> gnard dans le cœur. Tu n'étais pas encore des nôtres !
> — Ronquerolles, dit-il en se tournant vers le marquis,
> conte-lui donc cette affaire-là pour le distraire ; tu sais
> mieux que moi en faire valoir les détails. »

Cette nouvelle « exemplaire », ce conte à raconter
en société, porte donc une morale sur l'amour et la
passion que Balzac n'entend pas confondre, parce que
l'amour est une puissance sans bornes, indifférente aux
règles de la société, et en particulier à son organisation
hermétique en castes distinctes.

Cette dimension « morale » du texte interdit de considérer le récit comme une œuvre de pur « divertisse-
ment », ne serait-ce que parce que ce qui divertit une
société curieuse et souvent cruelle ne saurait divertir un
auteur et un lecteur attentif.

2.

Une « Étude » ?

1. *Un essai politique ?*

Si l'on en juge par la première étude de mœurs qui
ouvre *La Comédie humaine,* en matière de mariage trans-
classes sociales, Balzac est un pessimiste : le mariage
d'Augustine Guillaume et de Théodore de Sommervieux
s'achèvera de façon tragique. Sans doute parce que pour
ce qui est des théories maritales, les métaphores du dra-
pier qu'est le père Guillaume sont justes et éclairantes :

> Il ne fallait pas que l'un des deux époux en sût plus
> que l'autre, parce qu'on devait avant tout se com-
> prendre ; un mari qui parlait grec et la femme latin ris-

> quaient de mourir de faim. Il avait inventé cette espèce
> de proverbe. Il comparait les mariages ainsi faits à ces
> anciennes étoffes de soie et de laine dont la soie finis-
> sait toujours par couper la laine.

Cependant, l'écrivain ne met pas tant ici l'accent
sur les mariages mal assortis, les liaisons hasardeuses,
que sur les raisons pour lesquelles l'aristocratie telle
qu'elle s'est « restaurée » à Saint-Germain, saturée de
vanité, n'ayant « rien appris » ni « rien oublié », ne peut
évoluer. En ce sens, *La Duchesse de Langeais* apparaît
moins comme une étude de mœurs que comme un véritable essai politique.

D'abord publié dans *L'Écho de la Jeune France*, journal légitimiste patronné par le duc de Fitz-James, *La
Duchesse de Langeais* reprend deux articles que Balzac
destinait au *Rénovateur*, organe du parti néo-légitimiste :
l'*Essai sur la situation du parti royaliste* et celui sur le *Gouvernement moderne* (tous deux rédigés en 1832). L'écrivain défend l'idée d'une supériorité aristocratique : « La
distinction introduite par la différence des mœurs entre
les autres sphères d'activité sociale et la sphère supérieure implique nécessairement une valeur réelle, capitale, chez les sommités aristocratiques. » Mais cette
position suppose comme principe la « valeur réelle »,
une valeur qui ne peut se jouer sur la scène mondaine,
se satisfaire de l'illusion d'elle-même : le « costume
général des castes patriciennes [doit être] le symbole
d'une puissance réelle » et dès qu'en « tout État, sous
quelque forme qu'affecte le *gouvernement*, les patriciens
manquent à leur condition de supériorité complète, ils
deviennent sans force, et le peuple les renverse aussitôt ». Or Balzac n'est pas tendre envers l'aristocratie. Il
montre comment elle s'est « fatalement » accrochée
aux « insignes du pouvoir » tout en perdant sa force,

comment elle a confondu «souvenirs historiques» et «force réelle» : en un mot, comment elle s'est «avieillie», incapable d'imiter l'aristocratie anglaise qui a su couper les branches pourries et «recéper l'arbre aristocratique», incapable d'aller chercher la force «là où Dieu l'a mise».

C'est ici que le récit amoureux rejoint la fable politique. *La Duchesse de Langeais* est une réflexion sur le pouvoir, sur sa légitimité et sur ce qui l'assure ; la comparaison figure dans le texte même : «Les peuples, comme les femmes, aiment la force en quiconque les gouverne, et leur amour ne va pas sans le respect ; ils n'accordent point leur obéissance à qui ne l'impose pas.» Quelques pages plus loin, Balzac renforce l'unité de son texte en ajoutant cette notation sur l'épreuve originale : «La France, femme capricieuse, veut être heureuse ou battue à son gré.» La menace de la hache pèse donc au fond moins sur Antoinette que sur l'aristocratie dans son ensemble : «il suffisait d'un coup de hache pour trancher le fil de sa vie agonisante».

Implicitement le texte suggère une forme de pouvoir chère à Balzac, «l'oligarchie des artistes» : le pouvoir des «intelligentiels» — le néologisme figure p. 37. Antoinette se soumet à Montriveau, l'égyptologue. L'analyse des «fiefs moraux» dont la «*tenure* oblige envers» le peuple devenu souverain mérite d'être citée :

> Le banneret à qui suffisait jadis de porter la cotte de maille, le haubert, de bien manier la lance et de montrer son pennon, doit aujourd'hui faire preuve d'intelligence ; et là où il n'était besoin que d'un grand cœur, il faut, de nos jours, un large crâne. L'art, la science et l'argent forment le triangle social où s'inscrit l'écu du pouvoir, et d'où doit procéder la moderne aristocratie.

En ce sens, Balzac est bien un homme de sa génération qui croit que l'homme de lettres est investi d'une mission. Son ambition, Balzac l'énonce clairement alors qu'il souscrit à ce que dit Bonald : « Un écrivain doit avoir en morale et en politique des opinions arrêtées, il doit se regarder comme un instituteur des hommes ; car les hommes n'ont pas besoin de maîtres pour douter » (avant-propos de *La Comédie humaine*). L'instituteur des hommes réfléchit donc sur la société qui, selon lui, ne déprave pas l'homme « comme l'a prétendu Rousseau, [mais] le perfectionne, le rend meilleur ». Il étudie les institutions qui la maintiennent, assurent sa stabilité (le mariage, la religion), et les forces qui pourraient l'ébranler : « puissance occulte » des sociétés secrètes « contre laquelle l'ordre social serait sans défense » (préface de *L'Histoire des Treize*), mais aussi défaut d'unité d'une aristocratie aux « mœurs discordantes », « indisciplinable » où « comme dans le Bas-Empire, chacun [veut] être empereur ».

Si l'intention de Balzac est donc de présenter dans ce roman un « essai quasi politique », on touche à l'enjeu même de *La Comédie humaine*, tel qu'il est énoncé dans son avant-propos : « Mais comment rendre intéressant le drame à trois ou quatre mille personnages que présente une Société ? comment plaire à la fois au poète, au philosophe et aux masses qui veulent la poésie et la philosophie sous de saisissantes images ? »

2. *Un poème ?*

La poésie telle que Balzac la conçoit ne se résout pas dans la forme contrainte de l'alexandrin. Et visiblement, le romancier considère la duchesse de Langeais, le personnage même de la duchesse, comme un poème. Qu'on se reporte pour s'en convaincre aux dernières paroles de Montriveau répondant à Ronquerolles :

> « [...] c'était une femme, maintenant ce n'est rien. [...]
> — Oui, dit Montriveau, car ce n'est plus qu'un poème. »

Conclusion à laquelle Balzac tient visiblement puisqu'elle reprend ce que l'édition originale formulait déjà : « Oui, ça n'a été pour moi qu'un poème ! dit Montriveau lorsque les tournoiements de l'onde s'effacèrent dans le sillage du brick. » Qu'entend-il par là ? Il ne s'agit pas *a priori* d'un éloge. Dans une lettre du 28 avril 1834 à Mme Hanska où il évoque cette fin, il écrit : « Je ne m'occupe que de *mon œuvre*, et d'une vie [celle de Mme de Berny] qui est une œuvre aussi pour moi, non pas un poème, madame, mais tout ce qu'il y a de beau et de bon sur cette terre. » Lors des tergiversations de la duchesse, le terme est aussi employé de manière péjorative : « Il serait fastidieux [...] que de faire marcher ce récit pas à pas, comme marchait le poème de ces conversations secrètes dont le cours avance ou retarde au gré d'une femme [...]. » Qu'est-ce donc qu'un poème ? Une forme qui disparaît et qui s'efface, une femme soluble dans l'eau ? Balzac invite le lecteur à réfléchir sur la forme à plusieurs reprises dans le roman. Concluant le portrait des aristocrates que sont le duc de Navarreins, le vidame de Pamiers, la princesse de Blamont-Chauvry et le duc de Grandlieu, il souligne méchamment l'inanité de leur conversation et cite un mot de Talleyrand :

> *Les manières sont tout*, traduction élégante de cet axiome judiciaire : *La forme emporte le fond*. Aux yeux du poète, l'avantage restera aux classes inférieures qui ne manquent jamais à donner un rude cachet de poésie à leurs

pensées. Cette observation fera peut-être aussi comprendre l'infertilité des salons, leur vide, leur peu de profondeur et la répugnance que les gens supérieurs éprouvent à faire le méchant commerce d'y échanger leurs pensées.

Les paroles échangées par les aristocrates sont de pures formes, vides, qui sont autant de parures insignifiantes. L'analogie que Balzac établit entre la toilette de la duchesse et son discours, analogie que l'héroïne énonce elle-même, pour inattendue qu'elle soit n'en est pas moins fort édifiante :

> Mais se faire mélancolique avec les humoristes, gaie avec les insouciants, politique avec les ambitieux, écouter avec une apparente admiration les bavards, s'occuper de guerre avec les militaires, être passionnée pour le bien du pays avec les philanthropes, accorder à chacun sa petite dose de flatterie, cela me paraît aussi nécessaire que de mettre des fleurs dans nos cheveux, des diamants, des gants et des vêtements. Le discours est la partie morale de la toilette.

Que peut faire le caméléon sinon un éloge du paraître ? Mais que devient le caméléon quand sa forme disparaît ? Si l'essence d'un être est son enveloppe charnelle, s'il est poème et non pensée, il est évidemment voué à disparaître. Ce qu'il y a de remarquable ici, c'est que la réflexion esthétique rejoint la théorie politique : nous avions vu que Balzac reprochait à l'aristocratie, dès lors vouée à une décadence inexorable, de croire que les insignes du pouvoir suffisent à assurer le pouvoir, de confondre les emblèmes et ce qu'ils représentent, de croire dans la réalité des simulacres.

3.

L'unité : une vraie question

1. *Trouver un principe de « synthèse »*

Le texte de *La Duchesse de Langeais*, oscillant entre roman, nouvelle, conte, essai, poème, semblerait pouvoir tomber sous le coup de la critique énoncée par l'écrivain lui-même, ce texte ne serait qu'un caméléon littéraire ! Balzac cependant se préserve de ce défaut en travaillant l'unité de son texte. Au moment même où il conçoit le projet de *La Comédie humaine*, il rédige un véritable manifeste de sa création :

> Aux masses les moins intelligentes se révèlent encore les bienfaits de l'harmonie politique. L'harmonie est la poésie de l'ordre, et les peuples ont un vif besoin d'ordre. La concordance des choses entre elles, l'unité, pour tout dire en un mot, n'est-elle pas la plus simple expression de l'ordre ? L'architecture, la musique, la poésie, tout dans la France s'appuie, plus qu'en aucun pays, sur ce principe […]. (p. 33-34)

Étonnant éloge de l'unité de composition dans un texte qui paraît rempli de tensions, tiraillé entre des aspirations et des visées divergentes ? Non, la question est la même pour *La Comédie humaine* dans son ensemble, et elle taraude l'écrivain.

En 1835, il s'inscrit en faux contre Walter Scott, l'auteur d'*Ivanhoe* (1820) dont il reconnaît pourtant l'influence :

> S'il se rencontre chez lui les séduisants effets d'une merveilleuse analyse, il y manque une synthèse. Son œuvre ressemble au Musée de la rue des Petits-Augus-

tins, où chaque chose, magnifique en elle-même, ne tient à rien, ne concorde à aucun édifice. Le génie n'est complet que quand il joint à la faculté de créer la puissance de coordonner ses créations.

Le Musée de la rue des Petits-Augustins présentait des moulages de différents monuments français, il permettait de se faire une idée des trésors pittoresques dont regorgeait le territoire. Pourtant, la presse lui reprochait non seulement ses tendances au « bric-à-brac », mais aussi l'absence d'harmonie et de proportions des pièces reproduites qui n'étaient pas toutes à la même échelle. Balzac partage cette opinion, lui qui, dans *Louis Lambert*, roman partiellement autobiographique, révèle son intérêt pour les proportions, les facteurs d'unité et les nombres.

2. *Proportions, nombre d'or et harmonie*

Il y analyse lucidement l'enseignement littéraire et souligne ce qui lui fait défaut : « Aucun professeur dans aucun endroit ne dit à la jeunesse quels sont les éléments littéraires, dans quel ordre doivent se saisir les idées premières, l'art de distribuer les masses d'une œuvre, comment certains sujets peuvent être présentés. » Le roman reproduit les méditations de Louis Lambert et nous fournit, sous forme d'axiomes, les principes qui orientent la réflexion de Balzac : « Le nombre qui produit toutes les *variétés* [c'est Balzac qui souligne] engendre l'harmonie qui est dans sa plus haute expression *le rapport entre les parties et l'unité*. »

La Duchesse de Langeais paraît dans son édition originale en 1834. La même année, Balzac envoie à Mme Hanska une lettre dans laquelle il présente son programme et définit les masses de *La Comédie humaine* et les rapports qu'elles entretiennent entre elles.

> Les *Études de mœurs* représenteront tous les effets sociaux [...]. Cela posé, l'histoire du cœur humain tracée fil à fil, l'histoire sociale faite dans toutes ses parties, voilà la base. [...] Alors la seconde assise sont les *Études philosophiques,* car après les effets, viendront les causes. [...] Puis après les effets et les causes, viendront les *Études analytiques* dont fait partie la *Physiologie du mariage,* car après les effets et les causes doivent se rechercher les principes. [...] mais à mesure que l'œuvre gagne en spirale les hauteurs de la pensée, elle se resserre et se condense. S'il faut 24 volumes pour les *Études de mœurs,* il n'en faudra que 15 pour les *Études philosophiques*; il n'en faut que 9 pour les *Études analytiques.*

Ces nombres sont-ils choisis au hasard? difficile à croire de la part de l'auteur de *Louis Lambert*; il faut plutôt émettre l'hypothèse qu'ils participent au rapport des parties et du tout. C'est un mot de Balzac qui nous aide à comprendre ce qui les unit : « spirale ». Quelques recherches en mathématique nous ont mise sur la voie ; les nombres choisis par Balzac forment une suite de Fibonacci, suite qui permet de construire une spirale en faisant intervenir le nombre d'or : $9 + 15 = 24$ alors que $24 : 15 = 1,6$ de même que $15 : 9 = 1,666$ (rappelons que le nombre d'or est égal à $1,618...$).

La réflexion sur la forme et donc sur le genre que nous avons abordée en partant des apparences s'avère par conséquent plus qu'essentielle pour celui qui rédige *La Duchesse de Langeais* et se refuse aux formes vides, aux « toilettes » qui camouflent l'absence de pensée. Il est alors en quête d'une forme qui corresponde au fond de son projet, consacré à une réflexion sur ce qui assure, *dans la variété,* l'unité et l'harmonie des peuples, de l'espèce humaine dont il débute la typologie, mais aussi de la Création.

Pour approfondir la réflexion

Max ANDRÉOLI, *Le Système balzacien, essai de description synchronique*, Aux amateurs de livres, 1984.

Roland CHOLLET, *Balzac journaliste, le tournant de 1830*, Klincksieck, 1983.

COLLECTIF, *Balzac et le politique*, Christina Pirot, 2006.

Rose FORTASSIER, *Les Mondains de « La Comédie humaine »*, Klincksieck, 1974.

Félicien MARCEAU, *Balzac et son monde*, Gallimard, 1955. (Édition revue et augmentée, 1971.)

Arlette MICHEL, *Le Mariage et l'Amour dans l'œuvre romanesque d'Honoré de Balzac*, Champion, 1976.

Nicole MOZET, *Balzac au pluriel*, P.U.F., 1990.

L'écrivain
à sa table de travail

Une œuvre au sein
d'un monument

BALZAC RESTE CÉLÈBRE pour le nombre de ses
manuscrits, épreuves corrigées et textes remaniés d'une
édition à l'autre. On a jusqu'à sept jeux d'épreuves corrigées pour certains de ses romans. *La Duchesse de Langeais* peut être étudiée sur manuscrit, sur le texte publié
dans la presse (*L'Écho de la Jeune France*, 1833), dans
l'édition originale de 1834 (Béchet), dans celle de 1839
(Charpentier) et enfin dans l'édition Furne de *La Comédie humaine* (1843)…

On pourra par ailleurs analyser les différentes formes
que prend une même intrigue et se faire une idée de
ce que devient un épisode biographique en comparant
La Duchesse de Langeais avec *Dezespérance d'amour* et les
extraits de la confession du *Médecin de campagne*.

1.

Autour du texte

1. *D'un titre à l'autre*

Nous avons déjà eu l'occasion d'évoquer certaines
variantes de *La Duchesse de Langeais* concernant tant la

composition de l'ensemble (le choix de la prolepse narrative) que des aspects plus ponctuels (fin du récit faisant référence aux paroles de Marsay qui nous permettent de passer à la troisième œuvre de la trilogie : *La Fille aux yeux d'or*).

On se doit de signaler certaines corrections majeures. Tel le changement de titre que le film de Jacques Rivette a réactualisé dernièrement (2007) : *La Duchesse de Langeais* s'est d'abord intitulé *Ne touchez pas à la hache*, par référence à une curiosité anglaise qu'évoque la conversation entre Montriveau et la duchesse (p. 117) et que Balzac évoquait déjà dans son introduction aux œuvres de Jean de La Fontaine : on montrait à Londres la hache qui avait décapité Charles Ier, alors que Cromwell fondait la République anglaise. Ce premier titre, évidemment plus mélodramatique, signalait au lecteur avide de sensations fortes qu'il tenait une œuvre digne du plus « gothique » des romans anglais. La correction recentre le roman sur le personnage de la duchesse et sur une dimension plus « psychologique » du texte.

2. *Des épigraphes supprimés*

De même, l'élimination de certaines épigraphes mérite de retenir notre attention. Le titre du premier chapitre (« La sœur Thérèse ») était ainsi suivi d'une assez longue citation empruntée au *Chemin de la perfection* de sainte Thérèse. Nous serions volontiers encline à mettre cette correction sur le compte de la nécessaire distinction qu'il faut effectuer entre la sainte et la sœur, distinction dont nous avons tenté de faire la démonstration plus haut. Signalons aussi la disparition d'une autre épigraphe, *a priori* beaucoup moins attendue. Le chapitre 3 (« La femme vraie ») était suivi dans l'édition

Charpentier d'une citation extraite d'un conte drolatique, *Berthe la repentie*, que Balzac rédigeait parallèlement : « Ez cueurs guastez de tout poinct, ne sourd que
venins de vindicte. » Cette phrase ne figure plus dans
l'édition définitive du conte. La présence apparemment
incongrue de cette épigraphe (on est loin, dans le
roman, de l'univers drolatique et rabelaisien des
contes) suffirait à montrer les liens qui unissent les deux
grands massifs de la création balzacienne. La lettre pro-
grammatique d'octobre 1834 à Mme Hanska, que nous
avons citée plus haut, terminait la description du projet
monumental en ces termes : « Et sur les bases de ce
palais, moi *enfant* et *rieur*, j'aurai tracé l'immense ara-
besque des *Cent contes drolatiques*. » On y reviendra.

2.

Construire une *Comédie humaine*

1. *Des leitmotivs*

Il ne saurait être possible d'étudier ici l'ensemble des
variantes. On a donc choisi de se concentrer sur la
manière dont l'écrivain, construisant le monument
qu'est *La Comédie humaine*, assure l'unité de son œuvre.

On constate d'abord que Balzac reprend d'une
œuvre à l'autre des analyses qu'il juge satisfaisantes (il
réutilise, par exemple, son étude du *Mosè* de Rossini
dans *Massimilla Doni*), mais surtout poursuit les mêmes
thèmes, comme des leitmotivs, en des termes parfois si
proches que l'on peut considérer tel passage de telle
œuvre comme une variante d'un développement figu-
rant dans une autre. L'« archéologue des mœurs de son

temps » se plaît ainsi à présenter l'aristocratie comme une gérontocratie qui conserve précieusement ses vieux débris. L'auteur du *Cabinet des Antiques* (première édition, 1836) prend évidemment un malin plaisir à filer une métaphore caustique : décrivant la princesse de Blamont-Chauvry, il la qualifie de « curieuse antique » et souligne qu'elle a « une très haute idée de ses ruines ». Cette critique ne fait que reprendre des analyses déjà effectuées tant dans ses *Lettres sur Paris* (1831) que dans *Ferragus*, où Balzac a plaint une jeunesse « comptée pour rien par des vieillards jaloux de garder les rênes de l'État dans leurs mains débiles ». Dans la même logique, les assertions de l'écrivain sur la nécessité pour l'aristocratie de se régénérer en se greffant sur des « intelligences », peuvent se lire aussi bien dans le *Traité de la vie élégante* (1830) que dans *Illusions perdues*, où il fera dire à l'inventeur David Séchard, que l'on peut considérer comme l'un de ses « doubles » : « Je n'ai encore ni la fortune d'un Keller, ni le renom d'un Desplein, deux sortes de puissances que les nobles essaient encore de nier [...]. »

Plus profondément, c'est une vision de la société qui se lit et se relit d'un roman à l'autre. Nous avons déjà montré combien les rapports de pouvoir, et la cruauté qu'ils supposent, interviennent dans la pensée politique de Balzac. Il est bien difficile de ne pas rapprocher les propos de Ronquerolles sur l'efficacité du « knout » et les affirmations conjuguées de Vautrin et de Mme de Beauséant dans *Le Père Goriot* :

> Eh bien, monsieur de Rastignac, traitez ce monde comme il mérite de l'être. Vous voulez parvenir, je vous aiderai. [...] Plus froidement vous calculerez, plus avant vous irez. Frappez sans pitié, vous serez craint. N'acceptez les hommes et les femmes que comme des

chevaux de poste que vous laisserez crever à chaque relais, vous arriverez ainsi au faîte de vos désirs.

[...] Mais si vous avez un sentiment vrai, cachez-le comme un trésor ; ne le laissez jamais soupçonner, vous seriez perdu. Vous ne seriez plus le bourreau, vous deviendriez la victime.

2. *La coquette*

Les grands types féminins qui font la notoriété de Balzac se retrouvent aussi, déclinés, nuancés, Balzac faisant varier un détail pour mieux affiner sa typologie et montrer comment une même figure peut évoluer différemment lorsque tel ou tel paramètre est modifié. Nous reviendrons sur le type de la « coquette », mais nous pouvons d'ores et déjà renvoyer le lecteur au *Secrets de la Princesse de Cadignan* (première édition, 1839), roman dans lequel Balzac propose une réécriture de la scène de séduction d'un homme remarquable par une coquette, scène d'autant plus terrible qu'elle est le fruit d'une machination féminine. Deux reines de *La Comédie humaine*, deux amies, dont l'amitié est « cimentée par de petits crimes », Mme d'Espard et la princesse de Cadignan (*alias* Diane de Maufrigneuse), se donnent le défi de régner sur le grand écrivain de *La Comédie humaine*, Daniel d'Arthez :

> Ma chère, vous sentez-vous en beauté, en coquetterie, lui dit-elle, venez dans quelques jours dîner chez moi ? je vous servirai d'Arthez. Notre homme de génie est de la nature la plus sauvage, il craint les femmes et n'a jamais aimé. Faites votre thème là-dessus.

Le jeu étant trop simple, elles le corsent même un peu :

> « Eh bien, dit la marquise à Diane, comment le trouvez-vous ?

> — Mais c'est un adorable enfant, il sort du maillot. Vraiment, cette fois encore, il y aura comme toujours un triomphe sans lutte.
> — C'est désespérant, dit Mme d'Espard, mais il y a de la ressource.
> — Comment?
> — Laissez-moi devenir votre rivale. »

3. *La femme abandonnée*

Comparée à ces deux stratèges en coquetterie, la duchesse de Langeais apparaît tout auréolée de pureté et peut servir à illustrer une autre « espèce » de la zoologie balzacienne, celle de la « femme abandonnée », ce qui la rapproche encore de Mme de Beauséant, abandonnée par d'Ajuda-Pinto pour Mlle de Rochefide alors que la duchesse est apparemment abandonnée par Montriveau. Dans *Les Secrets de la Princesse de Cadignan*, ces deux héroïnes tragiques sont donc comparées aux La Vallière, aux Montespan, aux Diane de Poitiers, aux duchesses d'Étampes et de Châteauroux…

Les plaintes de Mme de Beauséant dans *La Femme abandonnée* (1832) nous donnent une idée des souffrances muettes d'Antoinette : la vicomtesse se confie ici à Gaston de Nueil :

> Je pensais […] qu'un homme ne devait jamais abandonner une femme dans la situation où je me trouvais. J'ai été quittée, j'aurai déplu. […] Le malheur m'a éclairée. Après avoir été longtemps l'accusatrice, je me suis résignée à être la seule criminelle. J'ai donc absous à mes dépens celui de qui je croyais avoir à me plaindre. Je n'ai pas été assez adroite pour le conserver : la destinée m'a fortement punie de ma maladresse. Je ne sais qu'aimer : le moyen de penser à soi quand on aime ? J'ai donc été l'esclave quand j'aurais dû me faire tyran. Ceux qui me connaîtront pourront

me condamner, mais ils m'estimeront. [...] Il faut avoir vécu pendant trois ans seule pour avoir la force de parler comme je le fais en ce moment de cette douleur. L'agonie se termine ordinairement par la mort, eh bien, monsieur, c'était une agonie sans le tombeau pour dénouement.

4. *Redistribuer les cartes*

Cependant, ce qui fait véritablement la saveur de *La Comédie humaine* provient du travail que Balzac effectue lors de la publication de l'édition Furne, pour laquelle il « lisse » l'ensemble de ses romans, accomplissant une tâche colossale de mise en cohérence que nous pouvons voir à l'œuvre par exemple dans *La Duchesse de Langeais*, mais qui ne donne qu'une faible idée de l'ampleur des corrections effectuées.

Là où des personnages secondaires n'avaient pas de nom, ou des noms indifférents, Balzac redistribue son personnel romanesque. Mais il ne le redistribue pas au hasard. Ainsi, la réplique de « la femme du président de Montignon » : « Que va donc devenir la société, monsieur, si vous honorez ainsi le vice, sans respect pour la vertu ? » est-elle réattribuée à « la femme du procureur général, la comtesse de Grandville », dont Balzac nous brosse le portrait dans *Une double famille* et qui représente dans *La Comédie humaine* la bigote frigide dont la défense de la vertu manque totalement d'intelligence.

De même les aristocrates qui viennent graviter autour de la duchesse jouent comme des contrepoints du personnage qu'ils mettent alors mieux en valeur. Ainsi Antoinette gagne-t-elle en vertu pour la simple raison qu'elle est campée par le peintre aux côtés de Mme de Maufrigneuse (introduite dans une variante de la p. 54) qui lui présente Montriveau, dont nous avons noté la coquetterie et qui reste célèbre dans *La Comédie humaine* pour ses nombreuses liaisons et pour avoir été la « poupée » de Marsay (qui fait partie de la Société des Treize et partage le cynisme de Ronquerolles).

Si Mme de Sérizy conserve son nom, elle change en revanche d'amant (ce qui vaut même à Balzac un oubli : il omet de corriger la substitution de Maulincour en d'Aiglemont p. 136). La pauvre garde pour le coup son peu de discernement dans ses choix amoureux : « [n'ayant] jamais *distingué* que des gens vulgaires, […] [elle] se trouvait aimée par un bel homme, le marquis d'Aiglemont » auquel Balzac réserve ses pires sarcasmes dans *La Femme de trente ans* (1832) : « Sa figure mâle et noble exprimait des pensées larges, et sa physionomie n'était une imposture que pour sa femme. En entendant tout le monde rendre justice à ses talents postiches, le marquis d'Aiglemont finit par se persuader à lui-même qu'il était l'un des hommes les plus remarquables de la cour, où grâce à ses dehors, il sut plaire […]. »

Mais le personnage dont l'intervention dans l'édition Furne est la plus intéressante est Mme de Beauséant : la rivale de la duchesse en termes de grandeur dans le sacrifice amoureux. On pourrait croire un moment que les deux héroïnes se valent. Ce serait à tort. Balzac accorde ses suffrages à Mme de Beauséant : reste de rancœur contre Mme de Castries qui servit de modèle à la duchesse et que nous évoquerons plus loin ? peut-être, mais surtout continuité psychologique : la duchesse de Langeais peut-elle s'oublier complètement, se sacrifier absolument, elle qui accorde à son « moi » un amour-propre inspiré de celui de Médée ? Corneille réservait à son héroïne une réplique qu'on imaginerait bien dans la bouche de la duchesse de Langeais. À sa confidente qui lui demande ce qui lui reste après un « si grand revers », Médée répond : « Moi. Moi, dis-je et c'est assez. »

5. *La duchesse de Langeais chez* Le Père Goriot

On ne peut comprendre un personnage de Balzac si l'on ne suit pas son parcours d'un roman à l'autre. Qui jugera Anastasie de Restaud, la fille ingrate de Goriot, après avoir découvert ses souffrances dans *Gobseck* ? Or, la duchesse de Langeais fait une apparition particulièrement remarquable dans *Le Père Goriot*. Cette apparition correspond au moment où Mme de Langeais, à laquelle s'est révélée sa passion pour Montriveau, après la scène de l'enlèvement, visite pendant une semaine toutes les maisons où elle espère rencontrer le marquis (voir p. 135). Alors que *La Duchesse de Langeais* présente sa visite chez Mme de Sérizy, *Le Père Goriot* propose celle qu'elle effectue chez Mme de Beauséant. L'articulation se repère à une notation précise du texte :

> « À quelle heureuse pensée dois-je le bonheur de te voir, ma chère Antoinette ? dit Mme de Beauséant.
> — Mais j'ai vu M. d'Ajuda-Pinto entrant chez M. de Rochefide, et j'ai pensé qu'alors vous étiez seule. »
> Mme de Beauséant ne se pinça point les lèvres, elle ne rougit pas, son regard resta le même, son front parut s'éclaircir pendant que la duchesse prononçait ces fatales paroles.
> « Si j'avais su que vous fussiez occupée…, ajouta la duchesse en se tournant vers Eugène.
> — Monsieur est M. Eugène de Rastignac, un de mes cousins, dit la vicomtesse. Avez-vous des nouvelles du

général Montriveau ? fit-elle. Sérizy m'a dit hier qu'on ne le voyait plus, l'avez-vous eu chez vous aujourd'hui ? » La duchesse, qui passait pour être abandonnée par M. de Montriveau de qui elle était éperdument éprise, sentit au cœur la pointe de cette question, et rougit en répondant :

« Il était hier à l'Élysée.

— De service, dit Mme de Beauséant.

— Clara, vous savez sans doute, reprit la duchesse en jetant des flots de malignité par ses regards, que demain les bans de M. d'Ajuda-Pinto et de Mlle de Rochefide se publient ? »

La perfidie de la duchesse, qui d'emblée fait remarquer à Mme de Beauséant qu'elle est abandonnée, n'échappera à personne. Cependant, mise en présence de la vicomtesse, « grande » et « digne » âme, elle apparaît non seulement « froide », mais aussi pleine d'un terrible mépris pour ceux qui ne sont pas de sa caste alors qu'elle explique à Rastignac qu'Anastasie de Restaud est la fille d'un « Moriot », « Goriot », « Doriot » qui ne mérite pas qu'on mémorise son nom et sur lequel elle exerce son esprit en imitant sans intelligence le roi :

> « La fille d'un vermicellier, reprit la duchesse, une petite femme qui s'est fait présenter le même jour qu'une fille de pâtissier. Ne vous en souvenez-vous pas, Clara ? Le roi s'est mis à rire, et a dit en latin un bon mot sur la farine. Des gens, comment donc ? des gens…
> — *Ejusdem farinae*, dit Eugène.
> — C'est cela, dit la duchesse.[…] »
> La duchesse sourit en disant : « Mais, ma chère, je vous admire. Pourquoi vous occupez-vous donc tant de ces gens-là ? Il a fallu être amoureux fou, comme l'était Restaud, pour s'être enfariné de Mlle Anastasie. »

La duchesse telle qu'elle apparaît ici semble avoir bien oublié son chagrin. Comment peut-on faire si peu preuve d'humilité et de magnanimité alors que la passion nous a réduit à néant, que notre moi s'est enfin effacé ? Là où la vicomtesse montre l'exemple de ce qu'est une grande dame, la duchesse reste ce qu'elle a été : une représentante du faubourg Saint-Germain. À mettre les choses en perspective, on apprend donc à reconnaître les personnages pour ce qu'ils sont. Toute l'œuvre de Balzac fonctionne comme un kaléidoscope qui nous enseigne à faire varier nos points de vue, à passer du petit au grand bout de la lorgnette. Le travail de l'écrivain consiste donc non seulement à construire un univers complexe et cohérent, mais aussi à faire varier premier plan et arrière-plan, point de vue d'un personnage principal qui devient ailleurs secondaire, etc. La composition de *La Duchesse de Langeais*, qui joue de cette façon, nous l'avons montré, peut nous donner une idée de ce qui fait le principe d'organisation de *La Comédie humaine* et force le lecteur à trouver ses marques, se déplacer, circuler, reconstruire des repères qu'il faudra à nouveau repenser. Une véritable épreuve pour l'intelligence.

Contrepoint

« Dezespérance d'amour »,
un contre drolatique
de Balzac

LES *CONTES DROLATIQUES* forme un massif à part
dans la création balzacienne. Signés du nom de Balzac
— alors que ses « cochonneries littéraires » ne le sont
pas, ils devaient figurer comme « une immense ara-
besque », tracée par un enfant « rieur » sur la base de *La
Comédie humaine* (voir lettre déjà citée du 26 octobre
1834). Faut-il interpréter l'autonomie des contes
comme le fruit d'une incapacité à achever l'œuvre dans
son intégralité, ou doit-on considérer qu'il y avait une
trop grande divergence de conception pour que le
projet soit réalisé ? Le cas de « Dezespérance d'amour »
est particulièrement intéressant pour le sujet qui nous
occupe.

Le lien entre le conte et *La Duchesse de Langeais* a été
établi par Roland Chollet dans *L'Année balzacienne* en
1965, et la lecture des textes nous confirme aisément
ses affirmations. Les similitudes concernant les personnages et l'intrigue s'expliquent évidemment par la
source biographique (les deux textes sont écrits à un
ou deux ans d'intervalle) : on reconnaîtra dans Cappara
l'artiste dont on salue le talent mais dont on mécon-
naît la misère, comme dans Montriveau l'homme de
génie dont les aventures « exotiques » suscitent l'intérêt

des salons, des doubles de l'écrivain. On apprendra à reconnaître des figures de Mme de Castries dans la dame de « haut lignaige » et dans l'aristocratique Antoinette de Langeais, toutes deux coquettes « en diable », qui se complaisent à faire l'amour en paroles.

On n'aura pas de mal à montrer que la trame est la même, organisée autour de la scène de vengeance, empruntée au roman gothique, réalisée dans le conte, seulement « cauchemardée » dans le roman, et qui permet le renversement des rôles : le bourreau devenant la victime. Notons au passage que Balzac, à sa manière, marque la joue de Mme de Castries en racontant à qui veut l'entendre ce que cache une duchesse « passionnée » comme fond d'amour-propre et de caprice. La comparaison entre les deux œuvres permet aussi de retrouver certaines des grandes thématiques balzaciennes.

Cependant, c'est même la question des enjeux narratifs qui rapproche les deux œuvres : on le sait, le réalisme balzacien impose une réflexion sur la vérité de la fiction. On a montré au début de notre étude que Balzac, encore marqué par ses romans de jeunesse, rédigeait une œuvre dans laquelle se percevait la tension entre le goût du pittoresque et l'impératif du vrai. Cette tension se retrouve dans le conte : ce qui est pittoresque, c'est la langue choisie par l'auteur. Syntaxe, lexique, orthographe imités du XVIe siècle sont des moyens de restituer un pan de notre histoire, et de faire une « Histoire de France pittoresque » en acte. Mais le choix de cette langue étrange a des répercussions inédites sur le lien que l'écrivain établit dès lors avec son lecteur. Balzac est ainsi parfaitement conscient que les *Cent contes* dont il a débuté la rédaction sont « un monument littéraire bâti pour quelques connaisseurs » (Lettre à Mme Hanska, 19 août 1833).

Il y établit, en effet, une connivence avec un lecteur tout aussi « enfant et rieur » que lui et prêt à jouer avec un auteur qui prend plaisir non seulement à pasticher une langue oubliée, mais encore à « oultrepasser » ses droits de linguiste ressusciteur, n'hésitant pas à créer des néologismes dans l'archaïsme, à faire varier son orthographe (plusieurs graphies pour un même mot) et à en multiplier les fioritures, les ornements, les « phantaizies » de façon totalement gratuite.

On le voit, la logique est bien différente de celle de *La Duchesse de Langeais,* nouvelle exemplaire dans laquelle l'auteur cherche à châtier le lecteur dans ses certitudes aristocratiques, n'hésite pas à le renvoyer à ses propres fantasmes de cruauté ni à se jouer de lui en exhibant sur la scène romanesque un ensemble de jeux d'ombres, de cauchemars et de « poèmes », de formes imparfaites qui disparaissent en mer Méditerranée.

Honoré de BALZAC

« Dezespérance d'amour » (1833)

Les Cent contes drolatiques

(dans *Nouvelles et contes II, 1832-1850,*
« Quarto », 2006)

En le temps où le roy Charles huictiesme eust la phantaizie d'aurner le chasteau d'Amboyse, vinrent avecque luy aulcuns ouvriers ittalians, maystres sculpteurs, bons peintres et massons ou architectes. Lesquels firent ez guallieries de beaulx ouvraiges qui, par délaissement, ont esté prou guastez.

Et doncques, la Court estoyt lors en ce playsant seiour ;

et, comme ung chascun sçayt, le bon ieune sire aymoit moult à voir ces gens elabourer leurs inventtions. Estoyt lors parmy ces sievrs estrangiers ung Florentin, ayant nom Messer Angelo Cappara, lequel avoyt ung grant meritte, faysoit des sculpteures et engraveures comme pas ung, nonobstant son eage, vu que aulcuns s'esbaudissoyent de la voir en son apvril et déjà si sçavant. De faict à poine frizotoit en son guernon les poils qui empreignent ung homme de sa maiesté virile. De cettuy Angelo, les dames estoyent vrayment toutes picquéez, pour ce qu'il estoyt ioly comme ung resve, mélancholique comme est la palumbe seule en son nid par mort du compaignon. Et vecy comme. Cettuy sculpteur avoyt le grant mal de paouvreté, qui gehenne la vie en ses mouvemens. De faict, il vivoyt durement, mangiant peu, honteulx de ne rien avoir, et s'adonnoyt à ses talens par grant dézespoir, voulant, à toute force, gaigner la vie oysive qui est la plus belle de touttes pour ceulx dont l'asme est occupée. Par braverie, le florentin venoyt en la Court gualamment vestu ; puis, par grant timidité de ieunesse et de maleheur, n'ozoit demander ses denniers au roy qui, le voyant ainsy vestu, le cuydoit bien fourni de tout. Courtizans, dames, ung chascun souloyt admirer ses beaulx ouvraiges et aussy le faiseur ; mais, de carolus, nullement. Tous, et les dames sur tout, le treuvant riche de natture, l'estimoient suffisamment guarny de sa belle ieunesse, de ses longs cheveux noirs, yeux clairs, et ne songioyent poinct à des carolus en songiant à ces choses et au demourant. De faict, elles avoyent grandement rayson, vu que ces advantaiges donnoyent à maint braguard de la court, beaulx domaines, carolus et tout.

Maulgré sa semblance et ieunesse, Messer Angelo avoyt vingt années d'eage et n'estoyt poinct sot, avoyt ung grand cueur, de belles poëzies en la teste ; et de plus, estoyt homme de haulte imaginacion. Mais en grant humilité en luy-mesme, et comme tous paouvres et souffreteux, restoyt esbahis, en voyant le succez des ignares. Puis se cuydoit mal fassonné, de corps ou

d'asme, et guardoyt en luy-même ses pensers : ie faulx,
vu que il les disoyt, en ses fresches nuictées, à l'umbre,
à Dieu, au dyable, à tout. Lors, se lamentoyt de porter
ung cueur si chauld que, sans doubte aulcun, les
femmes s'en garoient comme d'ung fer rouge ; puis, se
racomptoyt à luy-mesme en quelle ferveur auroyt une
belle maytresse ; en quel honneur seroyt elle en sa vie ;
en quelle fidelitez il s'attacheroyt à elle ; de quelle
affection la serviroyt ; en quelle estude auroyt ses com-
mandemens ; de quelz ieux dissiperoyt les legiers
nuages de sa tristesse melancholique aux iours où le
ciel s'embruneroyt. Brief, s'en pourtraictant une par
imagination figuline, il se rouloyt à ses piés, les baysoyt,
amignottoyt, caressoyt, mangioit, sugçoit aussi réalle-
ment que ung prizonnier court à travers champs, en
voyant les prées par ung trou. Puys, luy parloyt à l'at-
tendrir ; puys, en grant perprinse, la serroyt à l'estouf-
fer, la violoit ung petit maulgré son respect, et mordoyt
tout en son lict de raige, quérant cette dame absente,
plein de couraige à luy seul, et quinaud l'endemain
alors qu'il en passoyt une. Néanmoins, tout flambant
de ses amours phantasques, il tapoyt derechef sur
ses figures marmorines et engravoyt de iolis tettins à
fayre venir l'eaue en la bousche de ces beaulx fruicts
d'amour, sans compter les autres chozes qu'il bom-
boyt, amenuizoit, caressoyt de son ciseau, purifioit de
sa lime, et contournoyt à faire comprendre l'usaige
parfaict de ces choses, à ung coquebin et le decoc-
quebiner dans le iour. Et les dames souloyent se reco-
gnoistre en ces beaultez, et de Messer Cappara toutes
s'encapparassonnoyent. Et messer Cappara les frosloit
de l'œil iurant que le iour où l'une d'elles luy donne-
royt son doigt à bayser, il en auroyt tout.

Entre ces dames de hault lignaige, une s'enquit ung
iour de ce gentil florentin à luy-mesme, luy demandant
pourquoy se faisoit il si farouche ? Et si nulle femme
de la court ne le sçauroyt apprivoiser ? Puis l'invita
gratieulsement à venir chez elle, à la vesprée.

Messer Angelo, de se perfumer, d'achepter ung manteau de veloux à crepines doublé de sattin, d'emprunter à ung amy une saye à grandes manches, pourpoint tailladez, chausses de soye, et de venir et de monter les desgrez d'ung pied chauld, respirant l'espoir à plain gozier, ne saichant que fayre de son cueur qui bondissoit et sursaultoit comme chievre ; et, pour toust dire d'un coup, ayant par advance de l'amour de la teste aux pieds à en suer dedans le dos.

Faites estat que la dame estoyt belle. Or, messer Cappara le sçavoyt d'aultant mieux, que, en son mettier, il se cognoissoyt aux emmanchemens des bras, lignes du corps, secrètes entourneures de la callipygie et autres mystères. Doncques, ceste dame satisfaysoit aux règles especialles de l'art, oultre que elle estoit blanche et mince ; avoyt une voix à remuer la vie là ou elle est, à fourgonner le cueur, la cervelle et le reste ; brief, elle mettoit en l'imaginacion les délicieuses images de la chose sans faire mine d'y songier, ce qui est le propre de ces damnées femelles.

Le sculpteur la trouva size au coin du feu, dedans une haute chaire, et vecy la dame de devizer à son aize, alors que messer Angelo n'ozoit dire aultre françois que oui et non, ne pouvoit rencontrer aulcunes parolles en son gozier, ne aulcune idée en sa cervelle, et se seroyt brizé la teste en la cheminée, si n'avoyt eu tant d'heur à voir et ouïr sa belle maytresse, qui se iouoit là comme ung mouscheron en ung rais de soleil. Pour ce que, obstant cette muette admiration, tous deux demourèrent iusques au mitant de la nuit, en s'engluant à petits pas dedans les voyes fleuries de l'amour, le bon sculpteur s'en alla bien heureux. Chemin faisant, il conclud à part luy, que si une femme noble le guardoyt ung peu prest de sa iuppe, durant quatre heures de nuict, il ne s'en falloyt pas d'ung festu qu'elle ne le laissast là iusques au matin. Or, tirant de ces prémisses plusieurs iolys corollaires, il se rezolut à la requérir de ce que vous sçavez, comme simple femme. Doncques il se deslibéra de toust tuer, le mary, la femme ou luy, faulte de filer une heure de ioie à l'ayde de sa quenouille. De faict, il s'estoyt si sérieusement enchargié d'amour, que il cuydoit la vie estre ung foyble enjeu dans la partie de l'amour, vu que, un seul iour y valloit mille vies.

Le Florentin tailla sa pierre en pensant à sa soirée, et, par ainsy, guasta bien des nez en songiant à aultre choze. Voyant ceste malefasson, il lairra l'ouvraige ; puis se perfuma et vint gouster aux gentils propos de sa dame avecque espérance de les faire tourner en actions. Mais quand il fut en prezence de sa souveraine, la maiesté féminine fit ses rayonnemens, et paouvre Cappara si tueur en la rue, se moutonna soudain en voïant sa victime.

Ce néanmoins, devers l'heure où les dezirs s'entrechauffent, il se estoyt coulé presque sur la dame et la tenoyt bien. Il avoyt marchanddé ung baizer, l'avoyt prins, bien à son heur ; car, quand elles le donnent, les dames guardent le droit de reffuser ; mais alors qu'elles le lairrent robber, l'amoureux peut en voller mille. Cecy est la rayson pour laquelle, sont accoustumées toutes de se lairrer prendre. Et le florentin en avoyt desrobbé ung bon compte et déià les choses s'entrefiloyent parfaictement, alors que la dame qui avoyt mesnagié l'estoffe, s'escria :

— Vécy mon mary !

De faict monseigneur revenoyt de iouer à la paulme, et sculpteur de quitter la place non sans recueillir la riche œillade de femme interrompue en son heur.

Cecy feut toute sa chevance, pitance et rejouissance durant ung mois ; vu que, sur le bord de sa ioie, touiours vennoyt mon dict sieur mary, et touiours advenoyt saigement entre ung refuz net, et ces adoulcissemens dont les femmes assaisonnent leurs refuz ; menuz suffraiges, qui raniment l'amour et le rendent pluz fort. Et alors que sculpteur impacienté commençoyt vistement dès sa venue la bataille de la iuppe, à ceste fin d'arriver à la victoire avant le mary, auquel sans doute ce remu-mesnaige prouffictoyt, ma iolye dame, voyant ce dezir escript aux yeulx de son sculpteur, entamoyt querelles et noizes sans fin. D'abord, elle se faysoit ialouze à faulx, pour s'entendre dire de bonnes iniures d'amour ; puis appaisoyt la cholère du petit par l'eaue d'un baiser ; puis, prenoyt la parolle pour ne la poinct quitter, et alloyt disant : comme quoy son amant à elle, debvoyt se tennir saige ; estre à ses voulentez, faulte de quoy elle ne sçauroyt lui donner son asme et sa vie ; et que ce estoyt peu de chose que d'offrir à sa maytresse ung dézir ; et que, elle estoyt pluz couraigeuze pourceque aymant pluz, elle sacrifioit davantaige ; puis, à propos, vous laschoyt ung : Laissez cela ! dict d'un air de royne. Puis elle prenoyt à temps ung air fasché pour responde aux repproches de Cappara :

— Si vous n'estes comme ie veulx que vous soyez, ie ne vous aimerai plus.

Brief, ung peu tard, le paouvre italien vid bien que ce ne estoyt poinct ung noble amour, ung de ceulx qui ne mezurent pas la ioye comme ung avare ses escuz, et que enfin ceste dame prennoyt plaisir à le faire saulter sur la couverture ; et à le lairrer maystre de toust, pourveu qu'il ne touchiast poinct au ioly plessis de l'amour. À ce mettier, le Cappara devint furieux à tout tuer, et print avecque lui de bons compaignons, ses amis auxquelz il bailla la charge d'attaquer le mary pendant le chemin qu'il faysoit pour venir se couchier en son logis, aprest la partie de paulme du roy.

Luy vint à sa dame, en l'heure accoustumée.

Quand les doulx ieulx de leur amour feurent en bon train, lesquels ieulx estoyent baisers bien dégustez, cheveulx bien enroulez, desroulez, les mains mordeues de raige, les aureilles aussi, enfin tout le traficq, moins ceste chose especialle que les bons autheurs treuvent abominable, avecque rayson ; vecy florentin de dire entre deux baysers qui alloyent ung peu loin :

— Ma mye, m'aymez-vous plus que toust ?

— Oui ! fit-elle, vu que les parolles ne leur coustent jamais rien.

— Hé bien ! respartist l'amoureux, soyez toute à moy.

— Mays, fit-elle, mon mary va vennir.

— N'est-ce que cela?

— Ouy.

— I'ay des amys qui l'arresteront et ne le lairreront aller que si je mets ung flambeau en ceste croissée. Puis, s'il se plaint au Roy, mes amys diront que ils cuydoient faire le tour à ung des nostres.

— Ha! mon amy, dit-elle, lairrez-moi voir si toust est bien céans, muet et couchié.

Elle se leva et mit la lumière à la croissée. Ce que voyant, messer Cappara souffle la chandelle, prend son espée, et se plassant en face de ceste femme dont il cogneut le mépris et l'asme feslonne :

— Ie ne vous tueray pas, Madame, fit-il, mays ie vais vous estaffiler le visaige, en sorte que vous ne coc-quetterez plus avec de paouvres ieunes amoureux dont vous iouez la vie! Vous m'avez truphé honteusement, et n'estes poinct une femme de bien. Vous sçaurez que ung bayser ne se peut essuyer iamays en la vie d'ung amant de cuer, et que bouche baysée vaut le reste. Vous m'avez rendeu la vie poisante et maulvaise à tou-jours ; doncques, je veux vous faire esternellement son-gier à ma mort, que vous cauzez. Et, de faict, vous ne vous mirerez oncques en vostre mirouer sans y voir aussi ma face.

Puis il leva le bras, et fit mouvoir l'espée pour tollir ung bon morceau de ces belles ioues fresches en lesquelles il y avoyt trace de ses baysers.

Lors la dame luy dict qu'il estoyt ung desloyal.

— Taysez-vous, fit-il, vous m'avez dict que vous m'ai-miez pluz que tout. Maintenant vous dictes aultre chose. Vous me avez attiré en chasque vesprée ung peu plus hault dans le Ciel, vous me gettez d'un coup en Enfer, et vous cuidez que vostre iuppe vous saulvera de la cholère d'ung amant... Non.

— Ha mon Angelo, je suis à toy! fit-elle emmerveillée de cet homme flambant de raige.

Mais luy se tirant à trois pas :

— Ha robbe de cour et maulvais cuer, tu aimes mieulx ton visaige que ton amant!... Tiens!

Elle blesmit, et tendit humblement le visaige ; car elle comprint que, à ceste heure, sa faulseté passée faisoit tort à son amour prezent. Puis, d'ung seul coup Angelo l'estafila, quitta la maison, et vuyda le pays.

Le mary n'ayant point esté inquietté, pour cause de ceste lumière qui feut veue des Florentins, trouva sa femme sans sa ioue senestre ; mais elle ne souffla mot, maulgré la douleur, vu que, deppuys l'estaffilade, elle aymoit son Cappara plus que la vie et toust. Nonobstant ce, le mary voulut sçavoir d'où proccedoyt ceste blessure. Or, nul n'estant venu fors le florentin, il se plaignit au roy, qui fit courir sus à son ouvrier, et commanda de le pendre, ce qui feut faict à Bloys.

Le iour de la pendaison, une dame noble eust envie de saulver cet homme de couraige, qu'elle cuydoit estre ung amant de bonne trempe ; et pria le roy de le luy accorder, ce qu'il fit voulentiers. Mais Cappara se desclaira de tout poinct acquis à sa dame dont il ne pouvoyt chasser le soubvenir, se fit relligieux, devint cardinal, grant sçavant, et souloyt dire, en ses vieux iours : qu'il avoyt vescu par la remembrance des ioyes prinses en ces paouvres heures souffreteulses, où il estoit à la foys trez-bien et trez-mal traicté de sa dame.

Il y ha des autheurs qui disent que, deppuys, il alla pluz loing que la iuppe avec sa dame, dont la ioue se refit ; mays ie ne sçauroys croire à cecy, veu que ce estoyt ung homme de cueur qui avoyt haulte imaginacion des sainctes délices de l'amour.

Cecy ne nous enseigne rien de bon, si ce n'est qu'il y ha dans la vie de maulvaises rencontres ; vu que ce conte est vray de tout poinct. Si, en d'aultres endroicts, l'autheur avoit, par caz fortuict, oultrepassé le vray, cettuy lui vauldra des indulgences prest des amoureulx conclaves.

ÉPILOGUE

Encores que ce secund dixain ait en son frontispice, inscription qui le dize parachevé en ung temps de neige et de froideure, il viend au ioly mois de juin où toust est verd, pour ce que la paouvre muse de laquelle l'autheur est subject ha eu pluz de caprices, que n'en a l'amour phantasque d'une royne, et a mystérieuzement voulu getter son fruict parmi les fleurs.

Or, nul ne peut se vanter d'estre maystre de ceste phée. Tantost, alors que ung grave penser occupe l'esperit et griphe la cervelle, vécy la garse rieuse qui debagoule ses gentils propos en l'aureille, chatouille avecque ses plumes les levres de l'autheur, mène ses sarabandes et faict son tapaige dans la mayson. Si par cas fortuict, l'escripturier habandonne la science pour noizer, lui dict : — «Attends ma mye, i'y vais!» et se leve en grant haste pour iouer en la compaignie de ceste folle. Plus de garse!

Elle est rentrée en son trou, s'y musse, s'y roule et geint. Prenez baston à feu, baston d'ecclize, baston rusticque, baston de dames, levez-les, frappez la garse, et dictes-luy mille iniures. Elle geint. Despouillez-la, elle geint. Caressez-la, mignottez-la, elle geint. Baysez-la, dictes-lui : — Hé mignonne? elle geint. Tantost elle ha froid ; tantost, elle va mourir. Adieu l'amour, adieu les rires, adieu la ioye, adieu les bons comptes.

Mennez bien le deuil de sa mort, plourez-la, cuydez la morte, geignez.

Alors, elle leve la teste, esclatte de rire, desploye ses aesles blanches et revole on ne sçayt où ; mais tournoye en l'aer, capriole, montre sa queue diabolicque, ses tettins de femme, ses reins forts, son visaige d'ange, secoue sa chevelure perfumée, se roule aux rays du soleil, reluyst en toute beaulté, change de couleurs comme la gorge des columbes ; rit à en plourer, gette les larmes de ses yeux en la mer où les pescheurs les treuvent transmuées en jolyes perles qui viennent aorner le front des roynes, enfin faict mille tourdions comme ung ieune cheval eschappé, lairrant voir sa crouppe vierge et des choses si gentilles qu'à la seule veue d'icelles ung pape se damneroyt.

Durant ce remue-mesnaige de la beste indomptée, il y ha des ignares, et des bourgeoys qui disent au paoure poete :

— Où est vostre monture ? Où est vostre dixain ? Vous estes ung pronosticqueur payen. Oui, vous estes cogneu ! Vous allez aux nopces et ne faictes rien entre vos repas. Où est l'ouvraige ?

Encores que, de mon natturel ie soys amy de la doulceur, ie vouldrois voir ung de ces gens assiz en ung pal de Turquie et leur dire d'aller en ceste équipaige à la chasse aux connilz.

Cy fine le deuxiesme dixain. Veuille le dyable le poulser de ses cornes et il sera bien repceu de la Chrestienté rieuze.

Chronologie

Honoré de Balzac
et son temps

ON HÉSITE TOUJOURS à raconter la vie d'un écrivain pour expliquer son œuvre. L'ensemble du dossier que nous présentons permet même de mettre en évidence comment la source biographique est «dénaturée» par l'œuvre, transfigurée comme le plomb que l'alchimiste convertit en or...

1.

Les années de formation

1. *Hériter de ses parents...*

Honoré de Balzac est né le 20 mai 1799 à Tours.

Son père, Bernard-François Balssa, est le fils d'un laboureur. Il monte à Paris vers vingt ans, y est employé à l'administration des domaines de la Couronne en 1773. En 1776, il a changé de nom : il prend le patronyme de Balzac, par référence à la grande famille des Balzac d'Entragues ; il entre comme secrétaire au conseil privé du roi Louis XVI. Sous la Révolution, il est président de la section des Droits de l'homme, membre du Conseil général de la Commune de Paris et trésorier du Bureau central des fourrages à l'armée du Nord, puis directeur des vivres de la 22e division militaire à Tours. En 1797, à cinquante ans, il épouse Laure Sallambier : elle a dix-huit ans. Honoré est leur fils aîné.

De ce père, il recueille les histoires, histoires de sociétés secrètes et « ténébreuses affaires » qui trouveront en leur temps leur place au sein de *La Comédie humaine*. De ce père, Honoré retient des mythes concernant la volonté, l'énergie, le « mouvement vital » et la manière de « l'économiser » pour vivre centenaire ! Des Sallambier, Balzac hérite d'une connaissance aiguë du milieu bourgeois du Marais. De sa mère, l'écrivain comprendra les misères et pardonnera à la femme adultère. De sa mère, le fils souffrira l'absence de générosité.

Les deux sœurs de Balzac, Laure et Laurence, naissent en 1800 et 1802 : sur l'acte de baptême de Laurence figure pour la première fois la particule : *de* Balzac. Henri-François est le dernier fils des époux Balzac, on le dit fils naturel de M. de Margonne, le propriétaire de Saché (qui accueille aujourd'hui un musée Balzac).

En 1807, Honoré de Balzac rentre au collège de Vendôme, dirigé par des Oratoriens. Il y reste jusqu'en 1813 : on en lit de nombreux souvenirs dans *Louis Lambert*. Il poursuit ses études comme pensionnaire à l'institution Ganser dans le Marais, à Paris, et suit les cours du collège Charlemagne.

2. *Faire des études !*

En 1816, Balzac a achevé ses études secondaires, il entre comme clerc chez l'avoué Me Guillonnet-Merville, et s'inscrit à la faculté de droit : il est reçu au premier examen du baccalauréat en 1819. Contrairement à ce que l'on a souvent dit, ses études l'ont très certainement marqué. Voici par exemple ce qu'il écrit bien des années après dans *La Physiologie du mariage* :

> Ces paroles, prononcées devant le Conseil d'État par Napoléon lors de la discussion du code civil, frappèrent vivement l'auteur de ce livre ; et peut-être, à son insu, mirent-elles en lui le germe de l'ouvrage qu'il offre aujourd'hui au public. En effet, à l'époque où, beaucoup plus jeune, il étudia le Droit français, le mot ADULTÈRE lui causa de singulières impressions.

Durant cette période, Balzac se familiarise avec les articles 1 à 710 du code civil. C'est-à-dire en particulier qu'il apprend ce qui concerne les biens de propriété, la manière d'établir des servitudes et de faire un inventaire. La photographie n'existant pas, c'est l'architechtonographie qui donne à la fois les principes de la description et le vocabulaire à maîtriser. Balzac s'en souviendra, ses descriptions de maisons en attestent !

1798   Naissance d'Auguste Comte, qui posera la théorie de l'influence des milieux sur les sociétés.

1799   Coup d'État du 18 Brumaire par Bonaparte ; découverte de la pierre de Rosette en Égypte.

1800   Création de la Banque de France.

1800-1805   *Leçons d'anatomie comparée* de Cuvier.

1802   Chateaubriand, *Le Génie du christianisme* ; naissance de Victor Hugo.

1804   Couronnement de Napoléon ; début du Ier Empire ; instauration du code civil.

1812   Campagne de Russie ; bataille de la Moskova ; passage de la Berezina.

1814	Début du règne de Louis XVIII ; retour des émigrés.
1815	Bataille de Waterloo.
1820	Lamartine, *Méditations poétiques*.

2.

Les débuts dans la vie

1. *Devenir écrivain*

Il commence néanmoins à écrire : il rédige une *Dissertation sur l'homme,* inspirée de René Descartes et de Nicolas Malebranche, et une tragédie, *Cromwell.* La famille, les amis, dont le jugement est sollicité, accueillent très froidement son travail. Balzac écrit un roman par lettres, *Sténie ou les erreurs philosophiques.* À partir de 1821, il publie plusieurs romans sous des pseudonymes, dont *Le Centenaire.*

En 1822 débute une liaison avec Laure de Berny, de vingt ans son aînée ; celle-ci a une influence considérable sur le jeune écrivain, le soutient dans son travail comme dans ses projets ; elle restera pour lui la « Dilecta ».

2. *Faire des affaires*

Balzac se lance dans les affaires : il travaille à la publication d'éditions compactes et illustrées des œuvres de Molière et de La Fontaine (1825). Il projette une série de romans destinés à constituer une *Histoire de France pittoresque.* Il fait par ailleurs la connaissance de la duchesse d'Abrantès, que l'on remarquait sous le

Consulat pour sa beauté et son esprit caustique ; Balzac devient son nègre et son amant.

Ayant obtenu son brevet d'imprimeur, il emprunte des sommes importantes et achète une imprimerie. Parallèlement, il crée une société pour l'exploitation d'une fonderie de caractères d'imprimerie. C'est Mme de Berny qui le finance principalement. Tout cela aboutit en 1828 à un désastre commercial : s'ensuit une liquidation qui laisse à Balzac 60 000 francs de dettes. Alors que Mme de Berny lui donne quittance de ce qu'il lui doit, sa mère, à laquelle il a aussi emprunté de fortes sommes, ne cesse de les lui réclamer.

L'écrivain s'exile en Bretagne où il commence la rédaction des *Chouans* ; ce roman historique, paru en avril 1829, sera le premier signé du nom de Balzac.

1824　Mort de Louis XVIII ; Charles X lui succède.

1826　Création au musée du Louvre de la division des antiquités égyptiennes.

1827　Victor Hugo, préface de *Cromwell*.

1830　Révolution de Juillet (début du règne de Louis-Philippe) ; bataille d'*Hernani* (à laquelle Balzac participe) ; Stendhal, *Le Rouge et le Noir*.

1831　Delacroix, *La Liberté guidant le peuple* ; Hugo, *Notre-Dame de Paris*.

3.

L'œuvre d'une vie

1. *Enfin célèbre !*

À partir de 1830, Balzac fréquente la bohème littéraire, il publie dans de nombreux journaux des nouvelles qui seront plus tard intégrées à l'univers de *La
Comédie humaine*. Il songe déjà néanmoins à réunir certains de ses ouvrages et, dès avril 1830, paraissent les
Scènes de la vie privée, composées de six nouvelles, dont
« Gloire et Malheur », qui deviendra *La Maison du
chat-qui-pelote*. Avec *La Peau de chagrin* (1831), il devient
un écrivain à la mode. Balzac est reçu dans les salons, il
fréquente le baron Gérard, Mme de Récamier, Rossini,
le duc de Fitz-James, chef du parti néo-légitimiste. En
1831, il est témoin au mariage d'Émile de Girardin, le
magnat de la presse française du XIXᵉ siècle, et de
Sophie Gay (Delphine de Girardin), qui commettra
sur sa canne de dandy un petit ouvrage, *La Canne de
M. de Balzac* !

2. *Que fait un écrivain quand sa vanité est blessée ?*

La belle marquise de Castries, nièce du duc de Fitz-
James, dont la liaison avec Victor de Metternich a
défrayé la chronique, lui écrit de façon anonyme. La
jeune femme, inconsolable depuis la mort de son
amant, se consacre à son fils, mais se compose une
société d'auteurs à la mode. Balzac est reçu à l'hôtel de

la rue de Grenelle-Saint-Germain. Il est conquis, flatté dans sa vanité, et ne tarit plus d'éloges sur la marquise :

> […] la vraie duchesse, bien dédaigneuse, bien aimante, fine, spirituelle, coquette, rien de ce que j'ai encore vu ! un de ces phénomènes qui s'éclipsent ; et qui dit m'aimer, qui veut me garder au fond d'un palais, à Venise… (car je vous dis tout à vous !), et qui veut que je n'écrive plus que pour elle. Une de ces femmes qu'il faut absolument adorer à genoux quand elles le veulent, et qu'on a tant de plaisir à conquérir. La femme des rêves ! (Lettre à Zulma Carraud, 2 juillet 1832)

Il la rejoint à Aix-les-Bains et passe un mois dans son intimité. À Genève, Balzac pense pouvoir parachever sa conquête et se fait éconduire de façon humiliante. Blessé, il rédige une confession qu'il destine au *Médecin de campagne*, mais qui restera inédite.

> Après avoir souffert pendant douze années par cette femme, après l'avoir maudite et adorée tous les soirs, je trouve que les femmes avaient raison de l'envier et les hommes de l'aimer : il ne lui manquait rien de ce qui peut inspirer l'amour, de ce qui le justifie et de ce qui le perpétue. La nature l'avait douée de cette coquetterie douce et naïve qui, chez la femme, est, en quelque sorte, la conscience de son pouvoir. […]
> Non seulement […] cette femme m'accueillit, mais encore elle déploya pour moi, sciemment, les ressources les plus captivantes de sa redoutable coquetterie, elle voulut me plaire, et prit d'incroyables soins pour fortifier, pour accroître mon ivresse. Elle usa de tout son pouvoir pour faire déclarer un amour timide. […]
> Croyez-vous qu'il lui soit permis de demander un amour sans bornes, une croyance aveugle en elle, un sentiment vrai, une vie entière, de l'accepter, de nourrir avec bonheur toutes les espérances d'un homme, de l'encourager d'une main flatteuse à aller plus avant dans un abîme et de l'y laisser ?… […]

> La pauvre femme, toute faible qu'elle se dise, a tué une
> âme heureuse. Elle a flétri toute une vie. Les autres
> sont plus charitables ; ils tuent plus promptement. Pen-
> dant quelques heures le démon de la vengeance m'a
> tenté. Je pouvais la faire haïr du monde entier, la livrer
> à tous les regards, attachée à un poteau d'infamie, la
> mettre, à l'aide du talent de Juvénal, au-dessous de
> Messaline, et jeter la terreur dans l'âme de toutes les
> femmes, en leur donnant la crainte de lui ressembler.
> Mais il eût été plus généreux de la tuer d'un coup que
> de la tuer tous les jours et dans chaque siècle. Je ne l'ai
> pas fait.

L'œuvre de Balzac n'est pas autobiographique. L'écrivain sait prendre ses distances avec ce qu'il vit. Un détail
du portrait de Montriveau nous apprend à « voir dans la
commissure de ses lèvres un retroussement habituel qui
annonçait des penchants vers l'ironie ». On aura pu
savourer ce « penchant » en lisant *Dezespérance d'amour* !

Balzac se consolera d'autant plus facilement que, sa
réputation ayant passé les frontières, en 1832 (la même
année, donc), il recevra une lettre d'une étrangère :
Mme Hanska. Une correspondance débutera. La première rencontre aura lieu en septembre 1833, ce sera
le début d'une longue et difficile liaison : Ève Hanska
était mariée et polonaise…

3. *Publier, publier, publier*

Du point de vue éditorial, 1833 est une année très
importante : Balzac signe un contrat pour la publication
des *Études de mœurs au xix* siècle*, douze volumes divisés
en trois séries : *Scènes de la vie privée, Scènes de la vie de
province, Scènes de la vie parisienne. Eugénie Grandet* paraît
parmi les scènes provinciales. Dès 1834, Balzac, pour
renforcer l'unité de son œuvre, commence à appli-

quer le principe du retour des personnages. Selon la légende, il rédige *Le Père Goriot* en quinze jours.

Mme de Berny meurt en 1836, quelques mois après la publication du *Lys dans la vallée*, qui raconte la liaison impossible entre un jeune homme et une femme mariée. Laure de Berny aurait reproché à Balzac la fin de l'œuvre : Mme de Meurtsauf meurt en regrettant amèrement de ne pas s'être donnée...

Les affaires de Balzac sont remplies d'aléas : si le contrat signé en 1836 avec les éditeurs Delloye et Lecou lui rapporte 50 000 francs, les pertes du journaliste, directeur de *La Chronique de Paris*, se montent à 46 000 francs... L'image d'un Balzac poursuivi par ses créanciers ne relève donc pas purement du mythe ! Ses déménagements successifs (aux Jardies, à Ville-d'Avray, à Passy) s'expliquent ainsi : l'écrivain est forcé de louer sous des noms d'emprunt (celui de sa sœur, celui d'une maîtresse...).

Cet homme de son temps connaît l'importance de la presse, il participe ainsi au premier quotidien bon marché, *La Presse*, d'Émile de Girardin, et donne pour la première fois en France un roman-feuilleton : *La Vieille Fille* paraît en douze épisodes, entre octobre et novembre 1836. En 1837, *César Birotteau* est offert en prime aux abonnés du *Figaro* !

Conscient de la nécessité de faire protéger les droits des écrivains, il adhère à la toute nouvelle Société des gens de lettres dès 1838, il en devient le président en 1839 et rédige un *Code littéraire* (1840). En 1839, il retire sa candidature à l'Académie française pour s'effacer devant Victor Hugo : c'est Flourens (!) qui est élu.

Depuis *Cromwell*, Balzac rêve d'un succès théâtral, ses nombreuses tentatives sont des échecs : le plus cuisant est sans doute celui que connaît son *Vautrin* en 1840.

La pièce créée le 14 mars est interdite le lendemain par le ministre de l'Intérieur. L'intervention de Victor Hugo n'y fait rien.

Le 2 octobre 1841, Balzac signe avec quatre libraires (Furne, Hetzel, Dubochet et Paulin) un contrat pour la publication de ses œuvres complètes sous le titre *La Comédie humaine*; il propose à son amie George Sand d'en rédiger la préface, elle y renoncera et l'écrivain se chargera alors de la rédaction d'un important avant-propos.

1830-1848   Monarchie de Juillet; Louis-Philippe est le roi des Français.

1832   Mort de Champollion.

1835   Lois limitant la liberté de la presse; Alexis de Tocqueville, *De la démocratie en Amérique.*

1836   Théophile Gautier, *Mademoiselle de Maupin*; construction du chemin de fer Paris-Saint-Germain-en-Laye.

1840   Transfert des cendres de Napoléon aux Invalides; Proudhon, *Qu'est-ce que la propriété ?*

4.

L'homme d'un mariage

Le comte Hanski meurt, le destin de l'écrivain en est bouleversé : il peut songer à épouser l'étrangère, et cela devient une idée fixe. Balzac part pour Saint-Pétersbourg en 1843, il y retrouve son « Ève » après huit ans de séparation. Il rentre malade; on diagnostique une méningite chronique. Balzac prend alors l'habitude d'écrire chaque jour à Mme Hanska : cette correspondance est un véritable journal intime et intellectuel.

La production littéraire, en revanche, se ralentit, Balzac voyage dans toute l'Europe avec Mme Hanska. En prévision de leur mariage, il achète une belle propriété rue Fortunée, à Paris (aujourd'hui rue Balzac). Atteint d'une maladie de cœur, Balzac vit mal la révolution de 1848 qui entrave ses projets personnels et littéraires. Il séjourne en Pologne et ne réussit à épouser Ève Hanska que le 14 mars 1850. Il meurt à Paris, exténué, le 18 août 1850. Il est enterré au Père-Lachaise.

C'est Victor Hugo qui rédige et prononce son oraison funèbre :

> Tous ses livres ne forment qu'un livre, livre vivant, lumineux, profond, où l'on voit aller et venir et marcher et se mouvoir, avec je ne sais quoi d'effaré et de terrible mêlé au réel, toute notre civilisation contemporaine ; livre merveilleux que le poète a intitulé comédie et qu'il aurait pu intituler histoire, qui prend toutes les formes et tous les styles, qui dépasse Tacite et qui va jusqu'à Suétone, qui traverse Beaumarchais et qui va jusqu'à Rabelais ; livre qui est l'observation et qui est l'imagination ; qui prodigue le vrai, l'intime, le bourgeois, le trivial, le matériel, et qui par moments, à travers toutes les réalités brusquement et largement déchirées, laisse tout à coup entrevoir le plus sombre et le plus tragique idéal.

1842   Mort accidentelle du duc d'Orléans, héritier du trône.

1848   Chute de Louis-Philippe ; seconde République ; Louis-Napoléon Bonaparte élu président ; Michelet, *Histoire de la Révolution française*.

1850   Courbet, *Un enterrement à Ornans*.

La vie de Balzac a inspiré
de nombreux auteurs, parmi eux...

André MAUROIS, *Prométhée ou la vie de Balzac*, Hachette, 1965.

Roger PIERROT, *Balzac*, Fayard, 1994.

François TAILLANDIER, *Balzac*, « Folio biographies », 2005.

Henri TROYAT, *Balzac*, Flammarion, 1995.

Stefan ZWEIG, *Balzac, le roman de sa vie*, Albin Michel, 1950.

Éléments pour une fiche de lecture

Regarder la sculpture

- En quoi l'expression de sainte Thérèse est-elle équivoque ?
- Quels liens pouvez-vous établir entre l'extase amoureuse et l'extase religieuse ?
- Cherchez l'étymologie du mot « passion ». Comment définiriez-vous ce terme ?

Les personnages

- Faites l'inventaire des personnages de fiction que vous rencontrez dans le roman.
- Organisez-les en personnages principaux, personnages de second plan, personnages d'arrière-plan. Quel est l'effet produit ?
- Choisissez l'un d'eux et retrouvez son parcours dans *La Comédie humaine.* (Vous pouvez vous aider de l'index des personnages établi pour l'édition de la « Bibliothèque de la Pléiade », tome XII.)
- Faites l'inventaire des personnages réels évoqués. Quel est l'effet produit par leur présence ?

- Quelles sont les différences majeures entre Montriveau et Cappara ? Comment les expliquez-vous ?

Le récit

- Retrouvez les points d'articulation de la composition du texte.
- Quelle est selon vous la fonction des premières pages du roman ?
- Étudiez les différents lieux dans lesquels se situe l'action.
- Relevez tout ce qui est lié à l'élévation dans les premières et dernières pages du roman.
- Quel est le point de vue adopté ? focalisation interne, externe, zéro (omniscience) ? Comment l'interprétez-vous ?

La lecture, du roman au conte

- Que retenez-vous du roman ? l'histoire d'amour ? la réflexion politique ? Pourquoi ?
- Quel type de plaisir prend-on à la lecture du roman ? quel type de plaisir prend-on à la lecture du conte ?
- Si vous aviez à récrire un passage de *La Duchesse de Langeais* à la manière du conte drolatique, lequel choisiriez-vous ? Pourquoi ?
- Le conte et le roman sont construits sur la même intrigue mais le dénouement diffère. Relevez les points de divergence. Qu'est-ce qui d'après vous les justifie ?
- Relevez les thématiques spécifiquement balzaciennes dans le roman et dans le conte.
- Étudiez les inventions langagières du conte drola-

tique. À quel auteur du XVIe siècle cette écriture vous fait-elle penser?

Les adaptations

La Duchesse de Langeais a été adapté deux fois au cinéma (les films sont disponibles en DVD) : la première fois sous le titre *La Duchesse de Langeais*, en 1942, dans une réalisation de Jacques de Baroncelli (le scénario et les dialogues sont de Jean Giraudoux et la musique de Francis Poulenc) ; la deuxième fois sous le titre *Ne touchez pas à la hache*, en 2007, dans une réalisation de Jacques Rivette.

Lequel de ces deux films préférez-vous ?

Écrire, récrire !

- Faites le portrait d'un personnage féminin de votre choix en vous aidant du portrait satirique de la princesse de Blamont-Chauvry.
- Faites le portrait du même personnage féminin à la manière de Balzac dans les *Contes drolatiques* : respectez les contraintes de style.

Lycée

Série Classiques

Pour plus d'informations,
consultez le catalogue à l'adresse suivante :
http://www.gallimard.fr

Composition Bussière
Impression Novoprint
à Barcelone, le 3 mars 2008
Dépôt légal : mars 2008
ISBN 978-2-07-035563-1/Imprimé en Espagne.

156238